梦见最美的自己

中国优秀退役军人奋斗纪实

赵宇 马长青 著

企业管理出版社
ENTERPRISE MANAGEMENT PUBLISHING HOUSE

图书在版编目（CIP）数据

追梦，遇见最美的自己 / 赵宇，马长青著 . -- 北京：企业管理出版社，2020.12
ISBN 978-7-5164-2293-9

Ⅰ.①追… Ⅱ.①赵…②马… Ⅲ.①纪实文学—中国—当代 Ⅳ.① I25

中国版本图书馆 CIP 数据核字（2020）第 231101 号

书　　名：追梦，遇见最美的自己

作　　者：赵　宇　马长青

责任编辑：赵喜勤

书　　号：ISBN 978-7-5164-2293-9

出版发行：企业管理出版社

地　　址：北京市海淀区紫竹院南路 17 号　　邮编：100048

网　　址：http : //www.emph.cn

电　　话：发行部（010）68701816　　编辑部（010）68420309

电子信箱：zhaoxq13@163.com

印　　刷：河北宝昌佳彩印刷有限公司

经　　销：新华书店

规　　格：710 毫米 ×1000 毫米　　16 开本　　17.75 印张　　300 千字

版　　次：2021 年 2 月第 1 版　　2021 年 2 月第 1 次印刷

定　　价：88.00 元

版权所有　翻印必究　印装有误　负责调换

序 言

永远做最可爱的人
——详解红色基因密码，细述奋斗创业经验

退役军人是党和国家的宝贵财富，是新时代的见证者、开创者、建设者。

党中央、中央军委和习近平主席对退役军人高度重视、极为关爱。2018年9月8日，中宣部和退役军人事务部联合开展"最美退役军人"学习宣传活动以来，全国上下广泛参与、广受赞誉。

我们依托"未来商海退役军人引领联盟"（简称"未来商军"），第一时间推出《领军纪实：寻找"最美退役军人"》专栏。截至目前，已刊发《开心"霸王花"的别样青春——记海军南海舰队海军陆战队退役军人，北京大学心理学专业硕士研究生宋玺》等近百位优秀退役军人的奋斗故事。

他们中有国防科技军民融合产业的生力军——国防科技大学退役军人，湖南中部创新科技集团董事长、全国模范退役军人李剑川；

有16年如一日倾心搭"建"退役战友成功之"桥"的引路人——原第二炮兵指挥学院退役军人，湖北战友企业管理集团有限公司党委书记、董事长、全国优秀军转干部杨建桥；

有一年少挣100多万，倾心照顾老英雄的"男保姆"——陆军某部退役军人，北京金助友养老服务公司总经理、北京榜样王志强；

……

退役军人在政府，在企事业单位，在农村，在创业中，都表现了他们历经军营磨练而凤凰涅槃的过硬素质和精神特质。他们善学，他们勤奋，他们能吃苦；他们敢冲，他们敢干，他们敢担当，他们是坚韧执着的追梦人。

我们愿意尽绵薄之力，在茫茫人海中，把"最美退役军人"寻找出来，让更多的人了解他们在各行各业的贡献和故事。

我们希望每一个人在聊起、想起退役军人时，心中都会油然而生尊重与

崇敬。

我们期盼更多的退役军人像张富清老人一样，一辈子矢志梦想、永葆本色。在部队，保家卫国；到地方，为民造福。

一个个最美退役军人，不畏艰难、敢拼敢闯，他们的故事，也是对家国情怀的一种诠释。

我们的初心，源于60多年前的《谁是最可爱的人》，我们的目标是要用事实继续证明，他们来自人民、服务人民、回归人民、回报人民，脱下军装，他们依然是最可爱的人，永远是最可爱的人。

人生需要榜样，"优秀退役军人"凝聚力量。

榜样改变人生，"优秀退役军人"成就榜样。

细述几代退役军人追梦历程，讲好优秀退役军人奋斗故事，用他们的故事激励和成就最美的自己，凝聚起万众一心奋斗新时代的磅礴力量。

谨以此，向中国人民解放军致敬！向中国共产党建党100周年献礼！

赵　宇　马长青

二〇二〇年十二月一日

目 录

倡议书　一心向阳跟党走　永不褪色做先锋——致广大退役军人的一封信 /1

家国情怀　社会担当

01　把职业当使命，知行合一，成就职场传奇——记原解放军基建工程兵退役军人，平安集团执委、平安建投董事长**鲁贵卿** /2

02　病人不满意，免收住院费！——记原北京军区后勤部退役军人，香河县人民医院院长**门德志** /10

03　16年如一日，倾心搭"建"退役战友成功之"桥"——记原第二炮兵指挥学院退役军人，湖北战友企业管理集团有限公司党委书记、董事长**杨建桥** /15

04　较劲导弹兵，甘当"柚子哥"——记空军第二实验训练基地退役军人，重庆来夫子集团董事长**肖章勇** /23

05　思想领航助力餐饮报国——记原81180部队退役军人，313羊庄餐饮公司董事长**聂生斌** /28

06　武装护航领军人——记原北京军区某部退役军人，华信中安集团董事长**殷卫宏** /31

07　军装给我力量，我还军装以荣光——记原安徽省军区独立二师退役军人，江苏卡思迪莱服饰有限公司总裁、北京润泽金松科技装备公司董事长**李志明** /38

08 美丽女兵的别样情怀——记解放军海峡之声广播电台退役军人，81联聘董事长**陈蕾** /43

09 诚信立业之本，奉献为人之道——记陆军某团退役军人，成都思铭文化传播有限公司董事长**邓思铭** /46

10 士兵征战不止在战场——记原北京军区某团退役军人，成都川力智能流体设备股份有限公司和中联大禹水环境控股有限公司品牌创始人**闵汝贤** /51

11 打造公交融合发展新样板——记山东省青岛警备区退役军人，山东滕州市交通汽车运输有限责任公司董事长、党总支书记、总经理**刘明** /58

12 国防科技军民融合产业的生力军——记解放军国防科技大学退役军人，湖南中部创新科技集团董事长**李剑川** /63

13 明月装饰了他的梦，他装饰了天山南北的家——记原武警黄金部队退役军人，新疆龙盟大宅装饰设计有限公司总经理**尹昆明** /67

14 守护世界500强企业的"最帅逆行者"——记原沈阳军区空军退役军人，兖矿集团有限公司安全保卫中心主任、武装部长、消防支队支队长**于峰** /71

15 从"建国快餐"到"三乐养老"——记原沈阳军区空军某部退役军人，北京朝阳建国快餐有限公司董事长、三乐康复老年公寓创始人**褚建立** /78

16 面朝大海，勇立潮头——记原武警8680部队退役军人，河南豫蒙晋商贸有限公司总经理**刘海** /84

| 目 录 |

17 从私人保镖到连锁酒店掌门人——记空军某部武装侦察连退役军人，北京利合家美酒店管理有限公司合伙人**张强** /87

18 小个子班长的"大智慧"——记原武警8684部队退役军人，无锡市老班长农副产品配送有限公司总经理**周进** /91

19 在部队的每一滴汗都不会白流——记原武警交通指挥部退役军人，北京童颜吾记工作室创始人**刘利云** /94

20 军事重镇走来"红肩章方队"——记东部战区政治工作部退役军人，南京红肩章户外拓展有限公司董事长**徐栋材** /100

21 做配镜行业的"滴滴"和"海底捞"——记空军长春飞行学院退役军人，北京捷镜科技有限公司创始人**张丹** /104

22 从"弯路"走来的"新东方"——记原第二炮兵后勤部退役军人，北京新启英才教育科技有限公司总经理**王守才** /108

23 90后退役军人书写创业新篇章——记空军某部空降兵特种大队退役军人，北京军为教育科技有限公司董事长**耿高强** /112

24 从驾驶一辆车到管理100多辆车——记原武警8684部队退役军人，北京市弘和货运代理有限公司总经理**苗怀勤** /115

25 把餐饮做得像歌声一样甜美——记原总参某部退役军人，北京陆德文化传媒有限公司和陆德山外国际餐饮管理有限公司创始人**范陆** /119

26 用心做一件事最重要——记陆军航空兵某部退役军人，北京鑫连鑫军事拓展联盟·陆航特训总经理**李连杰** /124

27 支队长转型董事长，激荡创新创业的时代力量——记原武警交通部队退役军人，猎户科技集团公司董事长兼总裁**李论** /128

28	一位"川军"的新"上海滩梦"——记武警某部退役军人,上海华强国际物流有限公司总经理**史德强**	/132
29	一个火箭兵的逆袭——记火箭军某部退役军人,北京奥北律师事务所优秀律师**秦景春**	/138

携笔从戎　致敬青春

30	为了每个梦想都能开花——记原武警8680部队退役军人,河南鹰展文化传播有限公司总经理,知名制片人、资深媒体人**陈举**	/142
31	导演好比一支部队的最高指挥员——记原济南军区某部退役军人,国家大剧院影视节目制作部副部长、国家一级导演**周明夫**	/147
32	戎马书生北大博士后的追梦之旅——记武警某部退役军人,长沙传化公路港物流有限公司党支部书记**刘优良**	/153
33	开心"霸王花"的别样青春——记海军南海舰队海军陆战队退役军人,北京大学心理学专业硕士研究生**宋玺**	/160
34	情到深处是责任——记武警黑龙江总队退役军人,"一号哨位"微信公众号创始人**周晓辉**	/164
35	从守护祖国蓝天到守护红色历史——记空军指挥学院退役军人,北京鲁迅博物馆(北京新文化运动纪念馆)办公室主任**马海亭**	/167
36	从武警战士到北大EMBA——记原武警8684部队退役军人,北京大学国家发展研究院EMBA2018级**马长青**	/171
37	从优秀士官到优秀村干部——记空军指挥学院退役军人,山西省新绛县政府机关事务管理服务中心科员**常永峰**	/173

坚定梦想　播撒爱心

38 "雷锋精神"扛旗人——记原沈阳军区工程兵第十团退役军人，邓州编外雷锋团团长**宋清梅**、政委**姚德奇** /178

39 从"传奇女兵"到妇产医院"领头羊"——记原解放军106医院退役军人，东营博爱妇产科医院、临沂和美家妇产医院、烟台家美妇产医院院长**李红** /182

40 你挺身而出的样子，最美——记武警西藏总队拉萨支队退役军人，湖北省阳新县青年**尹文杰** /187

41 "孝星"男保姆一年少挣100多万很幸福——记陆军某部退役军人，北京金助友养老服务有限公司总经理**王志强** /191

42 曾失足"高墙"的明星"国学老师"——记武警湖南总队退役军人，河南省国学文化教育基地道意和学校副校长**王栩** /199

43 无影灯下追梦人——记原武警8684部队退役军人，郑州人民医院骨科主任**田明波** /203

44 从"上校政委"到"民工"——记原北京军区退役军人，自由撰稿人**杨鸿** /206

45 为了草原最美的季节：大海"改变"大漠20年——记武警内蒙古总队退役军人，鄂尔多斯杭锦旗武装部职工、杭锦旗锡尼镇阿斯尔嘎查第一书记兼工作队队长**孙大海** /210

46 能帮一个算一个——记原沈阳军区空军航空兵某部退役军人，河北沧州新海市政工程有限公司董事长**张金海** /215

47	从部队走出来的"抗疫"尖兵——记原武警8680部队退役军人,河南圆方人力资源管理有限公司项目经理**雷彪** /218

艺海泛舟　再谱华章

48	从金戈铁马到"诗和远方",他从未停止思考和写作——记解放军原总后勤部后勤杂志社退役军人,北京市文化和旅游局二级巡视员**马文** /226
49	最是思情可话忆——火箭军文工团退役军人,中华全国总工会文工团副团长**陈思思**创作《思情话忆》的心路历程 /230
50	从特种侦察兵到著名艺术家——记陆军某部退役军人,河北省音乐家协会副主席**郝立轩** /232
51	废画三千,只为一幅:半世纪执着追求"三艺"高峰——记原北京军区装备部退役军人,北京市中国书画协会副主席、石景山区美术家协会主席**孙开桐** /239
52	唱响时代主旋律,当好职工娘家人儿——记陆军炮兵防空兵学院退役军人,郑州市总工会宣教部干部**陈红松** /246
53	痴守"黑道"45载的"无名山人"——记海军东海舰队某支队退役军人,国家一级美术师、书法家**庄辉** /250
54	痴迷"涂鸦"绘就"吉祥"人生——记原武警黄金部队退役军人,北京著名吉祥画家**李宪刚** /258
55	家国山河水墨中——记原武警8680部队退役军人,青年书画家**万威** /263

出版后记——征途漫漫,惟有奋斗 /266

倡议书

一心向阳跟党走　永不褪色做先锋
——致广大退役军人的一封信

尊敬的广大退役战友们：

大家好！

作为退役军人群体中的一员，我们和大家一样，既自豪着军人的荣光，也承担着军人的责任，更忧思着国家、忧思着人民、忧思着我们自己。

毕竟，我们每个人都曾为这个光荣的集体付出过热血、汗水和青春。

有的战友曾在雪域高原卧雪爬冰；

有的战友曾在寂寥边关风餐露宿；

有的战友曾在浩浩碧海踏波耕浪；

有的战友曾在茫茫苍穹穿云破雾……

当边关燃起烽火的时候，我们是写在枪林弹雨中的热血诗行；

当鲜花盛开的时候，我们是吹拂在大地上的和煦春风；

当灾难降临的时候，我们是穿越人海的最美逆行者……

我们看得到你夜岗之时向家乡方向眺望的泪光；

我们听得见你忠孝无法两全时无奈的叹息；

我们感受得到你退役时既依依不舍又无限向往的纠结……

我们也同样能体会你回到地方后，

对未知的彷徨；

对未来的焦虑……

在此书出版之际，我们向大家发出以下倡议：

一、融入社会，永不褪色，做精神道德建设的发动机

5700万退役军人，加上他们的配偶，加上至少5700万子女，加上双方父母，三四亿人，占全国总人口的近30%。当我们脱下军装走向社会，我们应当把部队的优良作风传承下来，只要我们影响身边最亲近的6个人，就可以改变全国三分之一的人。我们应当团结起来、勤勉实干，退役不褪色，做精神道德建设的发动机。

战友们，沧海横流方显英雄本色，真军人从不负国。穿上军装，我们是捍卫和平的勇士；脱下军装，我们依然是中国的脊梁！让我们一心向阳跟党走，永不褪色做先锋！

二、勇立潮头，自力更生，做经济社会发展的排头兵

商场如战场，无论是国内还是国外，都涌现出很多退役军人企业家，从军的经历造就了他们商业的成功。美国500强企业的掌舵人绝大多数都推崇"西点精神"，我们中国军队的"八一精神"有着丝毫不逊色于西点的强大精神内涵，中国的《孙子兵法》等军事智慧更是被全世界商业人士所研究和推崇。

中国人民解放军向来有"自力更生、丰衣足食"的优良传统，逢山开路、遇水架桥，我们的队伍拥有排除万难的无畏勇气，有无限的创造能力，还有坚韧不拔的意志品质。

退役战友们，我们从军报国一往无前马革裹尸，我们回归社会更应勇立潮头敢当先锋。

三、坚定信念，不忘初心，做党和国家坚定的拥护者

习近平主席对加强退役军人管理保障高度重视，党的十九大做出重大决策："组建退役军人管理保障机构，维护军人军属合法权益，让军人成为全社会尊崇的职业"。2018年3月，在出席十三届全国人大一次会议解放军和武警代表团全体会议时，习近平主席又强调："军人是最可爱的人，让军人受到尊崇是最基本的。必须做好退役军人管理保障工作，该保障的要保障好，

该落实的政策必须落实,不能让英雄流血又流泪。"

一日为兵,终生报国。军人,在部队是国家的保卫者,离开部队要做国家的建设者。有幸生活在这个美好的时代,我们退役军人一定要坚定信念,不忘初心,永远做最可爱的人,永远做中国共产党和中国特色社会主义的坚定拥护者。

最后,向军人致敬!向老兵致敬!

赵 宇 马长青

二〇一九年八月一日

家国情怀 社会担当

把职业当使命，知行合一，成就职场传奇
——记原解放军基建工程兵退役军人，
平安集团执委、平安建投董事长鲁贵卿

鲁贵卿，原中国人民解放军基本建设工程兵退役军人，曾任中国建筑第五工程局有限公司董事长、中国建筑股份有限公司总经济师，现任平安集团执委、平安建投董事长，全国五一劳动奖章获得者、享受国务院特殊津贴专家、第十二届全国人大代表。从一名基建工程兵战士逐步成长为大型国企掌门人，再到"高级打工者"，鲁贵卿四十余年的奋斗历程与中国改革开放的进程完美契合，他用高度的使命感、坚定的信念和永不后退的执行力，诠释了中国军旅特色的管理哲学，展现了退役军人的风采！

鲁贵卿在一次演讲中提到，"一个人的职场人生，要站在五十年的长度来看。把这五十年分成五个阶段，每十年一个阶段，那么每个阶段可以概括为一个字，即'知''立''长''成''享'"。鲁贵卿认为，五个阶段相辅相成，好比搞建筑，前一个阶段是下一个阶段的基础，循序渐进，循序致精。这是鲁贵卿四十余年不懈奋斗的经验总结，也是多数人能走的路。今天，笔者试着用鲁贵卿的理论去还原他四十余年的奋斗历程。

第一个十年　知
青春蓄势，积极认真和诚信执着奠定职场基础

培养"成功基因"，升级"心智模式"，积极应对挫折，认真学习，诚信执着，从村生产队团支部书记到中国人民解放军基本建设工程兵战士，再到中国建筑公司八局职工，鲁贵卿拥抱变化，时刻做有心人，夯实了职场大厦的基础。

1975年，鲁贵卿高中毕业返乡劳动，被村里选为团支部书记，并负责生产队的磨面工作。那个年代使用的是方斗摇筛磨面机，工艺简单，经常有粮食被洒出来。鲁贵卿每次都认真地将粮食和碎粒收集起来，等攒够了量再分给村民。因为工作认真，村委会又让他做了村副业厂的会计。

1976年12月，鲁贵卿参军入伍，被分配到中国人民解放军基本建设工程兵沈阳教导队。成为一名优秀的战士，能够在部队提干，是很多农村籍战士实现鱼跃龙门的最朴素的梦想。

身为新兵的鲁贵卿一入伍便当选为部队司令部的通信员，后来又当上了机要译电员，专门负责翻译密电码的工作。对鲁贵卿来说，被调配到机要科当译电员，又积极加入了党组织，这无疑距离"提干"目标又大大地迈进了一步。

1978年底，基建工程兵总部给鲁贵卿所在的支队仅分下来125个提干指标，鲁贵卿虽被推荐并通过提干体检，但在最后时刻却被卡了下来，理由是当兵时间太短，应该把指标让给老兵。"服从命令是军人的天职"，年轻的鲁贵卿二话没说就服从了组织安排。然而，仅过了一个多月，总政一纸命令下来，今后停止从战士中直接提干。鲁贵卿又想到了报考军校的机会，然而现实再一次让他失望。鲁贵卿已过了报考军校的规定年龄。

就在鲁贵卿踌躇满志，为自己的军旅生涯规划着种种梦想时，在提干的问题上，这位勇敢的战士却遭遇到了"滑铁卢"。一连串的打击让鲁贵卿深感沮丧，感觉命运处处与自己作对。

要么消沉下去，要么坚忍向上，一向踏实认真的鲁贵卿选择了后者。

在部队紧张的工作之余，他同时报考了山东大学（夜大）经济管理专业和山西大学函授学院汉语言文学专业。此后不久，鲁贵卿又报考了中央广播电视大学英语专业。鲁贵卿利用业余时间硬是在保密室工作的五年里拿下了三个文凭。那段时间，因其做事认真细致，保密室本职工作不仅没因学习耽误，

反而做得井井有条，受到了部队首长的表扬。

机会总是留给有准备的人。

转眼到了 1981 年，部队考虑三年停止提干造成干部缺额的实际情况，给鲁贵卿所在的单位分了 42 个提干名额。几年来，鲁贵卿并没有因为没能提干并被调出机要科到保密室工作而消沉，反而不自弃，认真工作，刻苦学习，师里破格给了他提干的机会。鲁贵卿如愿以偿。

鲁贵卿在《多数人能走的路》一书中写道："站岗站得最直，可能当时没有人看到，但如果形成了挺拔的身姿，不论走到哪里，总让人眼前一亮。擦玻璃擦得最亮，可能不会给我们带来什么回报，但是当我们和他人竞争某一个发展机会的时候，我们认真做事的态度，一定会为我们加上关键一分。"

认真、积极、乐观、好学、诚信，鲁贵卿优良的品格和习惯，在部队的历练下得到了进一步的强化，为职业发展奠定了坚实的根基。

第二个十年　立
初试牛刀，新晋小工长一丝不苟贡献精品工程

在点滴中学习，在小事中磨炼，脚踏实地，勤勉自律，不断提升素质能力，建立专业优势，严格时间管理，迎难而上，勇于承担责任。鲁贵卿一步一个脚印，从"知"到"立"。

1983 年，中国人民解放军基本建设工程兵部队整体裁撤，鲁贵卿所在支队被划转入中国建筑工程总公司。刚刚提干不久的鲁贵卿脱下军装，成了中国建筑第八工程局机关办公室的一名秘书，这一干又是五年。

从 1976 年参军入伍到 1988 年，12 年时间，鲁贵卿一直在机关工作，但对建筑施工的各个环节却知之甚少，尤其为局长办公会议做记录的时候，对工程项目人工费、材料费、机械费、管理费等专业概念经常记错。于是，鲁贵卿主动向局领导提出了下基层一线锻炼的请求。

隔行如隔山！"机关秘书"到项目部后便开始了爬"山"的征程。

鲁贵卿如饥似渴地学习项目管理和施工业务知识，严格管理时间，"别人只做 8 个小时的事，我做 12 个小时、16 个小时，再加上节假日不休息，就有可能一天变两天"，鲁贵卿在补课的路上争分夺秒。

项目部接到一个 298 平方米的配电室工程，对于中建八局来讲，这个工程简直连"鸡肋"都算不上，自然也没人愿意干。王阳明提倡"事上练"，

在干中学，鲁贵卿便主动请缨接下了这个小工程，"机关秘书"当起了小工长。虽然鲁贵卿在部队期间自学了多门学科，但毕竟没有学过建筑制图，仍然看不懂建筑施工图纸。于是，他主动向老工程师们请教，啃大部头的专业书籍，甚至向刚毕业的大学生学习项目管理和施工管理业务知识。鲁贵卿泡到施工现场，看工人师傅们施工作业，不放过任何一个学习的机会，等到这个项目结束的时候，他已经对项目管理的知识和施工流程有了一定了解。

功夫不负有心人。随后，公司接了一个2000多平方米的工程，并交给了鲁贵卿负责。鲁贵卿感觉检验自己学习成果的机会来了，"教授级高级工程师"终于等来了人生中初试牛刀的机会。一年后，工程竣工时甲方给予了项目部高度的评价，该工程也被评为优质工程。

后来，鲁贵卿又陆续接手了一些中小工程并均取得了优异的成绩。通过这些项目，鲁贵卿对于包括项目招投标管理、图纸设计、预算结算、财务管理、项目施工、安全管理等项目全流程都有了更加精细的了解。

由于能够身先士卒，亲扑一线，严守工期，严控质量，鲁贵卿获得了大家的认可和支持，其作为优秀管理者和项目操盘手的特质逐步显现出来。

第三个十年　长
一战成名，指挥长实现项目五个"目标"四个"满意"

坚守战略目标的定力，对项目运营流程的掌控力，对业绩的执着追求，构成了一个人的有效执行力。鲁贵卿用有效执行力和身先士卒的个人魅力，打造其超强的领导能力。

1990年，公司承接了美国辉瑞制药公司大连制药厂项目。彼时，该项目投资5500万美元，是个大项目。由于有了前面一些项目的经历和良好口碑，公司决定派鲁贵卿到该项目部工作，先任调度长，后任指挥长。

三年施工期满后，指挥部向甲方交出了一份满意的答卷，实现了五个令人振奋的"同时完成"目标，即工程如期交工（实际上比合同约定时间提前一个月）、档案资料同时交备（外资项目卷宗移交地方政府档案馆）、工程结算同时做完、业主工程款全部付清（除了少量按合同约定保留的工程保修费，一个多亿的工程款悉数到账）、专业分包结算和分包工程款全部结清。工程也达到了四个满意，即甲方满意、总包单位满意、参战各单位满意、大连地方政府满意。在随后的工程验收中，该工程被评为"辽宁省优质工程"，

不仅为公司创造了高额利润，而且向外商展现了中建铁军的风采，效益之高出乎所有人的意料。

三年中，鲁贵卿一如既往地深入一线，督办、协调、沟通、把控，同时虚心学习、及时清零。1000多个日日夜夜，牺牲享受、享受牺牲，鲁贵卿以高度的责任感和使命感，圆满履行了自己的工作职责。

经此一役，鲁贵卿从一个文静的"机关秘书"彻底蜕变成了中建八局工程铁军中一名响当当的工程汉子。鲁贵卿就像金庸笔下的侠客一般，潜心修炼，廿余年磨砺，厚积薄发，一战成名！

第四个十年　成
力挽狂澜，85度老国企发展曲线书写商业传奇

创立都江堰人资管理三角法则和"三七定律"、推行"V"型人才队伍优化、树立"信·和"铁军文化、砸掉铁饭碗、重塑凝聚力，通过一系列"外科手术"般的大动作，临危受命的鲁贵卿力挽狂澜，以破釜沉舟的决心、"弃船救人"的智慧和军人"视死如归"的勇气，强势主导了常年亏损老国企的逆天反转。

"我就是中建五局的一个老员工，只是尽力做了自己应该做的事情。"2013年，在接受《经济参考报》专访时他这样说道。

胜，不妄喜；败，不惶馁；胸有激雷而面如平湖者，可拜上将军！回首执掌中建五局的十年，老鲁举重若轻。也许只有一个胜利者才有资格将雷霆万钧描述得如此风轻云淡。

让我们再复盘一下中建五局彼时的状况。

2002年中国建筑总公司的审计报告记载："该企业（中建五局）1.6万名职工中，在岗职工4876人，离退休职工4870人，下岗等其他职工5555人。全局营业额仅为26.9亿元，合同额为22.3亿元。企业的报表利润总额为-1575万元，不良资产达4.8亿元。拖欠职工工资2个多亿，有的公司拖欠工资达48个月。下属16家二级单位中有11家亏损，每年亏损几千万元……"

一连串的数字告诉我们的只有四个字：濒临破产。

遇盘根当需利器！

在中建五局的生死关头，时任中建集团总经理的孙文杰想到了中建八局一公司经理鲁贵卿。孙文杰在《人的因素第一》一文中指出："贵卿同志不仅创新意识强，而且工作作风扎实……在治理企业的过程中嫉恶如仇，不惜

承受精神上的折磨乃至肉体上的痛苦，也要和歪风邪气斗争到底。中建五局太需要这样的人才了！"

率直的老鲁在接受任命时只提了一个请求："如果组织上信任我，非要我干，就要给我时间。除非是我违法违纪，否则请组织不要中途把我调走。"

在得到肯定的答复后，面对部分质疑声，从"前门"走来的老鲁慷慨赴任。

猛药才能去沉疴。鲁贵卿一上任便开始了大刀阔斧的改革。上任伊始的老鲁，作为一个工程专家，反倒更像一名医生，对五局"望闻问切"后，便对这个病入膏肓的"病人"开出了一系列猛药。

攘外必先安内，逐步恢复五局自身造血功能。

"信为本，和为贵"，打造人和环境，内树信心，外树信用，改变员工"精气神儿"。鲁贵卿首先通过树立"信·和"文化，为破败没落的五局注入了一针强心剂。

砸掉"铁饭碗"，同时提出"都江堰人资管理三角法则"，解决企业发展人才短板和绩效激励问题。人才评定动真格，员工能进能出、干部能上能下、收入能增能减，通过公开竞聘主导全局上下管理干部"V"型大换血，扭转不良风气，形成"能者上，庸者下"的良好环境。通过系统性改革，实现"劳有所得，多劳多得；晋有通道，降有依据；危机永存，激励同在"的良好局面。

秉着"弃船救人"的思想，调整组织架构，整合子公司资源。

用事实说话，建精品工程，逐步实现品牌突围，改善外部形象。

区域化经营。针对五局各子公司的实际情况，因地制宜，发挥各自优势，"一司一策"，个性化定制。同时将全国划分为多个区域，避免异地投标和恶意竞争。

专业化发展。五局在内部实施了20次重大重组整合，成型房屋建筑、基础设施、房地产与投资三大业务板块，推动企业战略转型，形成了在基础设施、房地产开发领域的比较优势，打造了可持续发展的强大引擎。

精细化管理。鲁贵卿结合自己多年的项目经验，创造性地提出了项目管理的"成本管理方圆图"，商务合约管理的"三大纪律、八项注意"，施工管理的"四项基本制度"，区域经营的"四个转变"，财务管理的"四个中心，分资制管理"等颇具前瞻性、实用性的理念和措施。一系列措施将五局的项目个个都打造成了明星工程、良心工程。

通过由内而外的改革，中建五局脱胎换骨，很快杀出了一条"涅槃重生"之路。

从2002年到2013年，11年时间，中建五局企业合同额从20多亿元提高

到 1300 多亿元，营业额从 20 多亿元提高到 600 多亿元，利润总额从连续多年亏损到盈利 25 亿元，分别增长了 60 倍、21 倍和 957 倍，年均增长率分别达到 45%、32% 和 97%，员工收入也以年均 21.9% 的速度持续增长。

2002 年开始先后任中建五局局长、董事长，截至 2013 年，11 年时间，鲁贵卿率领五局将士，上下一心，把一个濒临倒闭的老国企蜕变成一个"队伍精干、主业清晰、文化积极、充满活力"的现代化企业，创造了享誉全国的"中建五局现象"，形成了惊世的企业 85 度发展曲线，成为哈佛大学经营管理经典教学案例。不只西点军校盛产商业牛人，鲁贵卿以实际行动向世人展示，中国人民解放军这个人才辈出的革命摇篮，照样可以孕育出卓越的商业领袖。

第五个十年　享
职场转战，执掌大型民企乐享人生新境界

急流勇退，真正的战士从来不怕转换战场。那种看透职场风云，从容坦荡的超脱，成败得失全然不放在心上的淡泊，那种心灵的澄澈和精神的解放才是人生最美的风景。

2017 年 2 月，在度过了职场人生 40 年之后，鲁贵卿放弃大型央企高管职位，毅然加入了中南建设，担任董事局副主席兼总裁；2019 年，又受邀加入平安集团。

老鲁的职场生涯也进入了他心目中的第五个十年：享，是安享也是分享。手头的工作驾轻就熟，心中的理论日臻成熟。将经验理论化、可操作化，分享给更多的管理界和建筑界的朋友是他的心愿。

在《多数人能走的路》一书中，老鲁说："人的一生，就如一条溪流，从遥远的山涧流出。清澈的溪水缓缓流淌。当汇入宽阔的江河，生命的河水开始变得辽远宽阔，暗涡潜流，泥沙激荡。经过长途的跋涉，生命的河水融入无边无际的大海，在深沉的海洋里，泥沙沉入海底，湛蓝的海水与天相接，世界变得安宁祥和。"

从小工长到董事长，从门外汉到教授级高级工程师，从一名小战士到建筑领域纵横捭阖的"将军"，半生戎马的老鲁，将青春和热血奉献给了自己热爱的建筑事业，用事实诠释了"猛将必发于卒伍"的真言。40 余年的奋斗历程如同一条溪流，汇入中国改革开放 40 年的洪流巨浪之中。

苏轼在《定风波》里写道：

莫听穿林打叶声，何妨吟啸且徐行。竹杖芒鞋轻胜马，谁怕？一蓑烟雨任平生。料峭春风吹酒醒，微冷，山头斜照却相迎。回首向来萧瑟处，归去，也无风雨也无晴。

愿老鲁一蓑烟雨，斜照相迎，回首来路，云淡风轻。

（文中照片为主人公提供）

病人不满意，免收住院费！

——记原北京军区后勤部退役军人，
香河县人民医院院长门德志

从农民到军人、从军人到企业家、从企业家到医院院长。

从"五好战士"、立功受奖，到"军转干部标兵""优秀企业家"，再到"全国县（市）优秀医院院长""全国百姓放心示范医院优秀管理者"。2009年以来，连续9年被评为"廊坊市十大新闻人物"。

3次跨界，他干一行，爱一行，专一行，始终坚持最初的使命和创始人精神，努力奋斗、不懈奋斗，一次比一次华丽转身，一次比一次攀登人生新高峰。

他，就是原北京军区后勤部退役军人、香河县人民医院院长门德志。

火红青春，17年军营历练过硬素质

素有"京畿明珠"美誉的香河县城，四面与京津接壤，不仅地理位置优越，而且人文历史厚重。既孕育培养了人们耳熟能详的著名学者张中行等名人，也发明创造了"香河肉饼"等金字招牌，"香河家具城"更是闻名海内外。

1950年3月，门德志出生在这里的渠口镇石虎辛庄村。向上向善的乡风民俗滋养着他不断成长，淑阳大地、潮白河畔留下了他童年的记忆。

"那时中华人民共和国成立不久,百废待兴。当时的贫困,是难以想象的。我们弟妹5人,父亲早年去世,我们家雪上加霜,生活相当艰辛。母亲含辛茹苦,既当妈也当爹,一碗饭5个人吃,一件衣服5人接替穿,一把屎一把尿把我们抚养成人……"回忆过往,门德志常常潸然泪下。

忆苦思甜是最好的"正能量"。正是小时候的吃苦受难和母亲淳朴无私的言传身教,门德志从小就在心底埋下了感恩的种子:感恩党、感恩父母、感恩一切。

1968年2月,刚满18周岁的门德志报名参军,来到了原北京军区某部,开始了他的军旅生涯。

"毛主席的战士最听党的话,哪里需要到哪里去,哪里艰苦哪儿安家,祖国要我守边卡,扛起枪杆我就走,打起背包就出发……"门德志高唱着《毛主席的战士最听党的话》,从工程兵到招待员,从种水稻到军需助理员,从城市到山沟,从新兵到老兵,从战士到干部,无论在哪个岗位,无论是什么身份,都始终像雷锋一样,干一行、爱一行、专一行,艰苦奋斗、爱岗敬业,成为一个组织和战友信得过、离不开、响当当、硬邦邦的军人。

入伍第一年,门德志光荣加入中国共产党。

入伍第二年,门德志被破格提拔为所在部队管理科管理员,主管招待所全面工作。

17年军旅生涯转眼即逝,解放军大学校的培养、大熔炉的陶冶,锻造了门德志忠诚坚定、善于学习、勤于思考和刚毅果断、雷厉风行、勇于拼搏的性格气质。

1985年3月,把火红青春留给军营的门德志,无怨无悔退役,回到他日夜思念的家乡。

风华正茂,13年商海激荡勇立潮头

转业回到地方,已过而立之年的门德志被任命为香河县外贸局副局长兼外贸包装公司总经理。

在部队能打仗,在地方能经商。面对新的挑战和考验,门德志敢接招、不畏难,他一手抓学习补课、深入调研,一手发扬人民军队的光荣传统,艰苦创业。在他身上体现了创始人精神的核心,那就是一个字"干",他认为一切都是干出来的。

经过8年实干、苦干、巧干,在门德志带领下,一个固定资产99万元、

职工 134 人的小型纸箱厂，逐步发展成为一个固定资产 4300 多万元、职工 880 人、拥有 6 个分厂、一家二星级宾馆、一个服务公司的集团企业，并跨入国家中型一档企业和省级先进企业行列，成为廊坊市骨干企业和利税大户。

"当时，门德志带领的员工们工作积极性特别高，精气神特别好。他们的工作效率和产品质量震惊了美国老板，折服了日本客商，引来了亚洲四小龙的商友，产品畅销世界 10 多个国家和地区。香河县外贸包装公司和门德志的名字，在香河声名鹊起、家喻户晓……"一位当年和门德志一起创业的同事，谈起过去的辉煌兴奋不已、如数家珍。

门德志的努力，不仅带动了香河包装业的发展，而且培养了一大批优秀企业家，成为带动香河经济发展的重要力量，为此，他还获得了"县长特别奖"。

有作为，就会有地位。中国包装进出口总公司慧眼识才，将门德志选调到中国包装进出口总公司任职。

13 年商海搏击、勇立潮头，门德志以他一贯的勤勉务实和业绩实力，继续攀登人生新高峰。

不仅如此，门德志还投资建起了农家博物馆，收藏了被现代农业机械所取代的生产、生活用具万余件，成为廊坊市爱国主义教育基地。

壮心不已，20 年打造"百佳示范医院"

1998 年 3 月，鉴于门德志在创业中表现出的优异成绩和展示出的杰出才华，他被县委县政府聘任为香河县人民医院院长。

如果说从农民到军人、从军人到企业家，门德志的每次"跨界"和成功都是迎难而上，而这次从企业家到医院院长的"跨界"，确实让他自己和家人都捏了把冷汗。

没有学过医，只有小学文化，医院排名末位，加之年近五旬，已经功成名就……无论从哪个角度分析，门德志都不应接下"聘书"，置身"风口浪尖"。然而，农民出身的他、军营历练的他、商海搏击的他，始终把党的召唤和需要作为最大追求。

"党叫干啥就干啥，干啥就要全力以赴干好啥！"这是门德志的"奋斗观"，也是他的口头语。

开弓没有回头箭，不忘初心铸辉煌。门德志像持家一样经营管理医院，满腔赤诚投入到医院的建设发展中。

无德不为医，为医德为本。在他看来，人生最难是再造，医院最难是脱胎换骨。上任伊始，门德志就把成功企业管理经验嫁接到医院。要求全院员工践行"三先三后""四讲四不讲"，即"先做人、后做事，先学技、后学招，先做好、后做精""讲主观不讲客观、讲方法不讲理由、讲自己不讲别人、讲功劳不讲苦劳"。

组织员工学习《为人民服务》《纪念白求恩》《愚公移山》等著作，弘扬"对工作极端负责，对人民极端热忱，对技术精益求精"的白求恩精神；制定489个规章制度，177个岗位职责，2200多项操作规程，要求院领导和科室人员每月综合检查和行政查房，倡导问题不清零、发展等于零。对查出的问题全院通报，处罚执行"二八"原则，即当事人20%，科领导80%，职工有"病"，干部吃"药"。

视人民为父母，待病人如亲人。向全社会推出"病人不满意，免收住院费""120救护车免费接送患者"等20项承诺，震惊全省、享誉全国，门德志被誉为中国医院最高服务标准的承诺者和实践者。

门诊大厅常年设导医护士，配备轮椅；门诊所有科室都配备饮水机，免费提供冷热水……

住院患者洗澡有热水，看节目有电视，放食品有冰箱，散步有花园草坪……

所有收费项目统一使用省价格收费软件，利用电子大屏幕和触摸屏，全天滚动播放……

金杯银杯不如患者口碑。有的患者激动地说："我们没想到的，医院做到了；我们认为做不到的，医院做到了；我们认为做得很好，医院做得更好。"

听党话，跟党走，但做好事，莫问前程。医院支持公益事业，不遗余力。捐赠130余万元完善老年文化活动设施，捐赠50余万元帮助小学改善教学环境，向灾区和困难群众捐款270余万元……

爱医院、爱患者、爱职工，门德志以品德立身、用能力服人，让业绩说话、靠廉洁树威。每天清晨走进医院大门，都会发现一道独特风景：门德志带领医院班子成员，提前半个小时站在门口，列队迎接员工上班，风雨无阻。

"不怕职工不听话，就怕领导说错话，不怕职工不听领导的话，就怕领导不听职工的话。"门德志以此作为民主建院指导思想，尊重职工主人翁精神，每年召开两次职代会和各类人员座谈会，年度工作计划、财务收支等重大事项全部在职代会上讨论通过。"医院是我的，我是医院的"责任理念，深深扎根在每位员工心中。

培训是最大福利，进步是最大关心。职工的心就是医院的根，几年来，门德志邀请专家对职工进行了多层次、多形式培训，干部的管理经营能力、员工的技术服务和沟通能力不断升级。同时，医院还设计了院旗、院徽，创作了《院歌》，出版了《院志》《院报》《论文·科研·抢救·手术汇编》，形成了"和谐、敬业、务实、创新"的医院精神。

只有院长有人格魅力，班子才有向心力，中层才有执行力，职工才有凝聚力。权力是有限的，魅力是无限的。门德志始终把每天当作创业第一天，以时不待我的紧迫感，把"大综合、强学科、精专业"作为医院发展战略，无中生有，有中生新。

经过21年的发展，实现了专科、专病、专家、专药、专用设备"五专"到位，开展了腹腔镜、介入、肿瘤治疗等高难和微创手术，走出了一条"临床科室专科化、专科科室特色化、专科向专院发展"之路。

21年披荆斩棘，21年殚精竭虑。医院由1.86万平方米扩大到7.78万平方米，由一个院区扩展到三个院区，业务收入由1997年的680万元增加到2018的5.04亿元，走上了良性循环的可持续发展轨道。先后荣获"全国百姓放心百佳示范医院""全国卫生系统先进集体""全国院务公开示范点"等100多项荣誉，并跻身全国县级医院300强，被省领导誉为卫生战线上的一面旗帜。有20多个省市、近千家医院和万余名卫生行政、管理人员来参观学习，开创了"患者信赖、职工自豪、同行尊重、社会满意"的新局面。

人心换人心，玛瑙换黄金。2010年3月，门德志主动"让贤"，690多名干部、职工自发签名并按上鲜红手印，给县委县政府写信挽留。

一个好院长就是一所好医院。门德志认为："党建抓得好，创先争优活动才搞得好，医疗卫生工作就能做得好，群众就会反映好！"

信仰如炬，理想如帜。老骥伏枥，壮心不已。年过花甲的门德志，党龄51年，工作51年，没有躺在功劳簿上享受生活，仍然像雷锋一样，把有限的生命投入到无限的为人民服务之中，使人生更有价值。他正奋斗在新时代的征程上，带领职工昂首阔步向三级医院迈进。

"我们要全面贯彻落实习近平总书记关于卫生与健康工作的一系列指示精神，把打拼社会积累的智慧和经验，全部奉献给医院，奉献给社会，奉献给全县31万父老乡亲……"

德在人心，志在人民。门德志，一位幸福的奋斗者！

（文中照片为主人公提供）

16年如一日，倾心搭"建"
退役战友成功之"桥"

——记原第二炮兵指挥学院退役军人，湖北战友企业
管理集团有限公司党委书记、董事长杨建桥

风也过，雨也走；有过泪，有过错；还记得坚持什么……
战友一生一起走，
战友不曾孤单过。
一声战友你会懂，
还有伤，还有痛
还要走，还有我！
24载军旅生涯，忠心奉献军营和战友；
16载百姓生活，倾心服务社会和退役战友。

他用军人的作风自主创业，用军队的制度带领团队，用军人的担当回报社会，用军人的情怀助力退役战友；他以"服务国防、服务社会"为企业宗旨，以"责任高于一切"为企业文化，以退役军人为企业核心管理团队。

战友集团，实至名归。

他个人被表彰为"全国模范军队转业干部"，当选为武汉市人大代表、全国个体劳动者协会常务理事、湖北省大型企业精神文明建设会副会长、湖

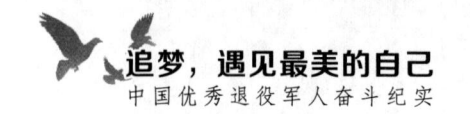

北省智慧物流企业家联盟会会长等。

集团先后被评为团中央"青年创业见习基地""湖北省文明诚信企业""湖北省社会责任先进单位""湖北省经济建设明星企业"和武汉市首届创业军魂"突出贡献企业""武汉市非公党建先进党组织"等。

他，就是原第二炮兵指挥学院退役军人，拥有36个子公司的湖北战友企业管理集团有限公司党委书记、董事长杨建桥。

从湖北到东北，交互磨砺过硬特质

中国冠以"大"的都市，除了上海，就是武汉。

辛亥首义成功，孙中山先生称"武汉一呼，四方响应"；武汉会战时期，全国响起"保卫大武汉"口号，武汉影响可见一斑。

极目楚天、大河东去，孕育了"开放包容、善良豪爽，敢为人先、追求卓越"的武汉特质，也深深影响着这里的每一个人。

1953年9月，杨建桥出生在武汉市东西湖区走马岭村。浓郁的乡土文化，激励着他求知上进、改变命运。

从小学到高中，杨建桥一路成绩优良。

1978年，在"好男儿要当兵"的家国情怀感召下，19岁的杨建桥告别父母，来到了驻沈阳的二炮某基地。

从湖北到东北，从"火炉"到"冰窖"，杨建桥在努力适应水土的同时，更要面对高强度的军事训练挑战。

站军姿冻麻了手脚、战术训练磨破了肘部、做梦都在熟记精密数据……在"一切为打赢"的信念支持下，杨建桥和战友们接受着"破茧成蝶"的洗礼。

1984年，几经挫折，杨建桥终于凭借过硬的军政素质把脚上的胶鞋换成了皮鞋，"提干"背后付出的是数不清的心血和汗水。

在二炮指挥学院，他恶补科学文化知识，更加刻苦训练军事技能。

走上干部岗位，在狠抓自我提升的同时，杨建桥更加注重培养战士成才。

"杨指导员组织战士开展'周写一文、月读一书……''六个一'活动，让大家受益匪浅，有好几个战友考上了军校，有的退伍后考上了公务员等，连队也被表彰为基层建设先进单位。"时任旅报道员黄予洲回忆说。

在"第二故乡"的15年也成了杨建桥最难忘的岁月。东北人豪爽的性格、质朴的品质深深融进了这个武汉当兵人的品格中。

东北风情＋军旅历练，领导责任＋部队作风……多个岗位的积淀，使杨建桥具备了较强的政治理论、组织指挥、科学文化素质，形成了忠诚、担当、务实、清廉的价值取向，政治信仰、思想修养、心理品质等臻于成熟。

1993年，因成绩突出，杨建桥调到驻武汉的二炮指挥学院。

从干事到科长，到处长，在政治工作岗位上，杨建桥不断结合时代发展变化，创新方式方法，为提升部队战斗力注入源源不断的"活水"，《火箭兵英模录》等收录了他的事迹。

收获着能力素质，也收获着战友深情。在一次执行任务中，某装备受高温影响"一触即爆"，杨建桥冲上去为其降温，身边一名战友"猛"的一把拉开了他，自己挡在前面。

那一刻，杨建桥真切懂得了什么是战友情谊，那就是血肉相连，生死相依。

2002年底，杨建桥从政治处主任岗位上退役。

来自人民，回归人民。陪伴他的是1枚二等军功章和6枚三等军功章。

从正团职干部到"买菜工"，带着"战友"闯市场

"正团职干部完全可以选择公职岗位，而他却下海创业……"谈起杨建桥人生第二次选择，妻子当时很难理解。

回到起点再出发，最重要的是做自己想做的事情。

"其实，决定自主择业后，我一直在思考自己该做些什么，能做些什么，当时并没有预案！"杨建桥回忆起那次抉择，内心坦然。

回到老家第一天，杨建桥听说一位大爷为进城卖菜赶夜路，在高速路上被撞身亡。

那一刻，强烈的问题意识和解决问题的责任，让杨建桥决心以解决乡亲们"卖菜难"问题为切入点，为家乡做点实事。

一向务实的杨建桥说干就干，他将工资卡交给妻子后，搞起了"市场调查"。

"那个时候，一方面，城市居民的最大愿望是吃上健康放心菜；另一方面，老家乡亲们种的菜卖又不出去，有的烂在地里，看着难受。"两件事刺痛了杨建桥，更坚定了他解决"卖菜难"问题的决心。

2003年10月，汉口二七路，一家绿色食品配送中心挂牌开张。这是一个

集蔬菜、鱼肉、蛋禽等农贸产品为一体的配送中心。

杨建桥和8位退役战友的第一次创业拉开了序幕。经过深思熟虑，他给配送中心起了个军味十足的名称——战友。

"战友，战友，亲如兄弟……"24年军旅生涯让杨建桥把《战友之歌》唱到了骨子里。"战友最亲，战友最值得信任，战友间情谊也最重。我要用战友的队伍打造一块退役军人创业的金字招牌，在第二战场上打胜仗！"

杨建桥悄悄收起心理的落差，开始做起了"送菜工"。

17时接到订单，次日8时准时交货，干净卫生、新鲜饱满、摆放整齐……这是杨建桥做的第一单生意，背后付出的是通宵的手洗、挑拣等烦琐劳动，合作方当即决定与战友公司建立长期供应关系。

尽管很努力，但因为经验不足，比如进活鱼，不能连泥带水；进鲜肉，不能刮皮伤肉等，辛辛苦苦一年，但盘点下来，还是亏了14万元。

屋漏偏遇连阴雨。3个股东没了信心，撤资，这对菜商行的打击着实不小。

杨建桥士气低落。寒气袭来，他依然站在菜商行门前。30多位盲人手搭肩排着队前来买菜，引起了他的关注。

原来，这群盲人朋友听说这里的菜不仅新鲜，而且分量足，不坑人，专程步行1000多米来到这里。

犹如一股暖意，让杨建桥意识到"冬天过后，春天还会远吗"。他激动地说："大爷大妈们，以后需要什么菜，打个电话就行，价钱一样，足斤足两，我免费给你们送到家。"

"自古以来，谁把百姓放在心上，百姓就会把谁放在心上。"杨建桥逐渐摸到了"门道"，他一面建制度、抓管理、明责权，一面跑市场、问行情、找病根，层级管理越来越严格，成本核算越来越精细，回头客户越来越多，市场信誉度越来越高。

秉承"守时守信、货真价实、物美价廉"原则，几年下来，"战友"客户遍布武汉三镇；"十大军规"送好菜，享誉荆楚大地。

每发展一个固定客户，杨建桥都会送上一个电子磅："菜，要让客户过磅；良心，也要让客户过磅。"

挣到了"第一桶金"，杨建桥"胃口"越来越大。他不仅着手建起自己的农业基地，而且开始发展第二、第三产业。

2004年，杨建桥注册了施工公司，率先进入武汉城市改造拆迁行列。

长期从事部队政治工作的经验告诉杨建桥，拆迁工作必须首先关注政

治效益：“退役军人在部队是国家栋梁，在地方是社会脊梁。要成为国家政治安全的'稳压器'，民营经济发展的'生力军'，构建和谐社会的'辐射源'"。

"一定要站在老百姓的立场上开展工作。强拆绝不可取，一个'强'字，会把党和人民群众的血肉相连拆没了，更会把党和政府在人民心中的形象扭曲了。"杨建桥这样教育拆迁员工。

2011年初，国务院向社会发布了《国有土地上房屋征收与补偿条例》。将"拆迁"变为"征收"，在这个行业摸爬滚打了6年的杨建桥，凭借退役军人的敏锐性，深刻认识到这一词之变带来的影响。

随后，杨建桥在全国首次提出了"红色征收"理念，征收既能维护政府形象，也让百姓权益不受损失，实现党、政府和百姓过上美好生活的"双赢"。

为了加快老城区改建，武汉市硚口区古田街道涉及征收企业和居民万余人，面积3万多平方米，是一块难啃的硬骨头，几任领导都"无功而返"。

硚口区区长找到杨建桥：“你是转业军人，这项严峻的任务交给你了！”

临危受命，当忘其身。能否力挽狂澜，杨建桥心里没有底。关键时刻，要发挥政治工作"法宝"的作用，他决定"谋定而后动"。

"第一，征收员要依法依规，全面了解群众需求；第二，要挨家挨户走访调查，听意见解难题……不仅征收房屋和土地，更征收人心！"杨建桥提出的要求，有力度也有温度。

"然而，也有灰心失望的时候。在宜昌一次拆迁中，一个多月没有打开局面，在我准备收兵时，是身边退役战友们的'胜战'勇气支撑着我。他们说，如果这次灰溜溜走了，我们这块牌子就砸了，在这个行业就自我淘汰了，就是死也要死在这里……"杨建桥带领战友创业，战友反过来力挺他不放弃。

人心齐、泰山移。13年来，杨建桥和他的战友们先后保质、保量、保进度地完成了琴台大剧院、宜昌市商业步行街等拆迁项目39项，不仅保持着无事故、无纠纷的"两无"记录，而且收到被迁群众赠送的锦旗，其经验在全国推广。

面对赞誉，杨建桥认为：我们这一代退役军人，比前辈享受到了更多的发展成果，就应责无旁贷承担更多的担当和责任。

"即使脱了军装，但只要当过兵，'为人民服务'的价值追求就不能丢！"

如今，走进这个公司，首先映入眼帘的是一幅大标语：退役不褪色，永远跟党走。

目前，集团已拥有物流配送、机械施工、生态农业等 37 家公司，吸纳退役军人占集团员工近一半，撑起企业"半壁江山"。

"战友"从班到排、连、营、团，不断发展壮大。

从授人以鱼到授人以渔，"战友"招牌闪耀星空

国防绿、五角星、一顶钢盔、战士剪影，与众不同、独一无二的企业标识；

"招之即来、来之能战、战之必胜！""见红旗就扛、见第一就争！"震撼人心、自信自强的企业口号；

"团结就是力量，团结就是力量，这力量是铁，这力量是钢……"高亢有力、催人奋进的企业歌声；

是哗众取宠？是过度滥用？还是形式主义？有人质疑，有人赞扬，也有人只观察不评论。

从不习惯、不适应到自然、自觉、自发，"战友"集团不变的军魂正潜移默化地凝聚人心、激励斗志、促进发展。

事实面前，无须解释。

"既然叫战友集团，就得为战友着想，靠战友支撑！""让'战友'成为退役军人创业的孵化器和加油站，为党和国家做出更多贡献。"走在创业成功大道上，杨建桥从来没有忘记战友。

"部分退役战友，一无专业资历、二无市场经验，少了就业机会，走了不少弯路，家人有怨言，心理易失衡，行为易偏激。就像迈好新兵第一步一样，他们也需要迈好社会第一步，我愿成为他们创业的'新兵班长'。"

有一次，一个征收项目遇到阻碍，不配合工作的竟然是 3 名退役老兵。第二天，杨建桥找到 3 名老兵，一见面就紧紧握手："战友好！"一声"战友"，唤得 3 名老兵眼睛湿润了。

杨建桥邀请 3 名老兵加入"战友"，他们很快就成为企业骨干力量。

2006 年底，杨建桥拿出 600 万元家底，从银行贷款 400 万元，创办了武汉战友创业培训中心，为退役军人免费培训。

2012 年，集团与华中农业大学、武汉工业学院等高校展开校企合作，为退役战友和农村养殖户提供技术培训、销售服务……

如今，培训中心已发展成为战友商学院，教学团队由管理经验丰富的高管和特约专家教授，以及各行各业的创业精英组成。

杨建桥以《敢问路在何方》进行传帮带，用自己的商海沉浮经验，帮助退役战友找准方向、树立信心。

同时，集团先后投资数亿元在监利、孝感、仙桃等地建设汽车城、农业科技园等，广泛招聘退役军人就业，带动当地群众脱贫致富。

为此，集团被国务院军队转业干部安置办公室表彰为"创业先锋、军转楷模"。许多退役战友感叹："在这里，就像一个失散的士兵重新找到了队伍，因为身边依旧是战友相伴，并肩战斗。"

2018年2月9日，"战友"15周年庆典。

15度春秋风华正茂，15年探索豪气冲天，15载耕耘硕果累累。

"从无到有，由小到大，'战友'每一步都沐浴着党的阳光雨露。"杨建桥的致辞发自肺腑。

在纪念改革开放40周年的宏大纪事中，杨建桥和他的"战友"没有辜负这个大好时代。

走进新时代，一茬又一茬站在人生十字路口的退役军人，如何进一步实现自身价值？党中央、习近平主席对他们给予了高度重视和亲切关爱。杨建桥在落实上，也有更多的布局和举措。

"面对'两个一百年'奋斗目标，我们不能只做见证者和受益者，更要主动作为、迎难而上，成为国家经济的建设者和奉献者。"

"在部队，战友们戍边卫国，奉献青春与忠诚；退役后，战友们在新的广阔天地创造辉煌。我作为先行者，要做的就是创造条件，为大家指引好方向，提供好支持！"

莫道桑榆晚，为霞尚满天。已近六旬的杨建桥并没有写回忆录的计划，他依然和他的"战友"忙碌着，推进"百城万店快速智能洗车"和"分布式光伏发电"等项目，想再为退役军人提供5000个工作岗位……

面向未来，杨建桥信心满怀："习近平主席对退役军人的关心，对民营企业的重视，给了我们巨大的鼓舞，我一定带领集团员工继续扛起'战友'大旗，引领更多退役战友'花开二度'，为党和人民做出更大的贡献！"

"有这样一群人，无论是在部队，还是在地方，他们都拥有共同的名字——战友。"

"有这样一种'成功标配'，沉淀在骨子里的必胜信念、根植于内心的坚强果敢、雕刻在行为上的自律素养——退役军人专利"。

为了"战友"这个称呼，一句话，一辈子。

战友一生一起走，风风雨雨，不弃不离，16年如一日，倾心搭"建"退役战友成功之"桥"、合作之"桥"、友谊之"桥"、幸福之"桥"。

杨建桥，无怨无悔、乐在其中！

（文中照片为主人公提供）

较劲导弹兵，甘当"柚子哥"

——记空军第二实验训练基地退役军人，
重庆来夫子集团董事长肖章勇

一个与导弹"热恋"8年的业务能手，退役后"一落千丈"，干着与专业毫不相关的事。他不但没有步入华丽行业，反而实实在在当起了新型农民，甘做"柚子哥"！他用互联网信息技术助力农产品营销，"树龄定价柚子""土鸡装上芯片""年庚鸭""李果老""狗联网"……一个个脑洞大开的创意，为农民趟出致富新路，缴税亿元受赞扬；他走进乡村、走进大学，传递"农业可以这样玩"的新思路，"兼职教授"成网红。这不是段子，这是真真切切发生在退役军人身上的感人故事，这是改革开放40周年里程碑上新农人书写的新传奇。

"通过部队单兵战术获得灵感，我们研发了智慧蜂箱……"日前，湖南常德市武陵区区长带领30人考察团，在重庆互联网产业园赛佩恩考察时，一位英俊魁梧的男讲解员一连串的军事术语，引起听众疑惑：难道他当过兵？

对！他的确当过兵。他就是空军第二实验训练基地退役军人、重庆来夫子集团董事长肖章勇，业内出名的"柚子哥"。

已过不惑之年的肖章勇，略显发福的体态，掩饰不了他曾为军人特有的

气质。

1993年底,肖章勇穿上军装,从梁平奔赴西北边陲阿拉善,成为某导弹试验基地普通一兵。作为一名农村娃,肖章勇暗下决心:只有多淌汗水,才能超越普通一兵。

当兵8年,从义务兵到志愿兵,他和导弹遥控、监测、维护等技术较上了劲儿。干什么就专什么、精什么,聪颖的脑壳、勤快的作风,让他年年得优秀,年年受表彰。

在内心深处,肖章勇不仅想用行动证明自己是块当兵的好料,而且还想证明自己是块当老板的好料。

"决定的事,就得勇往直前。"至今回想起当初打起背包向后转的事,肖章勇笑得很轻松,两声"呵呵"和写在脸上的自信,诠释了这些年来创业路上所有的酸甜苦辣。

气哭父亲,跳出农门咋又回来了

2001年冬天,肖章勇背着背包回到老家,父母惊讶得不敢相信这是真的。确认他真的退役后,父亲气得不停抹泪,几天粒米未进,几个月不和他说话。

"当农民苦啊!父亲一辈子在农村,最大的愿望就是子女能跳出农门。"肖章勇理解父亲为什么生气,自己在部队干得顺风顺水,凭能力和表现,还有上升空间,完全可落户大城市,成为体面的城里人。两脚已然踏进城市,肖章勇却突然转身回到农村,这与父亲的愿望背道而驰。

"我不会让父亲的眼泪白流!"肖章勇在心里起誓,一定要在农村活出人样,以此解开父亲心里的疙瘩,消除爷俩儿的隔阂。

不久,肖章勇开了一家生物技术公司,快速掘到第一桶金。但没过多久,因盲目扩大规模,导致投资失败,公司宣告破产。

为了生存,肖章勇暂别农村,应聘到一家世界500强外企,从事营销管理工作。在城里打工的日子,酷爱读书看报的肖章勇,对毒大米、地沟油等食品安全事件深恶痛绝。有些禽畜是饲料催肥的,没有肉的香味;有些果蔬是农药和膨大剂喷出来的……想起这些,就让肖章勇不安。由此,他下定决心:这辈子一定要在食品安全方面做点力所能及的事。

在外企工作两年,肖章勇领悟了为什么几个法国农民能够把一个企业做到世界500强,他决定东山再起。不久后,肖章勇便创办了一家高科技公司,从事部队与政府信息安全业务，并在 5·12 地震中高标准完成多起应用通信保障任务。

虽然 IT 公司做得有声有色，但肖章勇始终无法割舍对农业、农村、农民的那种特殊情怀。多年来，一个沉潜多年的"志向"让他寝食难安：凭着在部队练就的本领，个人温饱容易解决，但如何让父老乡亲脱贫致富、过上有尊严的生活？

每次回到老家，肖章勇都要到地里转转。站在荒草丛生的田野里，偶尔看到个别年迈体弱的老人在吃力地侍弄庄稼，回想起当年大伙热火朝天的劳作场面，悲凉之感油然而生："这还是我们赖以生存的土地吗？这还是我们美丽的乡村吗？而原本该在土地上生存的青壮年农民，想方设法往城里跑，家乡正在沦落，家乡越来越回不去了。"

"我要抓住压倒农民的那根稻草，带动其他农民在土地上找到出路！"

2009 年 12 月，经过深思熟虑，肖章勇决定把宝押在农业领域，正式与农业较上劲儿。

"别人都往城里走，你却回到农村，在外面混不下去了吧！"除了父亲不解，不少亲朋好友都戴着有色眼镜看他。

对此，肖章勇没有解释："解释起来很累，我只想用结果证明，人各有志！"

创业艰难，有当兵的劲头就不难

今天的光彩夺目源自昨天的艰苦付出。

说起涉足农业领域的创业过程，肖章勇沉浸在忆苦思甜中。

当准备从养鸡开始大干一场时，突如其来的大火把公司被烧得面目全非。合伙人关键时刻撤资，雪上加霜，他完全陷入困境。

"最难时，身上仅有 1.2 元钱，饿了想在餐馆吃碗面，摸摸荷包，只能吞下口水。犹豫片刻，买了个烤红薯……"肖章勇清晰记得，当时为躲物业人员催缴物业费，每天上下班，只能悄悄从地下车库进出。

对于这段经历，他已记不清当时是如何度过的。他认为，这是部队练就的坚韧意志起了作用，是喜欢较劲儿的性格支撑着他，"要不然，早就放弃了。"

肖章勇鼓起勇气和另一位合作伙伴动手重新拾掇灾后的公司，不想就此关门歇业。

鸡养大了卖不掉，他来到城里，挨个向餐馆、饭店推销。由于养的是"良心鸡"，散养、不喂任何饲料，味道肯定比饲料喂养的速成鸡好，所以快速打开了销路，订单一个接一个。

不到两年，肖章勇养的"良心鸡"供不应求。但是一核算，虽然销路打开了，除去粮食成本，利润所剩无几。

为分摊成本，肖章勇承包了老家废弃的几片柚子林，尝试"树上育果，树下养鸡"的立体农业模式，同时植入品牌包装，走高端品牌路线。没想到，他成功了。

实践证明，"机会总是留给有准备的人，只要路子走对了，总有到达目的地的一天"。

2013年，肖章勇迎来转机。

在地方政府和好友帮助下，他建立了一个涉及农业产业、农业品牌、农业电子商务、农业物联网的电商平台。

"好点子"就是钱，溯源技术为农产品提价

有思想，才会有创新；有创新，才会有创造；有创造，才会有未来。

整天想入非非、琢磨点子的肖章勇，一贯坚持"吸收思想而不是排斥思想，创造思想而不是禁锢思想，引领思想而不是压制思想"。他长期积淀，蓄势待发。

进军农产品保真溯源科技研发，从源头上控制农产品安全——这个酝酿已久的计划时机已成熟，开始"浮出水面"。

雷厉风行、说干就干，是军人作风。肖章勇与懂通信技术的合作伙伴，着手研发追踪芯片，一举获得多项国家专利。

"从给鸡脚安芯片套环，到现在的芯片翅标，我们的保真溯源技术，已进行了8次迭代。"

"玄鸡"，就是肖章勇打造的知名品牌。通过扫描芯片，可以追溯每只鸡是哪家农户养的、养了多长时间、喂了什么东西、谁宰杀的、谁冷链运输的等生产全过程，对每一个环节都能清楚追溯。市民吃得放心，每千克能卖100~120元，比普通鸡价格高出一倍多，而"玄鸡蛋"，尽管卖到6元一个的高价也供不应求。

目前，"玄鸡"品牌已申请国家专利，是重庆科技类重点新产品，成为西南知名高品质土鸡品牌，也是国内第一个采用RFID实现追溯的家禽产品，农业部、科技部等部门多次到养殖基地调研。

科技力量引发"蝴蝶效应",溯源技术很快由畜类拓展到果蔬类。

"作为柚农,我们没有哪个不感激'柚子哥'。"梁平区乐英村柚树种植合作社社长黎万书,回想起梁平柚起死回生,从烂在地里到身价倍增的过程,总是一脸灿烂。

黎万书口中"柚子哥",是梁平乃至行业内通用名,他们只知道"柚子哥"姓肖,但少有人知道他叫肖章勇。

"梁平柚有200多年历史,作为梁平人,如果让这个品牌断送在我们这一代人手中,我们都是罪人啊!"

其实,肖章勇在养鸡的同时,也在研究如何打造梁平柚品牌。由于梁平柚果肉带些许苦和麻,受到外地改良甜柚冲击,一度几毛钱一千克都无人问津,很多柚农痛心地砍掉栽种几十年甚至上百年的老树。

于是,有果树专家向政府建议:改良梁平柚原始口感。从小吃梁平柚长大的肖章勇明白,梁平柚滞销原因不在产品质量和口感,而在品牌营销。为此,肖章勇自己出资,找科研机构化验。

两个月后,结果出来:梁平柚的苦味,来自对防癌抗癌有一定药效的柠檬苦素。这个结果无疑令人兴奋,中国三大名柚名副其实。

在政府大力支持下,肖章勇和他的天农八部公司投入巨资,带领广大柚农用"三记重拳"实现梁平柚品牌复兴。一是将其包装成药柚;二是为每棵柚树配备RFID标签;三是为每个柚子打上二维码。

依靠互联网技术,肖章勇把梁平柚卖到了全国各地,最高售价达到近50元一个,最低也卖20多元一个,价格翻了10多倍。

2014年,肖章勇带动近1万户柚农实现增收致富,柚子价格相比2013年每斤增长240%左右,综合增收5000万元。

2015年,带动柚农增收1亿元以上。为此,地方政府新建标准柚园3000亩,推广标准化生产2万亩。

新时代,新农人。在科技创业、智慧兴农的道路上,爱较劲儿的肖章勇必将带领团队创意无限、精彩非凡,为乡村振兴贡献更多可复制的好点子。

(文中照片为主人公提供)

思想领航助力餐饮报国

——记原81180部队退役军人，313羊庄餐饮公司董事长聂生斌

"就业不易，创业更难！"

"做一名企业家难，做一名有思想的企业家更难！"

从一名普通青年、普通士兵、普通工人和普通党员，成长为国家公务员，副科级、正科级及县级后备干部，再到313羊庄餐饮公司创始人。干一行爱一行、走一处赢一处。

这就是聂生斌。凡是与他交往的人，谈起对他的印象，都会异口同声："他是一个有思想的人！"

笔者未见其面，一个偶然的机会，来到了位于北京最繁华地段的313羊庄王府井店。

"三个热爱，是爱党、爱国、爱人民；一个核心，是以伟大的餐饮报国为核心；三个坚定，是坚定食材健康的品质、坚定顾客至上的品德、坚定科学管理的品行。"年轻的店长对"313"的寓意如数家珍。

我们聂董事长常说："思想决定思路、思路决定出路"。他要求"始终坚持为人民服务，把服务做成思想，把思想做成文化，把文化做成产品，把产品做成品牌，把品牌做成产业，把产业做成人心，把人心做成精神，把精神做成物质,把物质做成生活,把生活做成幸福,把幸福做成快乐,把快乐做成舒服,把舒服做成善良。"

"只要你往好了做,别人迟早会感受到。"他是这么说的,也是这么做的。他要求一口锅煮食材,一口锅煮开水烫碗筷,增强现场感、放心感。强调每一道菜、每一道工序,如何煮碗、水的温度、拿碗的姿势、锅的大小、锅盖的质地颜色、料盒的选择,服务时的语言语气都是不可忽略的细节。

聂董事长和公司领导还为我们制订了方向与目标:"羊庄羊庄,我的学堂;天天学习,我能成长;文化支撑,我有思想;团结包容,我讲原谅;孝行天下,我爱爹娘;心想顾客,我笑脸上;精益求精,我应担当;三品做人,我要善良;餐饮报国,我献力量;全员老板,我奔康庄"。

文化的内涵是最有吸引力的。随着了解的深入,羊庄思想餐饮的模式、核心、灵魂、内涵、根基、目标、保障"七大内容""羊府十七课""羊府十吃"等,一个完整系统的思想体系呈现在眼前,让人记忆深刻。

目前,313羊庄在全国有400多家连锁加盟店,就业人数近万人,2019年纳税1300多万元。

笔者由衷感到:这是一位睿智而又实干的退役军人!这也激发笔者探寻他转身后,是如何把生意做得风生水起。

聂生斌,1964年出生于黑龙江省林甸县一个普通农民家庭,吃过苦,受过穷,16岁入伍来到辽宁海城某部"清江二连"。

忆其少壮时,聂生斌感慨万千:"那是20世纪80年代初,部队天天军体训练,大比武、大考核。站排头、争第一的思想就是那时打下的。不光是内务、训练,就连饭前唱歌、施工劳动都要一争高下。""单兵进攻是最考验人的,从山下往山上进攻。800米距离,全副武装,要完成匍匐前进、挖掩体、埋地雷等,再向目标射击,最后还要向人体靶大声喊'冲、杀'等15个动作,筋疲力尽的感受,一辈子都忘不掉。自己觉得喊得很大声了,考官却说听不到,实际上是嗓子已经干哑了!"从战斗班排到炊事班长,从比武夺冠到野炊第一,他立功、入党,成了为数不多的"全能班长"。

4年后,聂生斌退役回到地方,这些虽然辛苦却难忘的经历成为他人生道路上的巨大财富。之后,他从县粮库干起,走上县国土资源局党组书记、局长岗位。无论在哪个岗位上,他都既坚持思想引领,又结合实际创造性地打开局面。

在扶贫帮困上,他从思想脱贫、精神脱贫着手,再解决工作方法脱贫、

工作作风脱贫和人才脱贫问题，效果比较明显。工作之余，他还创作了《门》《度》《桥》《朝闻夕说》等著作。

军人情怀，始终珍藏在聂生斌内心深处。2000年10月5日，纪念中国抗美援朝50周年。聂生斌带上班子成员买了三个高级电饭锅，到本系统三名抗美援朝老战士家中慰问。三名老战士十分惊讶，连自己都忘记的事，聂局长怎么就能记在心里呢！每年8月1日，聂生斌都组织一次退伍军人座谈会，时时处处体现党的关怀。

为此，聂生斌多次被评为"十佳公仆""先进工作者""劳动模范"。《黑龙江日报》《大庆日报》等先后对他的事迹进行了宣传。

光环笼罩下，最需要的是清醒。2014年，在局长岗位上十年之久的他，经过深思熟虑，决定"下海"。一来"让贤"，为年轻同志提供锻炼岗位；二来"创业"，争取带动更多人就业。

经过多次市场调研，创办一家餐饮公司的规划逐渐"浮出水面"。然而，他多年积淀的"思想"和"创新想法"并未得到"班子成员"认可，什么"唱歌喊口号、让员工有老板思维、把服务员改称助餐员等"简直匪夷所思，甚至遭到调侃和嘲笑。

碰壁后，聂生斌并没有放弃。"先拿出一家店来试点，大家看到效果后再推广。"他耐心细致一步一动、一招一式示范带领，一遍、两遍、三遍，磨破了嘴皮，他依然不厌其烦。经过一段时间的努力，团队的凝聚力、员工的潜力得到极大发挥。效益面前，方法逐渐被复制。

"如果脚步不能飞扬，那就让思想插上翅膀。"聂生斌非常喜欢这句话。

未来，他希望团结董事会和全体员工一道，让313羊庄走向世界，创办1万家连锁加盟店。拿出更多的优惠政策支持创办退役军人店、军人家属店、大学生店、残疾人店，帮助更多群体实现创业就业梦想，甚至包括帮助上访人员解决生计问题。

言谈之中，贯穿始终的还是他的"思想无疆"和"家国情怀"。从餐饮企业家到餐饮投资家，到餐饮慈善家，聂生斌在路上、思想在路上、实干在路上、祝福在路上。

（文中照片为主人公提供）

武装护航领军人

——记原北京军区某部退役军人，
华信中安集团董事长殷卫宏

一个士兵的"蜕变"能有多大威力？

他用5年军旅生涯奠基，13年商海砥砺，15年打造了安保行业的知名品牌，创造了诸多"第一"和"之最"。

他把曾经的"军中骄子"，经过"利剑与坚盾"的磨炼，培养成为优秀的职业安保人员，依然发挥着"国之盾"作用，令不法分子望而却步、令海盗胆战心惊。

他麾下有4个子公司、18个分公司，22000多名员工遍布党政机关、大型企业、全国两会、重要活动、公众人物安保等岗位都有他们的身影。

他组建的中国首支民营海上武装护航队，驰骋大洋，改变着世界安保行业的格局。

他用"决心、坚持、必胜"，演绎着"高质、高效、高标准；保人、保物、保安全"的安保传奇。

他，就是原北京军区某部退役军人、华信中安集团董事长殷卫宏。一位健壮、干练、直率、自信，英气十足、铁骨铮铮、正气凛然、不怒自威的老兵，一位不是将军却胜似将军的领军人，一位用光荣和奋斗续写"新故事"

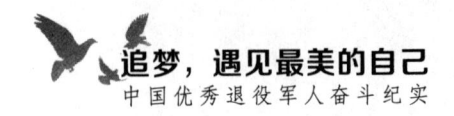

的创业者。

奠基："万岁军"里经风雨

1967年，殷卫宏出生在北京市宣武区（现西城区）一个知识分子家庭。从小帅气精神，姐弟三人，两个姐姐对他呵护有加，父母对他关怀备至。

在那个贫困窘迫的年代，殷卫宏的童年却在"蜜罐"中度过。小小年纪的他比较贪玩，调皮捣蛋，上房揭瓦、弹弓打鸟……

面对"失管"的儿子，父母担心"堕落"，下决心送他去当兵。

1986年，殷卫宏来到原北京军区某部装甲某师某团。这是一支因在朝鲜战争第二次战役中表现出色而被誉为"万岁军"的部队，其中松骨峰阻击战成为作家魏巍通讯《谁是最可爱的人》的主题。

部队驻在"京畿重地""首都南大门"的保定，虽然离家不远，但生活条件却相差万里。

"吃不饱、被冻醒"是至今留给殷卫宏"兵之初"的深刻印记。"白菜游泳、茄子游泳和土豆游泳，是我们的老三样。训练强度大，饿并坚持训练着……但部队铁一般的纪律和严明的作风培养了我！"艰难困苦不知不觉磨砺着他。

"熬过"新兵连，殷卫宏被挑选为公务员。眼明手巧、开朗上进的他得到领导认可，也从领导身上学到了很多为人处世的道理，进步越来越快。

入伍第三年，殷卫宏被任命为生产经营办副主任。借助亲友"牵线搭桥"，他西到大同、南下广西为单位采购、销售煤炭和小米等，效益逐渐好转，他经商的底子也越打越扎实。

5年时光转瞬即逝，但他并不后悔："军旅生活紧张又艰苦，但正是这种经历，为以后的发展做了铺垫。"

初试：走出"温室"逐商海

1991年，殷卫宏退役后被安排在旅游局。上班、下班，他边工作边学习，酒店管理业务稳步提升。

日子在平淡中悄然流逝，生活在他人羡慕中度过。

改变是在1995年。

"姐姐在国外开餐饮店,想让我过去帮忙。那时,母亲中风也需要人照顾,我经常请假,不是个办法。就这样,我索性辞职……"殷卫宏对孝道和亲情始终看得很重。

后来,殷卫宏来到义父的房地产公司,从保卫部长一步步干到副总经理。他对市场分析、现代管理、财务金融、人力资源、关系协调等各方面,都有了新的认识和了解。特别是跟随义父经商的过程中,他细心揣摩、务实肯干,驾驭企业的能力不断增强。

2002年,因业务急需,殷卫宏负责招聘一批保安员,看似简单,当时却颇费一番周折。

"一是保安公司比较少,二是收费比较高。几经努力,才招聘到80多位。保安公司送他们来报到时,有的衣着不整,有的留着长发,有的背包打成了卷,有的衣服和大檐帽上布满了汗碱,浑身散发汗臭味,而且安排他们洗澡后,竟然没有换洗服装……别说训练有素,简直一盘散沙,何谈战斗力?其中有一部分是退役战友,一点兵样都没了!"所见所闻,让殷卫宏欲哭无泪,这与他心中的保安形象相差十万八千里。

经过深入调研,殷卫宏深受触动:"当时,这个领域有'两个不满',一是保安队员不满,伙食差、住房差(地下室居多)、待遇差;二是客户不满,保安队伍组织纪律性差、业务能力低。还有'两个需要',一是退役战友有好的素质,需要一个好的平台;二是农村有大量富余劳动力,需要这个岗位。"

调研深入,情况明了。殷卫宏感到这个行业有很大提升空间,而且有利润可赚,为何不自己创办一家保安公司呢?他下决心组建一支正规化保安队伍,彻底扭转行业现状。

破茧:进军安保行业开新篇

2004年8月,经过两年时间冷静观察、用心考察后,在义父支持下,殷卫宏投资240万元创办了华信中安(北京)保安服务有限公司。

从小有成就的企业中层管理骨干,转型门槛很低、认可度并不高的"保安队长",非议扑面而来。殷卫宏没有解释,而是把时间充分运用到实实在在做事上。

"保安公司,是社会发展过程中出现的新兴服务业,在美国称'私人安

全公司',日本称'警备会社',中国古代称保安为近身侍卫。面对市场需求,我们要转变经营理念、拓宽服务领域、提升服务质量。"殷卫宏有自己的见解。

走访公安局内保机构、了解最新政策变化、参观实力较强保安公司、选址建设、品牌设计、招兵买马等,殷卫宏的"创业思路"越来越清晰。

世界著名的安保公司都把本国退役军警作为最优质的人力资源,而国内有的单位选拔员工时则偏好学历文凭等因素,从而忽略了这一优秀群体。军人出身的殷卫宏熟悉军人,了解军人,深知退役军人的优秀。

殷卫宏日夜操劳,打出了一套套"组合拳"——建立招聘网络,要求持有部队领导推荐信,以证明能力和品格,便于吸引最好的退役战友加入;确立安保服务、教育培训和智能科技"三驾马车"为核心业务,实行半军事化管理基本模式;设立龙、虎、豹3个班,分层次组织3个月集训,特别是培养退役战友提升想学习心态、再学习能力和坚韧不拔精神……

"有理想、有道德、有文化、有创新"的"四有"企业宗旨;"忠诚尽责、厚德守信"的核心价值观;"军人气质、专业服务、工匠精神、国际视野、钻石品质"的经营理念;"努力经营是为了公司的今天,提高科技含量是为了公司的明天,培育优秀人才是为了企业的后天"的发展思路……心无旁骛的殷卫宏,脑海里全是公司的四梁八柱。

有好的理念、好的思路,还需要苦干实干。最初的9名队员,经过殷卫宏亲自培训,在工地保安岗位上履职尽责、纪律严明,工棚的"营地"内床铺整洁、被子棱角分明。

2008年,殷卫宏投资160万研发了对国内安保行业有着里程碑意义的保安企业ERP信息管理系统,直接向全行业免费推广,促进了行业整体进步。

品牌就是效益,形象赢得发展。第二家、第三家签约单位纷至沓来。

然而,意想不到的困难还是不期而至。由于用人单位有的"打白条",拖欠服务费,而员工需要工资养家糊口。为了及时足额发放保安员的工资,前三年,殷卫宏借亲友、借战友,甚至抵押了车辆,动用了父母的养老金,因为在他心中,保安队员最重。

直到今天,殷卫宏常说:"与其说公司解决了员工就业,不如说员工支持着公司发展,因为不论面对多么艰难的任务,大家没有一丝退缩。特别是退役战友,他们凭借过硬素质,逐渐成为中流砥柱……"

退役军人的工资,从起初的每月比其他队员多50元,到今天的每月多500元。殷卫宏始终对他们"高看一眼、厚爱三分",并习惯称保安队员为"战

士",这从侧面印证着他浓浓的军旅情结。

士为知己者打拼。在殷卫宏感召下,广大保安队员不畏艰险、不惧风雨、不怕苦累,用他们的忠诚和血汗,为公司发展立下了汗马功劳。

"保安服务公司规范化建设先进单位""首都文明建设单位""北京安全防范行业协会会员单位",数百面锦旗和奖杯,以及立功受奖人员,见证着他们一路走来的辉煌。

2010年是中国保安行业元年。《保安服务管理条例》出台,民营保安企业拥有了牌照,获得了与国营保安企业同样的机遇,这对殷卫宏和他的团队如何进一步提升自身竞争力提出了新的挑战。

腾飞:海外武装护航写传奇

商船被劫持、营地遭袭击、员工遇绑架……

前些年,殷卫宏每每听到中资企业的海外遭遇,总是痛心疾首、忧心如焚。

"我国有4000多家保安公司,年产值100多亿元,可海外业务发展严重滞后。如何紧跟中国作为世界第二大经济体步伐,发挥非政府机构专业化安保队伍作用,助力中国企业'走出去'……"殷卫宏的全球化视野已经打开。

2011年,当时国内没有一家保安公司具有海上护航资格,中国商船通过印度洋等海域,只能花费高昂佣金雇用外国护航保安公司,大大增加了运输成本。

护航就是保国,护航就是为家。"我们不做谁去做!"为了取得ISO-28000-28007认证,殷卫宏带领同事肩负"国家使命"重任,经过一年多努力,为海上护航队组建奠定了走向国际的基础。

一批来自海军陆战队、武警"雪豹"突击队以及其他精锐部队的退役军人,在殷卫宏的历练下,不仅成为"精锐中的精锐",而且有了新的报效祖国的舞台。

2012年,完成国内外所有手续后,海上护航队正式进入印度洋,开始了护卫中国商船任务。

起航的那一天,殷卫宏彻夜难眠:"能为事关国家经济安全的战略物资运输提供护航,无论是对队员还是对公司,这种自豪感和成就感,不是用钱能换来的!"

事实上,起初的三年,因为一些国家的"恶意竞争",海上护航队一直处在亏损状态。但作为中国首个民营武装护航队,作为中国海军护航舰队的

有益补充，殷卫宏和他的战友们不仅履行了中国海上武装护航的新使命，而且腰斩了国外保安公司在国内市场的"垄断价格"，彰显了公平正义。

"然而，与国外保安公司相比，护航队组建之初遭遇瓶颈：有战争经验的退役军人极少，而且英语水平低，专业知识缺乏……"针对面临的问题，殷卫宏毫不讳言。

为此，殷卫宏亲自督导，连续举办9期集训，航运知识、专业英语、"空手夺枪""软梯登船"等技能逐一过关后，150多名文武双全、素质过硬的护航队员枕戈待旦。

经过严格训练，在全国首批保安企业等级评定试点中，集团跻身北京一级资质企业之列，赢得"全球有身影、业界有声音、行业有品牌"美誉，而殷卫宏最大的希望，是成为能运行最高国际标准的中国安保力量代表。

只有配备高科技产品、拥有高素质人才，才能提供高效优质的安保服务。为此，殷卫宏带领他的同事始终追逐安保领域"巅峰"。

"提高科技含量"是一个重要着力点，这不是指炫酷的黑科技，而是指实用型产品。集团研究的钛雷，虽是非杀伤性武器，但可以对海盗起到极大震慑作用。

"钛雷实际上是礼花弹，与迫击炮、火箭筒声响效果差不多。分为50米、100米和150米三种距离。'平地一声雷，追着海盗的小艇打，海盗们被吓得胆战心惊！'"殷卫宏对自己的撒手锏如数家珍。

"这支力量的出现，便是安心、安全、安稳的承诺与保障！"一些远洋公司纷纷写来感谢信。

足迹踏遍印度洋、大西洋沿线30多个国家百余个港口，护航4600多航次，为82900多船员进行反海盗培训，80多次击退海盗袭扰。

对于中国的退役军人，必须使用"中国式"的管理办法。为了让"战士们"更加职业化，殷卫宏使尽了浑身解数。

出航前有送行酒，返航后有接风酒……让每个"战士"都感觉生活在家的环境中，拥有"荣誉"和"责任"。

在华信中安护航队服务一年后，每个武装护卫人员都会获得一枚铜制镀金纪念章，第二年是纯银制，第四年是24K纯金制，这兼具资历牌和军功章功能。"干满6年，我给战士们金质奖章，镶个钻石。"殷卫宏满含笑容地说。

忠诚可靠、英勇顽强，是完成任务的前提。公司的整个机制保留了浓厚的军旅色彩，比如"支部建在连上"，类似"公司党小组建在项目上"。每

个项目都选拔退役政工干部担任教导员。

其实,企业创建之初就报请有关部门批准,成立了党总支。2014年7月,集团总部成立党委,下设6个党支部。同时,在海外基地设两个党支部,为队员提供思想指南。

日常工作中,持续开展"四格"教育和"六个一"暖心工程,即国格、军格、人格、司格教育,为保安员建立思想档案,一人一事做好工作;倒一杯水、谈一次心、打一次饭、叠一次被子、带一班岗、给家人打一个平安电话。

小胜靠智,大胜靠德。2011年10月,患白血病的吉林女孩小悦悦进京求医,18名保安队员排队捐献血小板,集团接收她的父亲担任保安员。殷卫宏和员工又捐款3万多元,解其燃眉之急。

公益是最暖的励志。近年来,集团为汶川、玉树等灾区、"最美司机"吴斌等捐款累计达200余万元;2013年12月,他们向"北京市保安员专项温暖基金"捐款20万元。

集团创建至今,相继有2万余名退役军人入职。退役士官邢鹏入职10年,完成了从保安员到保安公司总经理的跨越,被表彰为"北京市劳动模范"。

专注是最好的机遇、爱国是最大的商道,讲责任才能让事业走得更远,目标分段才能更有利于实现。

殷卫宏的"蜕变"引发"酵母效应",带来更多退役军人的"蜕变",留给今天和未来深深的启示:成功不可复制,是气势和运势的结合。不是人人都适合创业,创的是事业不是家业,上进心不是贪心!保持军人的优良传统,在每个岗位都会实现新的价值!

华人信誉、中国安保;

卫国有责、宏才远志。

殷卫宏,好样的!

(文中照片为主人公提供,《中华英才》2019年第8期摘要刊发)

军装给我力量，我还军装以荣光

——记原安徽省军区独立二师退役军人，江苏卡思迪莱服饰有限公司总裁、北京润泽金松科技装备公司董事长李志明

尊贵典雅的茶桌干净整洁，各类物品的摆放井然有序。

面前的他，温文尔雅、沉稳干练。言谈间，让人深深感到，他既有大多数企业家都有的不畏艰难、勇于创业的实干精神，也有很多企业家少有的运筹帷幄、纵横捭阖的机敏睿智。

20年商海鏖战，他把军人的坚韧、记者的敏锐和公务员的周全有机融合，一步步成长为商界精英。他把一个11人的小作坊发展成占地8万多平方米，拥有2800多名员工（其中退役军人180人），年销售额近15亿元的行业制式服装、智能定制服装、反恐科技装备等多元一体的集团公司。

他，就是原安徽省军区独立二师退役军人、江苏卡思迪莱服饰有限公司总裁、北京润泽金松科技装备公司董事长李志明，他同时兼任北京江苏企业商会常务副会长、中央党校特聘讲师和安徽工程大学、江西服装学院客座教授……

为上海世博会、北京APEC会议等国内大型活动设计和制作服装，为纪念抗日战争胜利70周年大阅兵方队定制阅兵服，为建军90周年朱日河沙场阅兵研制单兵防护装备等，让李志明和他的卡思迪莱、润泽金松一次次成为世界的焦点……

军营历练：两种能力受益终身

百里秦淮河发源地溧水，不仅具有水乡风韵和山地风貌，而且是长三角地区制造业基地和现代化产业集聚区。

1964年，李志明出生在这里。当时正值国家困难时期。父亲的英年早逝，无疑让这个兄妹五人的家庭雪上加霜。

7岁的李志明，就已经学会了做饭、放牛，立志为母亲分忧，与命运抗争。艰难的生活磨炼了他节俭耐劳、勤学上进、执着坚韧的性格。

1982年，因几分之差与大学失之交臂的李志明，无钱复读而去建筑工地做小工。从酷暑到深秋，他搬砖、挑水、和泥……汗水湿透了衣背，手上磨出了老茧……

三个月后，征兵的号角再次激荡起李志明的从军梦想。毕竟，那是一个崇拜军人的年代。小时候看到军人，他心里总有一种向往之情。凭着过硬的身体素质，他一路顺利通过体检、政审，来到淮河畔的安徽省军区独立二师服役。

如何迈好军旅第一步？李志明心里并没有数。第一个晚上，他思乡心切；第一次班务会上发言，他紧张得哭了；第一次队列训练，他有时也"双拐"……

然而，抱着改变命运、为父母争光的愿望，李志明沉下心来，融入环境，苦活累活抢着干，大事小事敢争先，很快脱颖而出，成为同年兵中的佼佼者。

1983年，"东北二王"案件震惊全国。李志明被抽调参加追剿任务，近两个月高度戒备。虽然没有亲手抓到"二王"，但也练就了他不怕困难、敢于应战的意志品质。如果说这次行动让他对军人使命有了感性认识，那么让他直面生与死的则是一次救人经历。

1984年寒冬的一天傍晚，刚刚执行完淮河大桥警卫任务的李志明，在返回宿舍途中，突然听到"砰"的一声，不好！有人跳河！他来不及多想，纵身跃入河里，在寒冷刺骨的河水里将跳河女青年拖上岸，并送到医院。

关键时刻挺身而出，平时学习积极努力。李志明自幼喜欢读书看报、写文章，军营则为他提供了施展才华的舞台。陆续发表的"豆腐块"，不断升华着他的文学素养。

三年军旅生涯，三次荣立三等功。李志明用自己的行动，书写着平凡中的伟大。让他感恩于心的则是经过军营磨砺带给他的两种能力——懂得了做人的道理和增强了料理生活的能力。这两种能力伴随着他一步步走向人生的金字塔。

工匠精神：打造"国家裁缝"和"制造先锋"

1985年，退役后的李志明应聘到某乡镇企业杂志社当记者。三年间不停采访、辛勤笔耕，他逐渐成为业务骨干，并转为国家招聘干部。

然而，正当事业如日中天之际，从采访众多企业家中受到鼓励和启发的李志明，却依然决然地辞去了公职。

1998年，带着巨大的"创富"热忱和追梦情怀，李志明和妻子从金林在服装行业中嗅出商机。他们从11把剪刀做起，从做帽子起家，一起创办卡思迪莱服饰公司。

梦想虽光彩照人，但追梦途中往往会遇到险滩暗礁。谈起第一单生意，李志明刻骨铭心。由于急于求成和缺乏契约意识，他们接了笔100多万元的业务，就在加班加点赶制服装时，对方突然告知取消订单。

从此，在研究"成功学"的同时，李志明更乐于钻研"失败学"。他一手借助体制优势，一手借助市场化道路，不断规避风险，不断抓住机遇，不断开拓创新，完善着企业的"四梁八柱"。

"我负责公司的战略管理和关系拓展，妻子负责生产和全面管理。我们在多年积累的定制服装基础上，以市场需求为导向，加大了高科技研发和应用，实现了突破转型……"李志明和妻子这对"黄金搭档"在业界有口皆碑，引领着公司创造了一个又一个奇迹。

尊崇军人，李志明生产军装。"虽然离开了部队，但军人的本质没变。脱下了军装，部队的本质没有忘，所以对军服有很深的感情，而且制服本身就有一种神圣感。"

2009年，武警阅兵礼服定制招标，国内16家大型军工制服企业参与竞争。作为一名老兵，李志明深知这是一份难得的荣誉和责任。他担任总指挥，组织专业的设计打样和量体裁衣团队，先后三次修改方案，通过十余项检测考核和反复试穿，最终过关斩将，一举中标，开创了中国阅兵史上由民营企业承制阅兵服的先河。

了解官兵的训练需求和强度，才能设计出完美的服装。李志明带领设计师、量体师多次深入训练场，详细了解官兵形体特点。他适时提出打破常规西装版式结构理念，指导技术人员攻克阅兵服除褶等难题，通过高温定型、制作成免烫衬衣，填补了国内空白。

阅兵式中，身着卡思迪莱研制的新型特战服的武警方队整齐划一，展现出的雄壮军容，震撼着现场和电视机前的每一位观众。李志明不失时机地组团参加巴黎国际警察与军队装备展，成为国内仅有的两家参展商之一。目前军品订单应接不暇，成为公、检、法、工商、税务等单位服饰的标准制定及生产定点企业。

与此同时，李志明带领团队攻坚克难，先后成功开发出制式服装工艺西服化等一系列新技术，推动技术装备更新和产品优化升级。公司先后在北京和广州建立迪莱设计工作室，专门开发职业装时尚化亲切型品牌和时尚典雅的成功男士商务品牌等，他提出的打造"宁派"服装经典的愿景正一步步实现。

除了做好国内市场，李志明还将目光瞄准海外，主动融入"一带一路"。如今中东地区多个国家的制服都由他们提供，而且订单每年都在增多。

一段军旅、一生军人。"产业报国、科技强军"一直是李志明的创业情怀。2009年，他在北京创办了以提供反恐综合解决方案为主营业务、以"智能强警、科技安邦"为使命的装备公司。从此吹响了"从传统制造到智能制造的企业转型驱动升级号角，标志着集团开启了从'国家裁缝'到'智造先锋'的战略升级之路"。

2018年5月17日，中国国际警用装备展召开，李志明带领他的"作战机器人"闪亮登场。在第八届国际警用装备博览会上，他们展出的轻量化防弹衣系列选用复合型材料制作，大大降低了重量，防95式自动步枪的防弹衣只有1.4公斤，减轻了士兵的非战斗型损耗，提升了战斗力。

"这些东西看起来不起眼，但在实战中关系到每一名士兵的生命。我们将通过专业的设计研发团队，提供高端定制化、性能优良的单兵装备……"李志明的军人情结溢于言表。

商业哲学：做践行社会责任的企业家

从白手起家到产值过亿，到底在追求什么？生意人、商人与企业家有什么区别？是李志明经常思考的问题。

李志明见解独到："成就得益于国家的好政策和员工的齐心协力，真正的企业家在完成自我实现、企业发展的同时，必须有奉献情怀。坚守社会责任，就是坚守企业生命。"

为此，一方面，李志明创建卡思迪莱商学院，积极带动产业链上下游、产学研合作机构等共同学习提高；传播"以诚为做人之根，以信为处世之本，以实为创业之宗，以新为发展之源"的企业理念；在团队中塑造以"爱与和谐"为核心的家文化；向员工传递正确的方向、方法和方案；针对基层、中层和高层员工打造利益、荣誉和精神三个共同体，最终形成命运共同体；让员工自觉立标、追标和创标、超标；在党员干部中开展社会责任感主题教育，在管理层中树立正确的财富观，在全体员工中培养正确的价值观……营造了"美在心灵、和谐生产、快乐赚钱、共同富裕"的良好氛围。

近年来，公司先后安排200万元为员工宿舍安装空调、电视机等，开辟学习、娱乐和体育场所，定期调整员工工资，成立爱心捐助委员会，每年为员工进行体检，定期请知名医疗专家坐诊，组织公益讲座300余次……

另一方面，李志明一直坚持扶贫帮困，先后向汶川、玉树灾区和残联等捐款500多万元，服装近3万套（件）；出资近3000万元，在南京栖霞摄山星城成立卡思迪莱分公司，吸纳当地350多名、平均年龄45岁左右的失地失业女性就业；2018年，公司举办多场为抗战老兵、退役军人、农民工兄弟送温暖的捐赠活动，累计超300万元……

"江苏省管理创新示范企业""南京市市长质量奖""首届百名退役军人创业之星""优秀共产党员"等荣誉是政府和百姓对他的由衷褒奖。

回望来时路，奋进新时代。李志明感慨万千："没有坚持到底的失败，没有半途而废的成功。简单的事情重复做，做到极致，必有精华！"

军装给了他力量，他还军装以荣光。高强度的工作并没有让年逾半百的李志明感到疲惫，反而让他激情满怀，像陀螺一样在转动中停不下来。工作之余，他依然坚持把时间花在学习上，国学经典、人文历史等都是他的兴趣。

李志明，志在四海，明达致远！

（文中照片为主人公提供）

美丽女兵的别样情怀

——记解放军海峡之声广播电台退役军人，
81联聘董事长陈蕾

"各位听友，欢迎收听'文艺大世界'节目……"每天打开海峡之声广播电台，伴随着优美的旋律，清晰悦耳的声音通过电波传向世界各地。

在这支享有"和平使者、海峡知音"声誉的综合性国际广播电台播音员队伍里，有一位女兵，不仅颜值高、音质好，而且肯吃苦、好学习。

时光荏苒，在离开军营16年后，昔日的女兵，今天已经成长为优秀的女企业家。

走近她的人，都想认识她；认识她的人，都想了解她；了解她的人，会将她视为知己。

因为共同的使命和责任，我与她未相识先相知，随着交流的深入，直觉给了我这样的印象："这是一位有情怀的退役女兵、一位有情怀的女企业家"，她有着"不爱红装爱武装"的家国情怀、"谁说女子不如男"的创业情怀、"革命生涯常相助"的战友情怀……

1998年初冬，陈蕾被特招入伍来到位于福州的海峡之声广播电台。新训两个月，作为由兄弟部队代训的新兵，干部骨干对陈蕾的要求相对不高。但这个有点"犟"女兵却丝毫不示弱，要求和其他战友一样的标准，无论是站

军姿、练战术，还是小值日、出公差等，她都积极主动，标准一点也不降。为此，一次"摸爬滚打"后的"训练照"，也成了她军旅生涯的"标志照"，作为"写真"被珍藏至今。

服役第五年，正当部队把她作为"干部苗子"培养时，她却令人意外地提出了退伍申请。

是熟悉的地方没有风景，抑或是还有诗和远方在等待……

2002年底，回到家乡，本来可以继续回到播音员岗位上，或者做编辑、当记者，但经过半年多的"思考状态"，陈蕾的选择再次出乎意料——放弃专业，下海经商。

在当时太原最大的商业圈——华宇商场，陈蕾做起了服装导购员，这是她退役后的第一份工作。凭借语言天赋和沟通能力，一年多时间，她成了这个楼层最优秀的导购员。

挣到了第一桶金后，陈蕾经常在夜深人静时叩问内心："我还能做什么？"

"做自己喜欢的事情！"

2004年，不安分的她，独自一人闯进北京，又开始了"折腾"。应聘到协同通信集团，任北京分公司副总经理，分管动中通销售业务。风生水起之际，她再次辞职来到了国动网络通信集团，任集团董事副总裁，分管军民融合工作和新市场开拓业务……

无论是业务洽谈，还是选人用人，只要对方是"军人军属"背景，她都格外重视、格外用心。

一段从军路、一生军人情。新时代的到来，为退役军人事务迎来了新的春天。源于浓浓的军旅情结，陈蕾在就业中思考、在思考中蓄势——"在互联网时代，如何针对退役军人找工作的刚需，为大家做点事情，这才是我最好的选择！"

基于对部队深厚的感情和帮助退役战友就业的浓厚情怀，经过一段时间的充分调研、准备，她与北大同学、星宸科技创始人张文强联合创业，一起注册了北京军融英杰信息技术服务有限公司。2017年6月，她创建的以无偿为退役军人和军属提供求职、就业、法律服务平台——"81联聘"正式上线运营。

志同者道合。自成立以来，"81联聘"不仅聚集了一群关心退役军人事务、用心服务退役军人军属就业的"热心肠"，也吸引了全国30多个省市5000多家企业单位合作。

通过线上线下投档、面试、录取等直通桥梁，很多抱着试一试心态的战友，在这里找到了工作。一位曾经求职"受骗"的退役战友感慨:"这种实实在在为退役军人服务的公司,不是太多,而是太少了!"

为了引导官兵消除迷茫、提升自信,陈蕾带领团队坚持"诚信、团结、精准、高效"原则,研发"能力匹配系统",完善"职业能力测试系统",制作《退役军人求职课程》,从就业形势、就业现状、退役军人的优势和不足分析、如何制作简历和面试注意事项、权益保障等"全流程"进行宣讲介绍。力求依托"大数据+人工智能"核心技术,帮助退役战友和军属找准定位,让军企共享平台成为人尽其用的舞台,为国家和社会创造更大的价值。

赴边疆、上高原、进海岛,现场报告会、连线视频会等,每逢老兵退役前夕,她和同事们都不辞辛苦,为老兵"传经送宝",帮助大家"把脉未来"。数万人投递简历,实现近万人就业。事实面前,"81联聘"越来越多地赢得了退役战友和军属们的信任。

其实,陈蕾的"闯荡"并不轻松,为了始终踩在时代的鼓点上,她一直在坚持不懈地学习。入伍前,向老播音员学习,桌上的一部字典几乎被翻阅掉页了;在海峡之声广播电台,她完成播音任务的同时,报考了福建师范大学汉语言文学专业;2015年,她又考入了北大光华管理学院,攻读工商管理硕士学位。

聊起部队对她的影响,陈蕾若有所思:"当兵锻炼,最主要的收获是思想层面","只要肯学习、肯努力,没有什么很难的事!人最大的敌人就是自己!""其他的就是要放下曾经的荣誉,放低自己的身段,脚踏实地,一步一个脚印,一年或几年力争上一个台阶。"

不甘平庸是进步的不竭动力,无论男人还是女人,无论大人物还是小人物。"明年,我们的目标是有超过一万家的企业合作、更加规范求职就业标准流程、实施就业精准服务、跟踪服务和兜底服务,不断提升服务意识、服务质量、服务效益,让'军人受尊崇'在'81联聘'生根发芽、开花结果。"

问渠那得清如许,为有源头活水来。今天的陈蕾,身份变了、岗位变了,不变的是对军旅的赤诚情怀。

相信带着自信再出发的陈蕾,一定能够带领她的团队,在"81联聘"的大道上行稳致远,永远守护这份别样的情怀!

(文中照片为主人公提供,《中华英才》2018年第23期摘要刊发)

诚信立业之本，奉献为人之道

——记陆军某团退役军人，成都思铭文化传播有限公司董事长邓思铭

　　1998年，退役费3000元，父母东拼西凑5000元。怀揣8000元"闯荡"成都，在领事馆路餐饮一条街租下一间闲置店铺。鸿运副食店开张营业，凭着勤奋和悟性，退役第一年，他挣了20万。

　　2018年，拥有三家公司的他，积极响应党中央"乡村振兴"战略和"全民阅读"的号召，牵头捐资200多万元改造一座闲置村办小学，打造最美乡村阅读空间。以此带动农产品"走出去"，助力乡亲增收致富。

　　退役20年，从近万元到千万元，他感恩部队的历练、感恩改革开放好政策、感恩走进新时代。在追求资本的道路上，他始终不忘初心，追求实现人生更大价值。

　　他，就是陆军某团退役军人、成都思铭文化传播有限公司董事长邓思铭。

　　邓思铭，原名邓勇，后感悟"思贤齐、铭贾道""言九鼎、信一条"，以此明志做人，改"思铭"之名。

大龄新兵身无分文却处处争先

1995年12月,邓思铭20岁。初中毕业的他在一家乡镇造纸厂工作3年后,抱着改变命运的想法,带着对军营的向往,从遂宁市安居区三家镇磨盘村入伍,来到云南临沧市步兵某团。

作为一名大龄新兵,邓思铭珍惜军旅生涯的每一天;作为长子的他,特别能吃苦、特别能忍耐、特别渴望扛起家庭的重任。

贫困的家庭,患病的父亲,使得邓思铭小小年纪就比别的孩子懂事。同批入伍的战友,披红戴花、杀猪宰羊、请客践行,他只和家人吃了顿团圆饭,身无分文踏上了远行的列车。

队列战术、擒拿格斗、公差勤务……邓思铭处处争先,样样好强。新训结束,从500名新兵中挑选9人到警侦连,他是其中之一。之后,他又第一个被选到机关当公务员、被安排到军区学习汽车修理……所到之处,各级首长对他的评价高度一致:"这个娃,好得很嘞!是个好兵咯!"

一晃入伍3年整,在修理所工作的邓思铭,也有了一技之长。部队希望他留下来,发挥骨干作用。

望着窗外寒风中的落叶,邓思铭沉思良久,舍不得脱下这身军装,但却更不忍心多病的父亲无人照顾。

改变了自己的生活,何时能改变家庭轨迹?多少个难眠之夜,想到父母借50元钱寄给自己过春节,想到弟弟学费还没凑齐……邓思铭痛定思痛,悄悄收拾好帽徽、肩章和领花,决心回家创业,"做生意、当老板"。

从冲着商品来到冲着人品来

返乡途中,邓思铭让战友把背包和行李带回老家,自己留在成都看看有没有什么机会。起初,凭着修车的手艺,他想开一家汽车修理铺,可数万元的本钱没有着落。

"当保安也行",不需要本钱。"我们要求高中毕业,1.7米以上。"初中未毕业,身高只有1.68米的邓思铭,能忍住"精神的打击",却陷入了对未来的茫然。

无奈中,邓思铭回到了"一穷二白"的老家。1999年春节后,邓思铭带着"老

板梦"再次来到让人充满期待的"成功之都、创业之城"。

经过深入考察,他决定从最简单的生意做起,重新装修租下的店铺。白天吆喝卖副食品,晚上借宿在亲友的一处车棚里。

风里来、雨里去,早起晚睡、废寝忘食。一年下来,邓思铭盘点,竟挣了20多万元。他不仅结了婚,还买了一辆面包车,开始为客户配送副食品。2001年,他兼职推销电话卡……

钱越挣越多,经商的道道也越学越多。2004年,邓思铭租下100平方米的房子,创办了"品珍坊"。

"品味好东西的地方"的定位和口碑,体验式、参与式的策略和模式,尤其是他为人诚信、做事敞亮,很多人既冲着他的商品质量来,更冲着他的厚道人品来。生意越做越大,"品珍坊"陆续创办了三家连锁店。

2013年,邓思铭注册成立思铭文化传播有限公司、思铭培训学校有限公司等。事业的"雪球"越滚越大,知识的储备不断拉响警报。

2016年,因对市场行情把握不够精准,投资的两部青春偶像剧上座率不高,赔钱不少。

失败亦是成功之母。邓思铭对自己的认识愈加清醒。一路走来,他唯一没有放下的,除了奋斗,就是学习。"人家打麻将,我又不会。"他微笑着说。

从毛主席到习主席,从胡雪岩到李嘉诚,从马云到任正非,他广泛涉猎各类书籍,坚持做笔记、写日志。在日益丰富口袋的同时,脑壳也不断丰富着、充实着、拓展着……

微薄之力守护家国情怀不褪色

2015年,纪念抗战胜利70周年的浓厚氛围,深深感染着这位普通退役军人,邓思铭萌发了"寻找抗战老兵"的想法。

虽能力有限、力量微薄,但却饱含热情。他主动加入天泽慈善和四川关爱抗战老兵川军团等公益组织,参与成立关爱抗战老兵专项公益基金,积极捐款捐物,开展"我陪抗战老兵爷爷过新年""英雄迟暮、光耀千秋"等活动。

2015年12月1日,在志愿者和爱心人士帮助下,通过民间各种渠道,经过认证的13位老兵被邓思铭邀请到一起。

他选择在自己40岁生日这一天,举办了"关爱·传承"公益慈善晚宴。

组织抗战老兵体检,为其中一位参加过长沙会战的衡阳老兵捐赠6万元。

幸福的酒不醉人。当晚,邓思铭向老兵敬了很多杯。豪饮过后,他写下了"不惑感言":"四十年,是历程,四十句,是心声。邓勇字思铭,遂宁安居人;乙卯十月生,家住磨盘村。初中念两年,进厂把活干;不畏工作苦,闲时把书看。一九九五年,入伍把军参;圆梦军旅路,改造世界观;服役满三年,请愿把家还。誓变家庭貌,白手创业难;借钱开商店,立足美领馆。从小父母言,对人要和善;宁肯己吃亏,不把便宜占;经营讲诚信,口碑自然传;生意无大小,人品最关键。牢记父母训,心中怀感恩。顾客当邻居,相识是天意;邻居视亲戚,相交甚欢喜;亲戚与邻居,都来光顾你;若把真诚续,何愁无生意。名仕烟酒行,零四年开启;扎根希望路,声誉享各地。二零一零年,公司已成立。取名为品誉,产品来代理;烟酒茶虫草,燕窝和鲍鱼。真品有保障,连锁店开起;东西南三店,高档社区立。创立品珍坊,品牌来管理;品德和诚信,时间可见证。言茶或论酒,愿君常来走。品一杯香茗,饮一支佳酿;享品质生活,岁月记忆藏。今日话不惑,感悟也颇多;唯有几句话,本人终身学;见贤而思齐,心善自美丽;积德无人见,心净则庄严;乐善不图报,心中无负担;好施德可嘉,不在别人夸;常叹人生短,能活多少年?弹指一挥间,以岁月做笺。若不忘初心,始终天地宽。思铭肺腑言,愿诸君共勉!"

2018年8月15日,邓思铭有感而发,亦赋诗一首:"浴血奋战十四年,英雄迟暮或归天。关爱历史见证者,今日话题枉空谈。"

既然已经出发,就让故事一再发生。

邓思铭深知,在享受着喧嚣都市的繁华和生活的富足时,永远不要忘记在偏僻的乡村,还有对未来充满渴望的一双双清澈的眼睛。

经过多方论证和深思熟虑,他联合中国企业家文化联盟,着眼共建美丽乡村、文化联盟,通过组织文化扶贫,开展"好书共分享"活动,为家乡建设出力加油。

2018年8月18日,邓思铭整合各方资源,承办了"遂宁植槐书屋"启动仪式和新闻发布会,得到了地方政府和各界人士的关注支持。

2300平方米,集图书馆、展览厅、活动室、放映室、科普室等功能于一体的第一个乡村书屋建成,并对外开放。

在举国上下开展纪念改革开放40周年主题活动之时,邓思铭也对过去、现在和未来进行总结反思:"没钱的时候,最难受;有了钱,不能正确花,更难受!""钱是工具,不是目的。任何时代、任何人,都不可能穷尽所有

资本。只有心有所依、善有所行，让更多的人共享芳华，才是企业家创造资本的价值所在，才是真正的企业家精神！"

为爱行走，思铭之铭。

（文中照片为主人公提供，《中华英才》2018年第24期摘要刊发）

士兵征战不止在战场

——记原北京军区某团退役军人，成都川力智能流体设备股份有限公司和中联大禹水环境控股有限公司品牌创始人闵汝贤

培养一流人才，敬畏客户；
创造一流企业，进化员工；
造就一流品牌，尽责社会。

这是一家集流体控制设备研发、生产、贸易、投资运营为一体的国家高新技术企业，产品应用于城镇管网供排水、公共机构直饮水等领域，全国县级以上自来水等公用事业单位 2000 余家，27 个城市设有分公司 (办事处)。

这是一家沐浴着改革开放春风成长起来的，拥有西部地区最大的智能流体装备生产基地，100 多项国家专利的卓越品牌企业。设备 500 余台（套），年产能 18 亿元以上；员工 500 余人，中高级工程技术和管理人员占 20% 以上。

这是一家具有善根善缘、热心公益慈善的爱心企业。近 20 年，为各界捐赠 1000 余万元，扶持众多退役战友创业就业，为立功受奖人员涨工资。

这是一家荣获"全国民营企业文化建设三十标杆单位""成都市民营企业管理创新一等奖""中国水网用户满意设备品牌排名第五"等多项荣誉的知名民营企业。

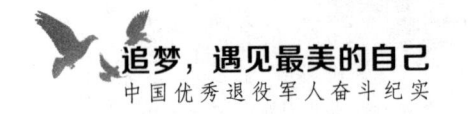

这家公司的"掌门人"却遭遇过流氓殴打、"恋人"分手、提干遇挫、待业受气等一连串打击，但即使在人生最愤懑时、最成功时，他依然心系责任、行于担当，始终以责任之名、担当之为，彰显着一名民营企业家的时代价值。

他，就是原北京军区某团退役军人、成都川力智能流体设备股份有限公司和中联大禹水环境控股有限公司品牌创始人闵汝贤。

从军从政：吹响"担当"冲锋号角

1957年6月，闵汝贤出生在"天府南来第一州"一个普通城镇家庭，从小受到父母的"家国、家族、家庭"责任教育。

责任如阳光，能激发潜能；责任如甘露，能净化心灵；责任如烛光，能照亮人生。勇于担当，源于强烈的责任感。

1975年，闵汝贤高中毕业前一天，他和几位同学在采购聚会物品的途中，一位女同学被两个小流氓欺辱。他挺身而出，把对方打得落花流水。不一会，流氓纠集了20多个地痞追过来。

为了保护这位女同学，闵汝贤被打得血流如注，不仅嘴巴被打歪了，还被抛到河里，幸亏有人报警。

第二天，毕业典礼上，看着其他同学欢天喜地，闷闷不乐的闵汝贤无法朗诵准备好的诗歌《火红的霜林》和《克里姆林宫的红星》。脑袋和嘴巴缠着绷带的他，只能用低沉的哭声作为离别致辞……

之后，像大城市知青一样，闵汝贤下到一个小山村。住茅屋、学插秧、打谷子……在热火朝天的劳动中，伤口渐渐愈合，"被打"之事也淡忘了。

有一天，被救的那位女同学找到闵汝贤，表达感激之情，并赞扬他是一个值得托付的人，但她父亲给她介绍了另外一个有地位、收入高的人。

前途未卜、情感失落。家国情怀深厚的闵汝贤在"一人当兵，全家光荣""提高警惕，准备打仗"的口号声中，踏上军列。

说是军列，其实就是一辆闷罐车，没有座位、厕所和餐车，如果方便，只能打开车厢门，伸出两只手让两个人拉着才可以解决。

一路北上、一路颠簸。从西南到华北，闵汝贤来到燕山脚下滦平县的步兵团机炮连，训练、劳动、公差、勤务，他一贯积极主动，吃苦耐劳，因为他的目标是要提干。

学雷锋做好事，只要有活就抢着干。每天天不亮，闵汝贤就早早起床打扫卫生。战友比学赶帮超，起得更早。有一天，他4点起来，可能是太累了，他倒在柴堆睡着了。

连长很生气，误认为他在偷偷睡觉。为了改变不好的印象，闵汝贤争做背诵《毛泽东语录》和"老三篇"标兵，学着写文章。《论孙子兵法与现代立体战争》被《解放军报》刊发后，他受到了团首长关注。

1979年，团里决定调一个战地记者去"前线"。闵汝贤主动报名，却因体检不合格没去成。另一位战友去了，牺牲在战场上。

"此刻，我正在医院看病，心里特别难过。不久后，就到了退伍的时间，我们虽然隶属原北京军区，实际上离北京很远，我想去看一看。"

"到了天安门后，心情一阵激动，我忍不住唱了《雄伟的天安门》和《伟大的北京》。"

1979年3月，回到家乡待业一段时间，面对流言蜚语，闵汝贤边总结反思，边谋划未来。不久，他被安置到邛崃粮食局，从打扫卫生、整理资料做起，一点一点熟悉业务。他时刻不忘责任，等待新的机会。

赢在学习，胜在改变。闵汝贤一边做好农业指导、粮食调剂等工作，一边自学市场经济知识，积累企业管理经验，并考上公务员，被提拔为邛崃乡镇企业局办公室主任、副局长。

1997年，闵汝贤当选为中共四川省委第八届党代表。

白手起家：勇敢"担当"拓荒者

责任与担当是中华民族优良传统，大禹治水"三过家门而不入"，是对亿万苍生的责任与担当；诸葛亮"鞠躬尽瘁，死而后已"，是对蜀国的责任与担当；林则徐"苟利家国生死以，岂因祸福避趋之"，是对民族的责任与担当。

无论哪个时代、哪个国家，实体经济都是立国之本，是一个国家国民经济的主体。制造业，尤其担负重要责任。

2001年，闵汝贤勇敢告别按时上下班的"舒适"，着手创建川力阀门有限公司，迎来人生第三次拐点。

创业之初，闵汝贤可谓白手起家。没有厂房，就在县城南门河"老南桥"边租了几间破旧厂房，地势低洼，一下雨，就被水淹；没有自己的产品、品牌，只能靠给其他阀门厂贴牌生产低压阀门；销售渠道有限，完全受别人控制，

产品价格很低，利润很薄。

在这种极端困难的情况下，闵汝贤始终未曾动摇，毅然担当拓荒者的责任，并逐步摸索出"以强化学习作为企业核心竞争力、以科技创新为支撑促进企业创新发展、以机制创新推动企业管理升级、以文化统一凝聚员工动力"的发展之路。

从市场调研中得知，一些阀门产品存在只开不关、偷漏水和查表难等问题。用户的问题就是企业的机会。闵汝贤组织研发团队突击攻关，短期内研发出用特制的专用密码才能启用，并能智能单独开启和远程读表的智能表前阀，获国家专利。

之后，"川力"团队激情迸发，创造了一系列全国全球首创。2000年，研发加密防盗表前阀，解决当时城市供水阀门管理处于失控状态，自来水公司收费难问题；2002年，研发多功能滴水计量阀，解决了滴水不能计量，少数用户以此偷逃水费的问题……

"穷不学穷不尽，富不学富不长"。闵汝贤的创新，来自不断地学习和全员学习。他从带领员工努力学习做起，不断提高把握趋势、适应市场、参与竞争的能力，并考入四川大学工商管理学院总裁班和清华大学金融班学习。

腹有诗书气自华。知识的不断更新和积累，成为闵汝贤掌舵企业跨越发展的原动力。不仅如此，川力每年都要举行"合作共赢·走持续发展道路""领袖·生命动力集训营"等大型培训；《董监高成员每月专题学习日制度》要求每月召开一次专题学习会；《关于鼓励员工自学成才的奖励办法》规定对取得国家认可的学历或学位证书的员工奖励1500~5000元。

2008年11月，51岁的闵汝贤集多年沉淀的智慧之力，创立成都川力智能流体控制设备有限公司，并伴随经济新常态调整，不断启动升级转型战略。

川力先后与西南交通大学等多家科研院所建立产、学、研战略联盟，每年都有拥有自主知识产权的创新产品问世。

学习能力提升企业核心竞争力。10多年时间，闵汝贤让一个濒临倒闭的乡镇企业起死回生，成为知名度很高的上市公司，并获得40多项国家专利。中国水网与清华大学环境学院授予其"智能流体阀门领跑企业"等荣誉称号。

创新不止：惠及民生"担当"水环境

企业发展已到一定规模，似乎是功成名就；财富积累到一定程度，似乎该坐享其成。继续创新，可能成功，也可能失败，更多的则是风险。

挑战面前，闵汝贤首先想到的是责任和担当。其实，在拓展壮大原有产业的同时，他始终关注时代发展对企业的呼唤，关注百姓生活的"痛点"。特别是党中央发出"坚决打赢蓝天、碧水、净土保卫战"集结号后，他的"担当"激情再次被点燃。

水作为生命之源、生产之要、生态之基，是经济社会发展不可替代的基础支撑，是生态环境改善不可分割的保障系统。然而以水资源紧张、水污染严重、水污染安全事故频发、水生态系统破坏以及洪涝灾害为特征的水安全危机已成为美好生活的重要制约。

如果说雾霾是"心肺之患"，那么水安全问题就是"心腹之患"！

面对触目惊心的水环境现状，在这个产业链上有良知的企业家都在思考应该如何有所作为。

"社会的危机，就是企业的责任。"闵汝贤是这么说的，也是这么做的。他另起炉灶，二次创业，从制造业转向运营城市区域水环境现代服务业，扛起治理现实版中国水环境大旗，力求在末端解决"最后一公里"用水难题。

责任的背后是情怀，担当的背后是付出。闵汝贤多次到汶川大禹文化旅游区考察学习大禹文化，感悟利民精神，为建设企业文化寻找灵感。为了研究一个问题，常常忙碌至深夜。

"大禹是我国古代贤圣帝王，最卓著功绩是'岷山导江，东别为沱'，治理滔天洪水，划定国土为九州，为天下万民兴利除害。'中联大禹'不仅公司名称与大禹有关，更要传承大禹不畏艰辛、造福百姓精神。"闵汝贤膜拜先贤，虔诚许愿，扛"济民生"之重任。立志呵护百姓饮水安全与健康，让百姓喝上低成本的健康好水。

2014年1月，闵汝贤携手志同道合的企业家，创建中联大禹水环境控股有限公司。

"中联大禹作为一个投资管理平台公司，实行管理、运营分离二级管理体系，在各地成立项目运营分公司。母公司负责整合资源，输出品牌、资本、技术、管理等，切实解决饮用水保障、饮用水健康、节能减排三大问题，收

到百姓满意、政府放心、开发商减负、运营商增效四大效果。"谈起中联大禹，闵汝贤如数家珍。

由此，川力在制造业智能升级的前提下，创新转型推出中联大禹"小区直饮水厂"这个上承国家战略，下惠百姓民生的项目。

小区直饮水厂建在小区，让老百姓"看得见工艺、能品鉴优劣、可监管过程"的健康放心水，陆续走进天南海北、千家万户。

"新时代赋予民营企业更多的机遇和责任。川力已经有这样的实力，'小区直饮水厂'计划在5年内提供100个创业项目，解决1000人的就业和300万人的饮用水安全与健康问题，真正为国解忧、为民造福！"闵汝贤信心满满。

上善若水：百万基金"担当"公益

先助己再助人，先富帮后富。除了践行川力自身的使命，闵汝贤和他的同事们还传承天府文化，积极履行社会责任，不遗余力、默默无闻做着大量公益慈善工作。

2011年7月1日，"川力爱心基金会"成立，每年拿出100余万元，用于捐赠和解决员工特殊困难；设立"清水回归联盟爱心基金"，用于水环境公益宣传、全部或部分免除低收入家庭水费支出；坚持慰问桑园中心敬老院老人；截至目前，川力已接收36名退役军人和6名退役军人子女。

2017年6月28日，川力承办"情系乡土·友善邛崃"大型公益慈善晚会，率先向四川省众扶慈善基金会捐赠200万元。

2018年2月12日，新春佳节来临之际，闵汝贤率爱心基金会人员深入羊安镇仁和社区，为50名残障人士送上新春慰问金和祝福。

6月20日，川力为高何红军小学安装价值30万元直饮水处理系统及管道输配、分机取水等设备设施。

8月13日，闵汝贤联合于曙光、戴忠俊、贡秋次旺、闵汝江等花甲老兵，捐赠30多万元，为甘巴拉雷达站建设了中央直饮水系统设备，让我军海拔最高的雷达站用上高品质好水。

为凉山州悬崖村捐赠设备、精准扶贫，让这里的各族群众喝上舒服的放心水，早日脱贫致富。

以企业家之力，办社会化之事。做大做优做强企业，不唯财富积累，倾情奉献爱心，闵汝贤和川力成为名副其实的担当者。

踏遍青山人未老，风景这边独好。

前进的征程上逆水行舟，不进则退。

一向不善谈经验，而善思忧患的闵汝贤认为，支撑他和川力一路走来的是担当精神。未来川力的发展，将以习近平总书记在民营企业座谈会上的讲话精神为遵循，以推动"一个屋瓴、两根支柱、三面旗帜、四项权重、五块基石、六条警句、七种形式、八个不准、九久反省、十大价值"的企业文化体系为抓手，引导中高层在"业务拓展、技术创新、供应链管理、体系建设、思想教育、团队建设、危机处理、政策支持、开源节流、整合资源"10个方面做出价值贡献，为中华民族伟大复兴担当"川力之力"。

"我们正从流体设备传统制造向流体设备智能制造转型，从流体设备提供商向系统集成总包商转型，从智慧水务方案提供商向小区高品质水厂运营商转型。智慧水务是面，小区智慧水务是线，小区高品质水厂是点，要从点做起，点线面结合，做好落地工作，把川力转型升级推向新高。"

"学习、绿色、创新""规则至上、基业长青""永远比别人多付出一点，永远比别人超前一点""敢于担当、勇于担当、善于担当""担当起民营企业该担当的责任"……

士兵征战不止在战场。闵汝贤，这位退役军人在"第二战场"，让"川力担当"更有力，让"川力之花"更芬芳，让《川力之歌》更动听。

川力敢拼，川力敢闯，

川力奔驰在事业的征途上！

（文中照片为主人公提供）

打造公交融合发展新样板

——记山东省青岛警备区退役军人，山东滕州市
交通汽车运输有限责任公司董事长、
党总支书记、总经理刘明

  2013年，确立"三个阶段、三步走"的发展战略，率先开启全市城乡公交一体化改造步伐。

  2014年，相继组建了交运商务中巴车队、物流车队、危险品运输车队、亲情校车公司，升级改造了"三位一体"检测线，一举奠定了公司持续稳定发展的基础，提高了综合竞争力，迎来了快速发展的春天。

  2015年，实现市场占有、营业收入、资产规模、经济效益的持续大幅提升，开创了车站和市场优势互补、互利带动的成功典范，连续多年被评为"先进单位""文明单位"，荣获"五一劳动奖状"……

  回首滕州市交通汽车运输有限责任公司（以下简称交运公司）近年来转型升级发展，每一次量的提升，每一次质的跨越，都和一位优秀企业家密不可分——他用自己的聪明智慧、远见卓识和宽广胸怀，源源不断地凝聚起交运改革发展的强大力量，引领着交运的发展；他突破瓶颈，让交运发展的视野更加广阔；他富有远见，让交运绽放出全新的生机和活力……

  他，就是中国人民解放军山东省青岛警备区退役军人，山东滕州市交通汽车运输有限责任公司董事长、党总支书记、总经理刘明。

铁血丹心，开辟交运发展新空间

1998年12月，18岁的刘明应征入伍，来到美丽的海滨城市——青岛，成为警备区的一名战士。

白天，刘明与战友们一道摸爬滚打、刻苦训练；晚上，他抓紧点滴时间学习文化知识，很快完成了向一名合格军人的转变。火热的军营生活磨炼了他的意志，塑造了他能吃苦、敢担当、重执行的优良作风，连年被评为"优秀士兵""优秀班长"，荣立三等功，并光荣加入中国共产党。

2000年，刘明退役。2006年，他辗转来到交运公司汽车西站担任副站长，从此开始了漫长的交运人生涯。踏实肯干又富于开拓创新精神的他，一步步走上企业的领导岗位。

作为企业的最高决策者和领导者，刘明退伍不褪色，始终保持吃苦耐劳、敢打硬仗、作风优良的军人品质。他带领交运员工上下求索，着眼长远，砥砺前行，以创新驱动战略推进企业发展，在传统交通企业面临困境的关口，抢得了转型升级的先机，为交运事业的发展开辟出一片广阔的新天地。

2013年，滕州市城乡公交一体化改造即将全面展开。这对交运公司来说，既是机遇又是挑战。由于体制老化、资金基础薄弱，公司面临极大困难，在全体干部职工看来，想要完成公交化改造任务，无异于"痴人说梦"！

刘明"受命于危难之间"，没有向困难和压力屈服，反而用军人的钢铁意志，带领班子咬住牙关、知难而进，一趟一趟跑线路、做调研、拿方案；一次一次跑银行、做计划、争资金，甚至不惜以个人财产做担保，采取银行贷款一部分、企业筹集一部分、客车厂家分期一部分、地方政府配套一部分的方式，解决了困扰企业发展多年的资金难题，先后购置新能源公交车辆近500部，开通城乡公交线路28条，城际公交线路2条，定制公交线路15条，提供就业岗位1000余个，城乡公交运营网络辐射覆盖全市，惠及170余万城乡居民。

在他的指挥调度下，交运人不仅提前完成了公交化改造任务，而且抢抓了新能源公交车发展的政策机遇，为政府和企业节约了大量新能源车辆购置资金。自此，交运公司奏响了转型升级的交响曲，开辟了交通事业发展的广阔空间。

锐意进取，开创交运发展新模式

仰高山者有飞天之志，追求理想的前景光明而道路曲折。刘明将对交运事业发展的美好梦想不断付诸实践，在创造新兴市场、创新发展新模式、转型升级高质量发展方面一马当先。

刘明坚信，只有变革才能掌握企业发展的主动权。他立足群众对交通出行的多样化需求，着力构建以"大公交""大物流""大旅游"为核心，集汽车服务、有形化市场等多元产业于一体的大交运综合服务体系，开创了企业发展的崭新模式。

突破单一班线客运市场，全面发展公交客运、旅游租赁、出租客运、定制公交、专业校车，形成了全覆盖式的交通服务链条。

细分公交客运市场，由单一的城乡公交向城际公交、定制公交、通勤客运等综合发展，不断丰富多元化、个性化的服务链条。

积极拓展定制化服务的领域，先后开展了"亲情巴士、服务于民""亲情校车、爱心呵护""用心服务、服务到心"品牌创建活动，不断延伸亲情服务脉络，提升交运价值体验。

对外拓展市场、获取资源、创造财富，对内强化业务和区域统筹，构建起全域覆盖、城乡一体、跨界融合的大交运产业体系。在刘明的带领下，交运公司屡创佳绩，为交通事业的科学发展趟出了一条新路。

厉兵秣马，打造军企融合新文化

一个企业要保持基业长青，必须具备有特色的企业文化。刘明成长于军营，也脱胎于军营，用他的话说就是：军人精神是融在骨血里的烙印！

作为公司主要负责人，刘明创造性地将党的建设、民兵正规化建设、企业文化建设与生产经营相融相促，打造军企融合新文化，将纪律严明、执行高效、顽强拼搏的军魂转化为助推企业强力发展的"军营文化之魂"。

设立"党员示范岗""党员服务岗""党员服务车队"。坚持党建引领，围绕生产经营，以"双强双树"（强化组织建设、强化党员队伍建设，树形象、树品牌）为抓手，不断强化企业党建规范化建设，抓住了党员这一"关键少数"，积极搭建载体开展活动。

根据企业发展历程，突出"传承红色基因"、发扬老一辈"支前"精神这一主线，结合时代特点，高标准规划建设了企业史料室和"三室一库"，更新了民兵指挥、训练、运输装备和设施。

　　开展"传承红色基因"党性教育，组织参观了"台儿庄大战纪念馆""淮海战役纪念馆""龙湖精神红色教育基地"等，把雷厉风行作为一种精神、一种态度融入对干部职工作风培养中，凝聚起"服务社会、服务发展、服务大局"的思想共识。

　　以民兵组织调整改革工作为契机，以优化调整布局结构，编实建强应急力量，打造精干、高效、实用的应急队伍为目标，在原交通运输一分队的基础上选配50名优秀职工组建了"公路运输连"。一方面立足"平时服务、急时应急、战时应战"的要求，积极开展日常训练、野外拉练、抢运演练、拉动点验等活动；另一方面注重在生产经营这个主战场上练兵、用兵、强兵，将敢于担当、勇于作为、迎难而上的军人气魄转化为凝心聚力、转型跨越的万丈豪情。

勇担责任，铸就大爱交运新形象

　　水至善至柔，泽被万物。刘明的爱心和善举像水一般，融入城乡的每个角落，融入交运人的心间。他积极传承"勇于创新，勇于担当"的理念，主动履行企业社会责任，将企业改革发展成果回报社会、回馈员工，塑造了良好的企业公民形象。

　　他始终倡导和践行"幸福地生活，快乐地工作"的理念，切实关心关爱员工，身体力行地推进劳动关系和谐企业创建。他奉行"孝文化"，见人先问父母是否身心安泰；他关心职工疾苦，不论新老职工，只要有需要，一定及时处理、及时回馈。在资金紧张的境况下，他连年坚持带领大家走出去学习培训，并为一线驾驶员定制了"花2元吃饱饭"的爱心便当，切实为员工创造了幸福的工作生活条件。

　　一件件爱心善举，凸显了交运文化的"情感"特色，彰显了企业的社会责任。

　　如今的交运公司，已经从一个传统的道路运输企业转型升级为综合交通产业集团，在枣庄市运输企业中名列前茅。先后被山东省总工会、枣庄滕州两级政府等授予"建功立业标兵岗""枣庄市五一劳动奖状""工人先锋号""青年文明号""滕州市五一劳动奖状"等荣誉称号。

　　这一切无不得益于刘明追求完美、励精图治、锲而不舍的工作作风。业绩突出的他多年来获得了社会的广泛认可，先后荣获"滕州市五一劳动奖章""枣庄市五一劳动奖章"，是滕州市第十四届、十五届政协委员。

　　回望昨天，感恩奋斗；望眼明天，豪情满怀。刘明不忘初心，砥砺奋斗，带领交运人高唱着《交运之歌》阔步前行：众智交运，聚势前行，走向复兴，走向辉煌……

（作者：叶燕君，文中照片为主人公提供）

国防科技军民融合产业的生力军

——记解放军国防科技大学退役军人，湖南中部创新科技集团董事长李剑川

集聚了来自国防科技大学及军队科研院所部分退役军人，其中博士、教授、领域专家多人；

专业涵盖了机械、电子、计算机、微电子、控制工程等，拥有多项领先专利、成果和技术；

注册有长沙中部翼天智能装备科技有限公司等5家全资子公司；

产品覆盖无人机、无人车、水上无人艇、服务机器人等10多种；

……

这是一家位于中部地区知名的国家级经济技术开发区——长沙经开区德普企业园的国防科技军民融合企业。这支员工平均年龄30多岁、敢于创新的队伍的领头羊，是国防科技大学退役军人、湖南中部创新科技集团董事长李剑川。

从厦门到重庆再到长沙：从军报国的梦想始终未变

1966年，李剑川出生在厦门的一个军队大院。从小听着军号和军歌长大

的他，对军营的向往，已记不清源于何时。

"小时候，天天和部队干部、战士在一起，军人的意识潜移默化渗透到了骨子里……"谈起童年时光，军营大院的生活是李剑川永远绕不开的话题。

1976年，随着父亲转业，如同打起背包就出发，李剑川和家人回到了原籍重庆。

从海滨城市到山城之都，虽然环境迥异，但大海的博大、山川的巍峨，不同的文化环境却滋养着李剑川。从小到大，他一直担任学习委员，初中时期着迷于科技创新，课堂上违规试验发报机，却获得了物理老师廖校长的赞许。

同样，在李剑川内心深处，从未走远的是发明创造、从军报国的梦想。

"我比较喜欢理工科，家里的电器坏了，就自己动手试着维修。那时很崇拜爱迪生，搞点发明创新，有时折腾起来一点都不觉得累，整天就琢磨做枪做炮、发明创造！"李剑川坦言"兴趣是最好的老师"。

伴随着改革开放的春风，在高考恢复的第六个年头——1983年，李剑川以四川省重点中学万县分水中学第2名的优异成绩考入了国防科技大学。

从此，这里成为他梦想开始远航的地方。

从本科到硕士再到博士：一边努力工作一边坚持学习

本科期间学习自动控制专业，李剑川学理论、搞实验、做课题，顺利完成了本科学业。毕业后，他放弃了到成都某研究院的机会，为实现从军梦想，报名来到地处西北的名副其实的"国家靶场"——原总装某常规兵器试验基地，为"国家重器"保驾护航、竭尽全力。

理论一旦与实践相结合，既可以产生"第二次飞跃"，也可能发现新的更多的矛盾和问题，在科技创新领域，更是如此。

李剑川在实践中，既把科技理论运用到实际工作中，又善于发现实际工作中存在的问题，一到靶场就参与到兵器试验中，边学边干，获得了基地的科技成果奖。

问题是科研的导向。在靶场四年，李剑川埋头苦干，获得了科研奖和嘉奖，参与主持了多项试验任务；1991年，他作为基地第一个考出去的研究生，考回国防科技大学，攻读硕士研究生，师从国内知名仿真专家黄柯棣教授，并在硕士阶段，在成都飞机设计所与时任室主任杨伟、小组长赵民等通力协作，解决了歼10飞机地面仿真系统铁鸟的关键问题，并因此留校工作。此时他所打通的计算机接口包括主流的中型计算机、小型计算机、工作站、台式机等，号称中国接口之最。

之后，在几年的教学和科研工作中，李剑川又获得研究生教学优秀奖。在扫清了软硬件障碍后，为研制中国芯，他攻读了中国CPU权威、航天9院沈绪榜院士的博士，经过7年深入学习，毕业后回到了国防科技大学。

从自动控制、计算机系统结构到微电子，李剑川横跨了三个一级学科的专业，他用学无止境的毅力追求着创新创造的巅峰。

"一边努力工作，一边不断学习提高，是我的成长轨迹。不是为了学位，而是为了更好地工作，解决实际问题！为此，有一次系里推荐我去给校领导当秘书，我也婉拒了！"李剑川的学习观，坚定而执着。

无论从事教学还是科技研发，近28年的军旅国防科技生涯，不断升华着李剑川对核心技术的认识："关键核心技术要不来、买不来、讨不来！必须靠自己，也必然靠自己！"

习近平总书记强调，"建设世界科技强国，得有标志性科技成就。""在关键领域、卡脖子的地方下大功夫……"

作为一线科研工作者，李剑川和同事们在开拓创新的征程上蹄疾步稳。他先后被表彰为"总装备部先进个人"，多届院系的"优秀党员""研究生教学优秀奖"，荣立三等功，获得军队科技进步二等奖多项，出版专著一部，承担科研项目30多项。

从研发到生产到销售：打造世界强国军民融合产业链

2014年，"大校"李剑川退役后，主动放弃原本衣食无忧、舒适安逸的生活，集聚多年的思考和资源，率领多位军转博士、教授创办了湖南中部创新科技集团。其定位于用一流的高新技术服务大众，助力军民融合与"双创"，继续服务国防科技事业。

人才者，求之则愈出，置之则愈匮。有创新平台，才能更好地招揽人才、发挥人才作用。一批创新青年，很快聚集在李剑川身边。

然而，创办企业如同科研攻关，艰难可想而知！

"集团创办之初，资金不足是最大困难。我们经历了无数的难眠之夜，好在有政府的支持鼓励，有有识之士的资助，第一轮天使投资2000万元很快到位了。"

追梦，遇见最美的自己
中国优秀退役军人奋斗纪实

"集团以核心军用芯片技术为基础，扩展到'互联网+'的人工智能装备等新技术、新业态，广泛应用于国土安全、警用侦查、反恐、消防、广场监控、跟踪抓捕、工业电力巡线、农业植保、影视航拍、农业微耕、自动化采摘、水上无人搜救、水下探测、生活陪伴服务、工业自动化生产线、生物探测检测的芯片等。"

"经过三年多的滚动发展，企业产品已打造成熟，多项产品达到了功能性能国内第一、首台套的目标，并已鉴定通过，目前的意向订单已经有几个亿，我们的目标是社会效益和经济效益'双丰收'！"李剑川对待企业如同自己的生命。

一边研发专利、想新点子；一边搞生产、做服务。在李剑川的带领下，人人争当创新先锋、技术专家。这些创新青年在产品革新中已经冲锋在前，显现出生力军的担当。

近年来，集团先后获得"中国无人机产业联盟副理事长单位"等10多项荣誉资质；并与国防大学、国防科技大学、中国华腾工业公司、应急管理部上海消防所、山东特种工业集团、火箭军部队、大唐电信、防化研究院、江西军工、湖南兵工等多家单位开展合作；项目得到省、市、区的重点扶持。在岳阳城陵矶新港区省级军民融合产业园内，建设了白洋湖水上试验基地与3000平方米制造基地。

连续两年成为湖南省和云南省军队自主择业干部的参观交流与学习单位。

当今时代，唯创新者强，唯追梦人赢。

"未来，集团将以《关于推动国防科技工业军民融合深度发展的意见》为指导，不断加强创新保障，持续优化科技创新，以创新驱动核心竞争力提升，以创新驱动人才成长，以世界一流军工集团洛克希德·马丁等公司为目标，为中国特色社会主义军民融合产业发展做出新的贡献！为强国强军伟业做出退役军人更大的贡献！"

李剑川，创新永无止境，创新永在路上。

（文中照片为主人公提供）

明月装饰了他的梦，他装饰了天山南北的家

——记原武警黄金部队退役军人，新疆龙盟大宅装饰设计有限公司总经理尹昆明

2018年10月26日，中国人民大学新疆校友会发布的一条消息，引爆了原黄金部队战友圈："中国人民大学MBA研修班新疆第39期，将于12月1日开课。现将初始班委公示，新疆龙盟大宅装饰设计有限公司总经理尹昆明……"

尹昆明，昔日踏遍天南海北、为国寻宝的黄金兵，今朝是"西北五省前六装饰品牌"企业家；昨日金戈铁马、风花雪月装饰了他的梦，今日精巧设计、精细施工，他装饰了天山南北各族群众的家。

"地质之家"走来寻梦"黄金兵"

未见其人，先闻起名。1974年，尹昆明出生在"七彩云南"昆明，次年随父母回到老家湖南邵阳。9岁时，又举家进疆。

当时，父亲、叔叔和姐姐等都在新疆地勘行业工作。颠沛流离的生活，让童年的尹昆明饱尝了生活的不易和艰辛，也打下了他吃苦耐劳的根基。受家人影响，他从小就对地质工作有了一份熟悉和梦想。

"踏遍山川、与石为伍，大漠孤雁、长河落日……"让人浮想联翩。

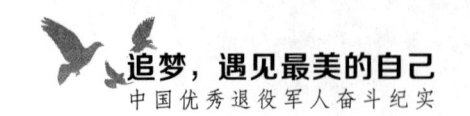

1995年，从学校毕业后，尽管学的是卫生防疫专业，尹昆明依然选择了参军入伍，被特招到黄金部队服役。在襄阳武警黄金指挥学校三个月的培训，使他全面系统地了解了这支部队的"前生今世"。

"1977年，为彻底摘掉'贫金'帽子，解决经济建设头号难题，在时任国务院副总理王震提议下，经中央批准，1979年，一支向深埋于地下的黄金开战的部队正式组建……"

带着对这支神秘劲旅的敬仰和向往，高唱着战歌的尹昆明和战友们踏上了驶往驻守在祖国大西北的乌鲁木齐市黄金八支队。

从一名地方青年到普通军医再到卫生队副队长，上高原、爬雪山、进戈壁、闯荒漠，尹昆明和战友们一样风餐露宿、品味孤独，在寻金强国的征程中，度过了一个又一个风雪之夜。

那时，少了站在桥上看风景的"明月"，多的是如何保障好战友们的身心健康，为完成任务提供医疗支撑。

阿尔金山虽是天边密境、世外天堂，然而同时也是人迹罕至的生命禁区，沙尘暴、冰雹常常不期而至。在这平均海拔4500米以上的无人区，环境极其艰苦。尹昆明和他的战友们，不仅要战胜吃住行等生活艰难，还要长途跋涉、勘探、采样……常常磨破了脚掌、手掌，嘴角干裂都是常态。

野外作业，忍受的是艰苦条件，而参与处置乌鲁木齐"7·5"打砸抢烧严重暴力事件，则是面对生与死、血与火的考验。整整15个日夜，尹昆明和他的战友们坚守维稳一线，执勤、巡诊……他竭尽全力做各族群众和战友们的生命"守护神"。

艰难困苦，玉汝于成。正是这些非凡的经历和磨难，练就了尹昆明不屈不挠的意志和强大的心智。

妇唱夫随联手打造西域装饰"第一家"

"永远黄金兵，再见亦少年"。

为积极响应党中央、中央军委关于深化国防和军队改革的战略部署，尹昆明主动要求离开部队，毅然选择自主择业。

脱下军装后，尹昆明和妻子马倩一起"重整行装再出发"。

作为一名军嫂，马倩曾经是原兰州军区的一名战士，退役后考入西安美术学院深造。经历商海沉浮后，在尹昆明的大力支持下，马倩于1999年以"龙的传人、富强联盟"为寓意,注册成立了公司。

"那时,难啊!缺经验、缺资金、缺市场、缺技术人员,还遭遇了客户投诉、施工队伍一夜逃离等窘境,但我们始终没有放弃……"马倩从实战中总结的"创业经"弥足珍贵。

为了"从一到无穷大",尹昆明专程到北京、上海等知名装饰公司考察学习,买来相关书籍钻研。

其实,学习一直伴随着尹昆明成长。历史、文学等都是他的爱好,在部队当军医时他就报考了长安大学的地质勘探专业函授。转业第二年,就考入了中国人民大学 MBA。

"隔行如隔山,只有学习是最好的切入点。平时也喜欢写写画画,但我不是小清新,也反对八股文,还是随心自然,有自己特点好!"尹昆明的坦诚如同他的性格,清澈见底。

"如何把部队培养的能力素质与企业运营发展结合起来"是尹昆明一直思考的问题。他借鉴创新部队管理模式,推动公司"一办八部"体制机制不断完善,成立健全办公室、财务部、市场部等,形成 100 多人老中青三代梯次结合的技术、管理和施工骨干队伍,拟制了技术规范、品牌宣传、员工关爱等规章制度。

经过不断努力和拼搏,一路跌跌撞撞、起起伏伏,尹昆明夫妇愈战愈勇,生意越来越好、企业也越做越大。

"当初乌鲁木齐市在册的装饰公司有 300 多家,由于市场自身的优胜劣汰,与我们同期成立的公司绝大部分都关门了,龙盟能活下来,唯一的经验就是坚持!"尹昆明感慨万千。

得益于"西部大开发"国家战略和党中央对新疆工作的高度重视,龙盟秉持"以质量求生存、以信誉求发展"的理念,着力为消费者打造健康、环保、高品质的家居、办公和商务环境,营业额高峰时达 6000 多万元。

走进新时代,创造新业绩。2017 年 3 月 10 日,习近平总书记参加十二届全国人大五次会议新疆代表团审议时强调,"要紧紧围绕社会稳定和长治久安这个总目标,以推进新疆治理体系和治理能力现代化为引领,以经济发展和民生改善为基础……"随着习近平总书记治疆方略的深入实施,大美新疆建设发展迎来新的春天。

感恩军营培养,深切热情回报。尹昆明表示,希望在不久的将来,能带领龙盟成为营业额亿元俱乐部成员,打造西域装饰"第一家",发展为上市公司,为各族群众的美好生活做出更大贡献。

历史承载着改革前行，时光聆听着岁月歌唱。有梦想就有力量，有奋斗就有艰辛，有艰辛就能出彩。

祝龙盟走进更多家庭，装饰更多人的梦！也祝愿我们黄金部队退役老兵尹昆明，早日实现自己的梦！

（文中照片为主人公提供）

守护世界 500 强企业的"最帅逆行者"

——记原沈阳军区空军退役军人，兖矿集团有限公司安全保卫中心主任、武装部部长、消防支队支队长于峰

有人说，在和平年代，消防员是离战火硝烟最近的人！面对未知的火场和抢险救援现场，消防员每一次出警都有可能是最后一次。消防安全关系着企业的发展，连接着百姓的平安。

兖矿集团作为世界 500 强企业，有 20 座特大矿井、7 家化工企业、50 个住宅区、近 30 万人口，消防安全更是关乎其稳定发展的重中之重。而兖矿集团 42 年来无亡人火灾及较大火灾事故的背后，就是因为有一群向死而生、逆火而行的英雄。

他，身高一米八多，说话声如洪钟，走路两脚生风，眉宇间透着英气，就是这个英雄群体中的优秀代表。他是原沈阳军区空军退役军人，兖矿集团有限公司安全保卫中心主任、兖矿集团有限公司武装部部长、兖矿集团有限公司消防支队支队长于峰。

圆梦军旅，因专业不达标与军校失之交臂

"很小很小的我，梦想穿上绿军装。当过兵的爸爸，就是我的班长……"

曾经一首军歌，唱出了很多人的心声。

于峰就出生于一个军人世家，父亲和哥哥都是军人，耳濡目染，他从小就种下了一个从军梦。

1995年，于峰高中毕业，如愿参军入伍，来到解放军原沈阳军区空军某部。

该部驻扎在长白山，天寒地冻，滴水成冰，而他服役的场站又是长白山山脉条件最差的地方。

于峰就是在这样的环境下，度过了6年军旅时光。

不想当将军的士兵，不是好士兵！

于峰高中入伍，对未来发展信心满满。果不其然，第二年，军校入学考试，他取得了文化考试全团第二名的成绩，就在他已经一条腿迈进军校大门之际，还没来得及高兴，打击就接踵而至。由于军事专业技能不够过硬，已经进了军校的于峰被退回了原部队。

带着不甘和遗憾，回到连队的于峰，痛定思痛："光有文化不行，军事专业技能必须过硬，干一行爱一行专一行，才能有大作为！"

虽然与军校失之交臂，但于峰立足岗位，越挫越勇，执勤、站岗样样走在前列，赢得了领导和战友的一致肯定。

毛遂自荐，基层武装工作续写部队情缘

兖矿集团鲍店煤矿因被我国著名词作家乔羽先生赞誉为"光和热的故乡"而享誉国内煤炭行业。

2001年，退伍返乡的于峰便被安置到了鲍店煤矿，从这里开始了他作为一名退役军人继续发光发热的故事。

国有煤矿企业，因工作岗位和分工不同，工资和福利待遇也会千差万别。起初，别人对岗位挑肥拣瘦，眼睛盯着清闲、舒适、待遇好的工种或部门，而对门可罗雀、事情不多、福利较低的矿武装部却无人问津。

军人出身的于峰，对部队自然有着难以割舍的情节，别人眼中"空挂着牌子、工作没位置、办公没房子、经费没着落、队伍空架子"的矿武装部却成了他再续部队情缘的舞台。

"工作总要有人干，请让我到武装部工作吧，我一定会把武装工作干好！"退伍不离岗，于峰向矿领导毛遂自荐。

于峰牢记在部队因专业不过硬被退回的教训，知耻而后勇，不管在哪个岗位上，都扎实钻研专业知识，要求别人做到的自己先做到。

2005年，于峰接到某预备二团的参训命令。此时，妻子即将分娩。两难面前，他选择了带领21名预任官兵吃住在训练场上。2个月返回后，儿子已出生。怀抱儿子，于峰喜悦的泪水夺眶而出。

2006年3月，某预备役炮兵师组织快速集结演练，身为方队长的他在高烧39度的情况下，带领兖矿预备役方队参加演练。在12支预备役方队中，兖矿预备役方队最先到达指定地域，受到省军区首长表扬。同年10月，原济南军区组织预备役军官参谋业务培训，于峰一路过关斩将，取得了总分第1名的好成绩，受到通令嘉奖。

2007—2009年，该矿民兵、预备役人员3次参加民兵高炮实弹战术演习，于峰不但身先士卒，还代表矿党委带着慰问品慰问参演官兵，激发了官兵的演练热情。

2008年6月，小麦收割之际，原济南军区农业新技术试验基地因变压器启动开关损坏致函矿武装部，为不延误收麦，请求支援启动开关3台。征得矿党委同意后，于峰及时将矿储备剩余启动开关送达，保证了三夏生产任务圆满完成。

2009年初，邹城市人民武装部办公楼、综合保障楼及车炮库动工兴建。由于资金短缺，工程一度停滞。此时，于峰多方奔走协调资金20余万元、钢材18吨、水泥10吨等，确保了施工进度。

在于峰积极争取下，该矿每年都为人民武装部、驻邹武警部队送去30余万元的生活煤等物资，有力地支援了部队建设。

2001—2014年，凭借出色的军政素养、扎实的作风和勤恳踏实的韧劲，通过一系列大刀阔斧的改革，于峰一步一个脚印，把鲍店煤矿武装部这个名不见经传的最基层武装部打造成了整个山东省军区的"先进基层武装部"。原济南军区、山东省军区、济宁市十二县市地区等上级军事机关和兄弟单位相继到现场观摩。

他也因此获得了一连串的荣誉："山东省民兵工作先进个人""优秀专武干部""优秀预备役军官""优秀共产党员""优秀党务工作者"，2次荣立三等功。2017年，于峰在"双拥"工作中成绩突出，被济宁市委市政府、济宁军分区记二等功一次。

白手起家，当年组建保安公司当年创效

2014年9月，于峰受命组建兖矿保安公司，前提是"没有行政级别，市场化运作，自负盈亏"。

二话不说，在这样的背景下，于峰走马上任了。

集团划拨的场地是一处废旧厂区，空旷荒地被齐腰深的杂草包围，五六米高的废渣像山丘，瓦砾土堆到处都是；办公楼内污水横流，灰尘蒙地；宿舍、食堂、澡堂蚊虫乱舞；日常办公用的水、电、网没有一样畅通……

这是一场没有退路的攻坚战。

"自力更生是人民军队的传统，也是兖矿人的作风。绝不当'伸手族'。"于峰态度坚决。

没有办公场所，8个人挤在一间屋里集中办公；没有办公用车，开私家车跑基层谈业务；没有自来水，旧铁皮打磨除锈做水箱，联系送水；没有办公家具，从老厂房留下的库里淘……

现在，到他们办公室和宿舍一瞧，就像是进入了"历史博物馆"：二三十年前的办公桌椅仍在"服役"，款式五花八门。直到今天，有新员工来，还是先去"淘宝屋"淘自己的办公家当。缺胳膊少腿的办公家具，经职工细细一倒饬，继续"上岗"。保安公司从成立到现在，办公家具上仅花费了2.8万元，还是上级单位碍于业务接待门面需要，逼着他们置办的。

警犬基地修缮，自己干！

20亩无公害蔬菜种植基地，自己干！

400米跑道的运动场平整，自己干！

于峰带领队员动手，原本至少需要200万的工程，他们仅花了40万。

经过一番努力，保安公司院内景象焕然一新，花草绿树掩映，办公楼、宿舍楼、食堂等房前屋后环境干净整洁。连经常路过的群众百姓，都忍不住驻足观望。

省下来的都是利润！直到现在遇到需要花钱的地方，他们仍会先问自己几个问题：是不是必须办？怎么样最省钱？能不能自己干？

保安公司作为一个市场化运行的公司，承担着为兖矿集团改革发展服务的重要职责，也肩负着开拓市场，经营创效，培育新的经济增长点的光荣使命。上任伊始，于峰就立下军令状："公司成立当年实现创效，4年内产值过亿元。"

将"节流"发挥到极致后,于峰开始考虑"开源"问题。艰苦奋斗不是要当"苦行僧",而是要通过勤俭节约和拼搏进取,开辟一片新天地。

"以企业利益最大化为导向,向管理要效益,不断开拓和打造利润增长点,这才是真正的艰苦奋斗。"

在保安公司,新任务需要人手,不待安排,谁干得了谁就主动请缨。警犬驯导员空缺,从职工中选有技术特长的队员来干;没有后勤保洁人员,干部职工分片包干。没人喊苦,没人叫累,不等不靠、艰苦创业的精神,深植于保安公司干部职工心中,外化为他们的一言一行。

保安服务行业的特殊性,要求保安人员在任何情况下都必须具有很强的团队协作能力和执行力。围绕这一目标,于峰积极推行军事化管理,打造了一支本领高强、敢于担当的高素质队伍。

只要方向对,就不怕路远。

经上级批准,保安公司全员军事化管理全面启动。通过严格的军事训练,公司上下做到了"五个统一",即统一思想、统一管理、统一制度、统一纪律、统一执法,推动了队伍战斗力大大提高。

2016年2月1日,保安公司押运大队接管煤业公司火车押运任务,就打了一场漂亮的"亮相"战。

原来承担整治集团公司自营铁路沿线"煤耗子"任务的,是七矿一处8个护卫队的481名护卫队员。保安公司接过来后,仅用91人的力量就承担下全部工作量。这项工作,为集团节约了几千万,保安公司一战成名。

煤业公司领导不无感慨地说:"军事化单位工作效率和工作质量就是高,和保安公司合作,我们放心!"还有10余家兖矿驻外单位和本部机构,纷纷将本单位的保安服务项目交给保安公司。

保安公司还争取到济宁市退役军人安置政策,在保安公司设立了济宁市"退役军人定向培训基地",解决了几百名退役军人再就业问题。

现在看来,于峰带领的安保公司不仅实现了当年成立当年创效,而且4年产值过亿的"小目标"也已超前实现了。

赴汤蹈火,续写忠诚为民新篇章

兖矿集团消防支队,前身为兖州矿务局公安处消防队,始建于1976年。

2017年10月，为适应战略转型，集团将保安公司与消防队合并重组为兖矿集团有限公司消防支队，任命于峰为支队长，负责消防支队的重组、建设和管理。

于峰发扬保安公司的创业精神，努力节省每一分钱，将废弃焦化厂改造为现代化的安保、消防器材维修、消防安全培训基地和搜救犬基地，迅速完成了组建工作。

"靠山不吃山，依靠不依赖！"于峰在大会上强调。刚刚组建的消防支队，在他的带领下开足马力，不断奋进。

一是积极推行"效益决定工资"理念，形成人人跑市场、抢业务的营销氛围；二是"一把手"亲自挂帅，全力拓展一、二线城市消防服务市场；三是打造"互联网+消防"智慧防火墙；四是统一思想，自我赋能。

同时，开展"新时代、中国梦"宣讲，"拓展服务市场、我该怎么办"大讨论，"勇担当、敢作为、讲奉献"故事会等系列活动，鼓励职工大胆走出去，闯市场，增强了干部职工支援外部开发市场的责任感和使命感。

如今的消防支队下辖15个中队，近千名消防队员，消防服务项目覆盖山东、陕西等7个省，实现了跨区域、跨行业、跨所有制的战略布局，不仅为兖矿集团的发展稳住了大后方，还开辟了一块安全产业板块。

平时忘我，战时忘死！军人的责任是打赢，警情就是命令！

在抢险救灾等急难险重事件发生时，于峰作为党总支书记，总是第一时间奔赴现场。

2014年12月，某化工企业发生火灾，于峰作为总指挥，始终坚守在第一现场，查看火情，部署力量，胶靴湿透了，衣服烤焦了，他全然不知。经过12个小时的连续作战，大火终被扑灭，无人员伤亡，为企业挽回损失3000多万元。

2018年4月，接报警，三十二处居民家属区一住户家中发生火灾且家中无人，于峰第一时间赶到现场指挥处置，因施救及时，避免了火势蔓延，最大限度地减少了财产损失。

一位居民曾在网上留言："三十二处一层起火那次，因为火很大，整个单元四层全烧黑了，屋外都烤得很热，火扑灭后，警卫也不让靠近，当时看到于峰就站在发生火情那家的房顶上，一个领导可以做到这种程度，令人感动，有他在，心里踏实多了！"

2018年8月，山东寿光受台风"温比亚"影响，遭受严重洪水灾害，灾情牵动着党中央和全国人民的心。

接上级命令，于峰迅即派出救援小组奔赴灾区，与消防官兵和志愿者们千里驰援，并肩作战，为夺取抗洪救灾阶段性胜利，建设灾后美好新家园贡献了一分力量，充分彰显了国有企业的社会责任，兖矿集团有限公司消防支队受到国家应急管理部"慰问信"表扬，支队团总支被山东省团委授予"抗灾救灾先进团组织"荣誉称号。

越是危险，越显忠诚。灾难来临之时，迅速离开危险境地是人的本能。然而，在人们向远离灾难的方向奔逃时，于峰和他的战友们却总是迅速开启"逆行模式"，救人民群众于危难之中。

截至目前，支队共参与周边地方灭火1081次，抢险救援126次，出动车辆2368台次、人员14839次，为减少人民生命财产损失做出了重大贡献，先后被山东省公安厅授予"企事业单位内部治安保卫工作集体二等功""全省单位内部治安保卫先进集体"等荣誉称号。

"自觉在思想上、政治上、行动上同以习近平同志为核心的党中央和上级组织保持高度一致，具备了'狮子型'干部'忠诚干净、思想解放、思路开阔、敢打敢拼、勇于担当'的优秀品质。"这是集团对于峰的评价。

"安全工作无小事，一百减一等于零。"这是于峰对岗位的"认识"。

2018年11月9日，习近平主席向国家综合性消防救援队伍授旗并致训词，使于峰和他的战友倍受激励。他表示，将以忠诚和智慧、汗水和担当，锻造一支对党忠诚、纪律严明、赴汤蹈火、竭诚为民的消防专业队伍。

刀山敢上，火海敢闯，招之即来，战之必胜。在保卫兖矿集团及人民群众生命、财产安全的战场上，于峰和他的战友们永远是最帅逆行者！

（文中照片为主人公提供）

从"建国快餐"到"三乐养老"

——记原沈阳军区空军某部退役军人，北京朝阳建国快餐有限公司董事长、三乐康复老年公寓创始人褚建立

一名退役军人之所以不同于常人，是因为他经历了军营熔炉的历练，始终具有超越常人的坚毅。

一个企业家之所以不同于常人，是因为他倾注毕生心血打造一个事业，始终让责任走在利益前面。

从光荣入伍到"背着"处分回乡，他没有抱怨、没有放弃。他与家人一起卖盒饭，靠着辛勤与智慧，将一个二人快餐小作坊发展为一家为奥运供餐的企业——"建国快餐"，拥有3个基地，500多名员工。

从一家企业成熟到一定程度，决定投资其他产业，到所选择的不是普通商业项目，而是公益型项目——养老产业，他心中有爱做支撑。占地100亩的三乐康复老年公寓中有300多位老人安度晚年。

他，就是原沈阳军区空军某部退役军人、北京朝阳建国快餐有限公司董事长、三乐康复老年公寓创始人褚建立。

从光荣入伍到"背着"处分回乡

1962年,褚建立出生在北京市东城区一个普通的工人家庭。兄弟二人,一起上学放学、干家务、做游戏,在父母的呵护下快乐成长。作为长子的他,时刻表现出"老大"的谦让,有好吃的、好玩的,先让给弟弟。

20世纪80年代,是一个全民学习解放军的时代。在浓厚氛围熏陶下,正在中学读书的褚建立,时刻梦想着穿上"绿军装"。当然,也有盼望退役后能安排工作的"小九九"。

1980年底,18岁的褚建立来到了东北军事重镇——松辽平原中部腹地四平,在原沈阳军区空军某地勤部队当上了一名新兵。

第一次离家,陌生地域、不同环境,考验着褚建立的适应能力。厚道实在的他,很快与战友们打成一片,但这里漫长的冬季,多风干燥和寒冷的气候,却让他真正领教了"一方水土养一方人"。

"晚上睡觉,常常被冻醒,刚烧开的水,洒到地上,一会儿就结了冰。特别是怒号的北风,像一匹脱缰的烈马卷着杂物在半空里肆虐,打到脸上像鞭子抽一样疼……"严寒的冬天,给褚建立留下了深刻印象。

训练的艰苦和环境的恶劣,日复一日摔打磨砺着褚建立这些京城来的新兵们。下连后,他被分到了军械专业,负责学习维护和修理教练机、歼击机等飞机的武器系统、瞄准系统和座椅弹射系统等,聪明好学的他一天比一天进步。

入伍第三年,正当褚建立在业务上崭露头角之际,"厄运"却悄悄走近他身边。

原来,一位在车队工作的同乡战友,私自开车外出游玩,并将车上的一个录音机拆卸后,让褚建立帮助保管。不了解实情的褚建立便照着去做,结果不仅这个同乡受到组织处理,他也因"协犯"受到警告处分。

政治上有了"污点",褚建立进步受挫,便主动要求下到炊事班。在家做过小锅菜,他谦虚好学、勤快能干,从炊事员到副班长再到班长,他带领6名炊事班战士,在保障100多名官兵吃饱吃好的同时,烹饪技术不断提高。

1985年,褚建立退役前,无论是做早餐、中餐、晚餐,还是夜餐、节假餐、特殊餐,无论是大锅菜还是小炒,无论是拌凉菜还是煲汤、做热菜,他都能独当一面了,而且摸索出了少放味精的心得,掌握了炝锅、焯水、红烧等技巧。

从二人快餐坊到行业佼佼者

虽然走出了受"处分"的阴影，但在退役安置工作上，褚建立还是受到了一些影响。

"当时，我先是被安排到首都机场工作，因为离家比较远，父亲病重需要照顾，我就放弃了。之后，又被安排在百货公司、邮政局，都没干长久。最后，在运输公司，从开车装运砖瓦沙和石灰、煤炭等，到开出租车……"褚建立对从事过的行业记得很清楚。

1990年，从海军退役的褚建立的弟弟在开出租车时，不幸遭遇抢劫，对他们哥俩触动很大，父母也极力要求换个工作。

经过一番深思熟虑，褚建立看到每天给出租车司机送盒饭的老大妈，骑着一辆三轮车，走街串巷，生意虽小，却很"兴隆"。他萌发了做一家干净规范、营养科学的快餐店的想法，既适应人们越来越快节奏的生活，也能够应对洋快餐对中国市场的冲击。

谋定而后动。多方论证后，褚建立和妻子商议，用积攒的钱买了辆面包车，每天把做好的盒饭送到出租车司机、小商小贩等手中。他自己既当厨师，又做司机，夫妻俩起早贪黑，忙忙碌碌。一次，妻子一不小心还被滚烫的油锅烫伤了，连3岁大的儿子也跟着洗洗涮涮。

经过一年多的辛勤打拼，褚建立决定要把快餐店做大做强，创建一个专业的快餐公司。

不怕不会，就怕不学。"怎么办执照、如何申请资质……那时什么都不懂，每天不停地跑工商所、找防疫部门，折腾了几个月，1992年，'建国快餐'诞生了……"回忆起创业之初，褚建立感慨万千。

当时，销售的盒饭数量不够稳定，为了不"单养"厨师，1996年，褚建立开了家饭馆，一边经营饭馆，一边销售盒饭。

为了解决"众口难调"问题，褚建立带领员工秉承"营养卫生、方便快捷、顾客满意、争创一流"的理念，经过10多年努力，摸索出了"餐品多样化、供餐服务方式多元化"等经验，既提供大型活动用餐盒饭，也提供零散套餐、盖浇饭、小吃，还提供从一般级别到中高级别的自助餐和宴会餐，保证差异化荤素搭配的比例和适中的咸淡口味，有上百个品种供选择。

中国国际展览中心、鸟巢会场、首都体育馆、中央电视台等大型活动场所，

都留下了"建国快餐"提供服务的身影。

讲质量、讲诚信,给员工最好的待遇、给合作方最大的让利,"建国快餐"生意越来越好,每天供餐万份以上。

2005年,一家外企员工出现腹泻、呕吐等疑似食物中毒症状,引起社会各界关注,也给褚建立敲响了警钟。他未雨绸缪、主动反思整改,把环境、卫生、操作、质量放在首位,不断改进完善中心厨房切配、加工、制作和垃圾处理流程,严格实行"军事化"质量管理,成为一家由怕卫生防疫部门检查到主动欢迎检查的放心餐饮单位。

质量的提升,为拓展业务领域打开了空间。针对团体职工用餐需求,"建国快餐"果断进军企事业单位,开展"餐饮托管",全面服务于中央机关、鸟巢、国展等单位的厨房和餐厅管理。

"我们首先要分析用餐人员构成情况,是脑力劳动者还是体力劳动者,并区分'三高'人群和'肥胖'群体,尽可能将荤素精准搭配,增加青菜、粗粮品种,口味清淡些……"贴心的服务,让褚建立带领的"建国快餐"成为北京快餐市场上一颗闪亮的明星。

从"老吾老以及人之老"到"政府乐、老人乐、儿女乐"

有钱是好事,关键看怎么花。公司创收后,褚建立经常组织员工积极参与助学、敬老、植树等公益活动。在履行社会责任时,他义不容辞走到了前面。

2009年,褚建立从电视新闻中了解到政府提倡民办养老机构,联想到越来越近的老龄化社会,敢为天下先的他,在家庭会议上提出改造员工公寓、创办养老院、尽社会责任的想法。此时,他已年近五旬。

这注定是一条常人难以选择的道路,在富有之时,不是安逸享受,而是投身养老事业,继续拼搏奋斗,为国家分忧,让老人过上舒适、体面的晚年生活。

说干就干。褚建立很快向通州区民政局提出了民营资本投资养老产业的申报,得到审批后,当年9月便开工建设。

"取名'三乐康复老年公寓',寓意政府乐、老人乐、儿女乐……"聊起养老院,褚建立满脸自豪。

老科学家、国家第一代播音主持、国家领导人的第一代翻译、12岁参加革命的老八路等,一代代共和国建设者前来三乐安度晚年,他们说:"以前觉得到了养老院就是'三等'公民:等吃、等喝、等死。没想到,董事长褚

建立给我们创造了这么美的花园式养老公寓。让我们拥有了一个幸福、体面、休闲的晚年！"

然而，创办过程中的种种艰辛，至今历历在目。预想和实际情况往往不成正比，悬殊非常之大。当年评估老年公寓投资3600多万元，6年左右收回成本，之后把养老院的各项服务费用降得更低一些，让更多老年人享受到高质量养老服务。

事实上，公寓建设两年时间超出预算4倍，仍需进一步追加投资，无奈之下，褚建立把"建国快餐"的所有利润投入进来后，又不得不向朋友和银行借下上千万元，每年仅支付利息就上百万元。

巨大的压力压在褚建立身上，他虽然精神状态很好，但身体严重透支，比同龄人显得苍老许多。

开弓没有回头箭，咬定青山不放松。

坚毅顽强的褚建立，卖掉房子、节衣缩食、苦干实干，最终建成了四栋养老公寓楼，一座办公楼，一座千人活动大厅，四座高、中、低养老别墅。

2011年，试运营第一年，平均每月入驻25位老人，亏损70多万元；2012—2015年底，平均每年运营亏损高达150万元左右。如果没有"建国快餐"的盈利来支持，恐怕三乐老年公寓根本无法运营这么多年！褚建立并不急躁，他认为：养老，首先你不能想着赚钱，要养"它"。

"推行孝道文化是中华民族的传统美德。人人都有老的一天，老褚的坚守是希望能够唤起社会上更多人来尊老孝老。特别感谢上百名护理人员和义工的辛勤付出，他们的到来更坚定了我们的信心！"褚建立的妻子一直和他风雨同舟。

老年大学、康养堂、垂钓池、健身房、网球室、台球、乒乓球室及卡拉OK娱乐室、专业影院等纷纷建成，海南的养生基地也开始投入使用。与全国40余家养老联盟单位合作，开辟的一条条异地精品养生养老旅游线路，让老人在80岁依然可以放心迈开腿走遍世界。褚建立说："只要老人高兴，我愿倾尽全力去做！"

"虽然养老院里的条件不断改善，老人们衣食无忧，可他们内心更多的却是孤独，他们渴望儿女常来看看他们，陪他们说说话、聊聊天。"褚建立观察得很细，想得很多。为此，他经常邀请京剧大师义演、欢乐歌舞过大年等公益组织来演出、举行书法绘画展、组织中西医专家开展养生保健讲座，让老人们不出院也能享受专业的视听和医疗服务。当然，高龄老人也会坐着三乐的班车畅游古老的大运河，采摘自产的水果、瓜菜，享受田园之乐。

"经营养老院是一项持久性公益事业，而非一时慈善行为。'众人拾柴火焰高'，做好养老服务，需更多社会力量参与进来，希望社会各界对养老事业多关注、多帮扶，让老有所依、老有所养、老有所乐真正落地生根，形成一个良好的养老服务氛围，等我们老的那一天，才有可能享受到贴心的养老服务。"褚建立憧憬着。

"用心服务、用爱创业，当一个人用心、用爱去做一件事情的时候，成功的概率就大！无论快餐还是养老，我都愿做良心工程，创放心品牌！"褚建立感悟着。

如今的三乐，已成为北京城市副中心规模最大、设施最全的养老公寓。在褚建立的带领下，公寓立足发展中高端智能养生养老产业，已经具备了生活护理、医疗康体、异地养老、老年教育、休闲娱乐和居家、社区、机构三位一体的综合养老功能，连续多年被北京市政府评为"敬老爱老为老服务示范单位"，2016年被命名为"全国爱心护理工程建设基地"。

为天下儿女尽孝，为党和国家分忧！

善行者善报，福往者福来！

褚建立，你为军旗增添了光彩！

（文中照片为主人公提供）

面朝大海，勇立潮头

——记原武警 8680 部队退役军人，河南豫蒙晋商贸有限公司总经理**刘海**

"我们要做的是事业，不只是一份工作，正如当兵入伍是为了报效祖国，而不是为了当官发财"。这是创业初期，刘海对同伴们说得最多的一句话。于是，一群志同道合的战友确立了"不做买卖做事业，不做生意做前景"的创业理念，大家一致认为，作为一名部队培养和教育多年的自主择业老兵，不一定要做到对社会有很大贡献，但一定要做到为政府减轻负担、不添麻烦。

2016 年，告别 22 年军旅生涯，刘海从"攻坚老虎师"退出现役。这是一支有着优良传统的老部队，曾经从东北打到海南岛，在抗日战争和解放战争中立下赫赫战功。在这里一步步成长起来的刘海，同样磨炼了坚强意志。新兵时，一次武装 5 公里越野，在嵩山弯曲起伏的山道上，刘海一直奋力跑在前面。然而进入后半程，他弯道"超车"时，却不小心摔了个"满嘴啃泥"，手掌划伤流血，身边的战友也摔倒在地。他二话没说，马上爬起来，来不及拍拍身上的泥土、擦去流淌的血迹，拉起战友继续前进。事情虽小，却被连长看在眼里："这小子，是个好兵！"之后，从战士到干部，从基层到机关，刘海边干边学，能力素质不断提高。办文办会办事，他注重向领导、向优秀的战友请教，敢于自我加压、自我返工，给大家留下了"信得过、不怕苦"

的深刻印象。

从部队到地方，刘海没有埋怨，没有气馁，满怀的却是对部队、对领导和战友们的感激之情。"感激感谢的最好表现，我想就是重新开始，用实实在在的创业成绩作为回报。"刘海是这么说的，也是这么做的。

2017年3月，在经过多波次、多调查的了解论证后，刘海联合部分退役战友创办河南豫蒙晋商贸有限公司，总注资1000万元。主要从事蒙古国预包装（含冷藏冷冻）熟制水煮牛肉、羊肉和生马肉的营销。为机关团体、企业食堂、连锁餐饮和肉产品市场及大众消费群体，提供"采购放心、食用安全、味道鲜嫩、物美价廉"的自然健康原土地、原生态、原味道"三原"产品，提升人民群众的饮食品质。同时，为让消费者"尽快了解、容易记住"产品，还申请注册了"元昇源"商标，包含了产品的渊源以及刘海为人处世的风格特点。商标上黑色的玉猪龙是蒙古族洪山文化的标志，元是万物之始、蒙古简称，昇指每天有进步，源和元（谐音吻合）指出发目的和落实目标一致。整个图标寓意："一是做人有原则有底线，做事要有始有终；二是公司发展从开始就立志要做到始于足下、脚踏实地，行如流水、勤劳致富；三是任何时候都要保持军人善于攻坚克难和乐观积极的心态，并携手齐心、竭尽全力、懂得感恩、回馈社会"。

回想当初，为了深入了解真实市场和产品源头质量等，刘海独自一人在蒙古国调研近一年。冬天的大草原，寒风凛冽，近零下40摄氏度，冰冷刺骨。一次，他驾驶越野车去牧场的途中，车辆"感冒"。他一人步行三公里走到最近一位牧民帐篷时，双脚已经麻木。庆幸的是，热心的牧民用偏方处理及时，否则他现在可能已经没有双脚了。说起这段经历，刘海没有余悸，只有反思：对问题的预想和应对为何不够周全？

凭着这股韧劲，两年多时间，刘海从北到南、从边疆到内地，不停地宣传介绍、不断受挫，然而他始终不放弃。因为他深知，蒙古国的特殊地域优势和独特养殖方式，生产的牛羊肉等口感细腻、风味独佳，具有很好的前景。终于，在他的持续努力下，从不了解、不熟悉，到试试看、还不错，一个个市场被打开，才有了今天的局面。

对政治和民生有着天然的洞察力，是退役军人的一大特点。不仅如此，作为晋商的后代，刘海还有着特殊的商业嗅觉。通过学习，刘海认为，满足人民群众日益增长的美好生活需要，食品是一个不可或缺的方面，特别是"舌尖上的中国"已日益走向世界，世界上的美食走进中国已成大势所趋，关键

是如何确立科学的商业运作模式。为此，他带领同事们坚持问题导向、深入调研、多方咨询，拟定了企业愿景《三年规划》，确立了"四以理念"，即"以消费者为中心、以市场为导向、以诚信为原则、以质量为根本"，逐步完善营销制度、企业文化，为长远发展夯实根基。

　　面向大海，勇立潮头。我们相信刘海和他的"元昇源"，一定会在新时代的商海大潮中，书写退役军人新的荣光！

　　　　（文中照片为主人公提供，《中华英才》2018年第22期摘要刊发）

从私人保镖到连锁酒店掌门人

——记空军某部武装侦察连退役军人,北京利合家美酒店管理有限公司合伙人张强

你可能不知道他们的名字,但他们却用自己的身躯保护了很多名人政要和雇主。

是的,他们名字的叫"保镖"。

这是一个被口耳相传了很久的神秘职业,关于他们的记载在历史文献中找不到只言片语,可他们的故事却被人们越传越神。

有人说他们是身怀特技的高人,有人说他们是能言善辩的说客,有人说他们个个一身正气,也有人说他们与贼人蛇鼠一窝……

人高马大、身手非凡、黑色西装、深色墨镜、面色冷峻、举止威严……

在真实的社会生活中,他们究竟是什么样的人?

让我们一起走近空军某部武装侦察连退役军人、北京利合家美酒店管理有限公司合伙人张强。他从小喜欢散打搏击,退役后从私人保镖做起,如今成长为一个拥有多家连锁酒店的掌门人。

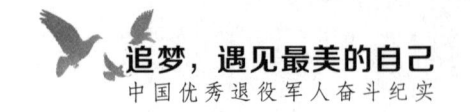

寒门铁骨蜕变特种兵

在素有"巴人故里"之称的革命老区四川达州,早在民国时期,习武风气盛极一时。位于达州市西南部的渠县,曾孕育出东汉车骑将军冯绲、蜀国镇北大将王平、清代守护台湾的副将王万邦等一大批历史名将。其间,也出了一些功夫超群的著名拳师,有不少脍炙人口的事迹。

1975年1月,出生在渠江河畔的张强,从小耳濡目染,对源远流长的武术情有独钟。上小学时,就喜欢"打打闹闹",并拜师学艺,苦练功夫,表现出扶危济困的侠义心肠。

"当时,家乡特别贫困,农村的生活非常艰苦。儿童时代,最开心的就是和小伙伴们一起玩'打仗'游戏,有时打起来半天也不嫌累!从那时起,我就养成了爱好运动和武术的习惯。"张强对童年时光记忆犹新。

1991年9月,凭着良好的身体素质,张强考入了渠县职业高中散打专业,这是一个针对部队输送新兵的育军班。

"起脚半边空""高练矮踢""手是两扇门,全靠腿打人",纵跳翻腾、动作舒展……这是一种有些另类与痛苦的高中生活。

张强在学校学习任务很重,上午学文化,下午训练。他不叫苦不叫累,默默勤学苦练。多次代表学校参加散打比赛,并取得了达州散打冠军,成为当地一颗武术"新秀"。

1993年底,张强如愿入伍来到了位于荆楚大地的空军某团一连。

站军姿、练体能,每天早上一个五公里……不仅训练严格,而且还要参加营建,搬运石块砖头……艰难困苦,对于习武出身的张强而言,虽然都能承受,但也是常常腰酸腿疼,躺着、坐着就睡着了。

日常表现出的顽强和天赋,使得张强不久就被选调参加侦查摄像培训。之后又来到武装侦察连,参加动力伞、翼伞等全科目训练。入伍第二年,他代表单位参加了全军全能军事比武;入伍第三年,他光荣入党……

1997年底,完成军旅梦想的张强,带着"钢筋铁骨"离开了他热爱的军营。

散打搏击从南打到北

1998年,经部队首长推荐,张强来到珠海做安保工作。日复一日地上班、

下班，他逐渐有些厌倦。

半年后，张强来到深圳，尝试进入"打拳"圈子，就是在娱乐场所参加非正规的拳击比赛。

"当时，属于格斗市场的边缘地带，除了不能使用武器，参赛者可以用任意方式击打对手，满足人们渴望刺激的欲望，比较残酷。因为当时初回社会，一心只想着多挣钱。"

"那时，每天除了吃饭、休息，就是疯狂地训练。因为要始终处于最佳的身体状态，必须重视力量和击打威力训练，那段时间我的格斗技能提高很快。尽管如此，在人们心里，这里的拳手不是英雄，更像怪物……"

了解这个行当后，张强不愿因此毁了前途，准备退出这个圈子。此时，一位北京的"大哥"找到了他："给我当保镖吧！"

1999年，经过一番深思熟虑，张强来到了这位"大哥"身边。一方面每天跟随"大哥"穿梭于各种场合，确保他的人身和财产安全；一方面帮助他看护一家"男孩女孩"酒吧。

"保镖，表面看起来轻松，实际上精神始终处于高度紧张状态。环境不同，方式也不同，必须内紧外松，以绝对忠诚与信赖，立足不安定因素，做好万全之策。就像电视剧里保护皇上一样，只要他没事儿，一切都好说。万一有事，必须机动灵活、迅速敏捷。我从业两年没有出现过一次闪失。"

"我那时待遇不错，但越是待遇好越不可忘却职责，不可因享受惯了高床软枕、美味佳肴而怠惰了心性。再者，做私人保镖必须有很强的法律意识，不可踏踩法律红线。"

随着相处日久，极具职业精神的张强不仅服务"大哥"，而且照顾"大哥"，得到了"大哥"的由衷欣赏，两人感情和友谊不断加深。

"护卫"之余，善于察言观色的张强还细心学习"大哥"的经营管理之道，不断提升自己的商业思维和能力。

"保镖思维"驾驭经营管理

2001年，出于对张强的信任，"大哥"将其中一家酒吧交于张强经营管理。之后，在2002年世界杯开赛前，又支持他创办了一家自己的酒吧。

张强的人生轨迹，由此开始改变。

"像做保镖一样，我总是用最简洁和有效的招法抓经营管理，一天只有

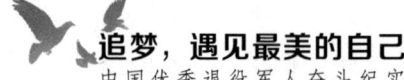

24 小时，没有时间从事那些虚假空的工作。"跨界不跨理，张强不断摸索酒吧经营之道。

实干，让张强开业第一年收回成本。之后，连年盈利，他的第一桶金越攒越足。

2009 年，在市场经济中"摸爬滚打"的张强正式进军酒店行业。他和另外三位合伙人携手投资连锁酒店，"第一仗"租下了 2000 多平方米的房屋，加盟汉庭快捷酒店。

"不同于管理 200 多平方米的酒吧，酒店装修、员工培训、手续办理……事务繁杂，还要忙而不乱，注重质量。半年多时间，基本上天天熬夜，好在身板健壮，支撑着我不停歇地干！"张强的打拼激励了合伙人和员工的精气神。

"拳手的素质必须全面。如果只某一方面突出，可能会掩盖大量弱点。只要有一个弱点，在决战中迟早会被对手抓住，做生意也是如此，必须全面统筹……"张强把"打拳"心得与创业融会贯通，生意越来越好。

引进嘉禾一品、开办啤酒馆……酒店的配套行业同时"风生水起"。之后，他们又在西客站加盟开设了如家快捷酒店，如今 8 家酒店生意红火，2 家酒店正在筹备之中。

每年 400 多万元的税收，及时足额上缴；500 多员工热情接待过往旅客；他还为家乡三汇镇土城村修路、助学不遗余力，捐资 10 多万元，并当选为渠县政协委员……

拳手、保镖、老板、企业家，张强用吃苦、勇毅和智慧打出了一片新天地。

强者无畏、强者为尊、强者必胜！

（文中照片为主人公提供）

小个子班长的"大智慧"

——记原武警8684部队退役军人，无锡市老班长农副产品配送有限公司总经理周进

退役5年，创办农副产品配送有限公司，注册资金3000万元，下属3个分公司，承包蔬菜基地和养殖场400多亩，员工86人，送货车辆21台，服务部队、学校、银行等30多家单位，成为无锡市政府批准的"菜篮子"工程重点企业。

一连串的数字，让人印象深刻。数字故事的主人公叫周进，是2013年原武警8684部队退役的一名士官。1.6米多点的个头，憨厚的脸庞，朴实无华。站在队列中，周进并不出众。作为他的排长，周进留给我的记忆，除了朴实，就是勤奋。

一向"服从命令、听从指挥"的他，这次接受采访却并不"积极主动、雷厉风行"。"我创业不久，没什么成绩！"周进的谦虚，依旧那么诚恳。"那就作为一个阶段性小结吧！"我说道。

就这样，话题从周进最难忘的新疆维稳经历展开。那是2009年7月初，事发突然，周进随部队乘专机飞赴南疆重镇——喀什。

骄阳似火、军务紧急、社情复杂、环境艰苦、任务繁重，既考验着各级领导干部，更考验着这位小个子班长。"要是自身被袭击了，还怎么保护群

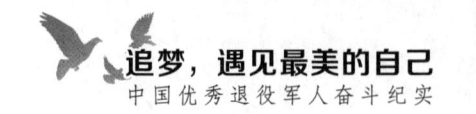

众的安全？""我得为我的战士负责！"他想得很深很远。这次"战斗"强化了他"凡事预则立，不预则废"的做事习惯。

"当时，要求我们不仅能吃苦、有毅力，而且还要随机应变、灵活处置各种突发情况。"无论是带队巡逻、设卡检查，还是戈壁滩上组织训练，他都认真熟悉情况、精心做好预案。1000多个日日夜夜，在他的带领下，全班圆满完成各项任务，经受了苦与累、生与死、孤独与寂寞的考验。

转眼，周进结束了12年的军旅生涯。退役后，他谢绝政府安置，带着"闯一闯"的想法，在亲友介绍下，来到了无锡。起初，保安岗位四五千元的工资吸引了他，却因为个子矮，对方连自我介绍的机会都没给他。面对"打击"，不服输的他却考取了"高级保安证"。然而，他却并未从事这一行业，转身去了一家公司打工。2个多月后，感觉所做的工作不是自己兴趣所在。周进再次离去，到了一家物流公司。

在打工的历程中，他发现农副产品配送不够规范、不够卫生，而且种地的年轻人越来越少。于是，他开始"跟踪"市场上送菜的人群，去田间请教"老农"种植经验。3个多月，他白天坐送菜的三轮车走街串巷，骑电动车到10公里外的菜地"蹲点"，还去了苏州、连云港等地参观考察，晚上翻阅《现代农业基础知识》等书籍，做笔记。

"那段时间，我基本上连轴转，每天休息四五个小时。"周进对此记忆犹新。2015年8月，熟悉了这个行业的流程和模式后，他用退役费和积攒的工资，注册成立老班长农副产品配送有限公司。创业之初，便确立了"百善孝为先、百德诚为本"的经营理念和"信誉第一、安全至上"的管理宗旨。

公司开张了，生意却不景气。周进在进行零散销售的同时，开始探索集中化供给。第一次参与竞标，15家单位竞争，连标书都没有见过的他没有悬念地失败了。有人劝他把重点放在"找关系"上，而他却把功夫下在了"标书的制作、食品的质量和服务的标准"上。

一个又一个深夜，他研究起了标书的起草，请代理公司授课。之后，每次制作标书，他都一字一句地推敲。

同时，他还带领同事严格规范质量监督体系，研发出农副产品配送"框子化、箱子化、袋子化"，尽可能"整齐划一"，确保全程可控化、溯源化。他认为要想有人帮你，你得先具备一定的能力，而且能力越强越好！

宽敞明亮的无尘配菜车间、摆放整齐有序的原料仓库、干净整洁的大型冷冻库、保鲜库，定期组织员工体检、定期组织食品卫生安全教育、检验报

告定期归类存档……"不一样，就是不一样！"用户考察体验后纷纷赞扬。在之后的多次招标中，"老班长"凭着"诚信、质优、服务质量好"屡屡中标。

"过去未去，未来已来"。谈起"老班长"的"358"，周进起初没有太具体的目标。随着公司的发展，"引领行业标准、打造舒心餐饮管理、配送健康绿色食品、做放心的'老班长'，努力把公司建设成一流的农副产品旗舰企业"的愿景越来越清晰。

"推进种植养殖、配送、餐饮管理一体化，实行社区、家庭配送定制化，针对不同需求提供净菜差异化，服务用户互联网化，让'老班长'走进更多的群体，为群众提供更贴心的服务，也让'老班长'成为退役军人的出彩品牌……"周进对走进新时代的"老班长"既情有独钟，又寄予厚望。

采访结束之际，周进想对即将退役的战友说："要勇敢尝试、不要怕苦！""要去做，才能发现机会！""不管做什么，都要正规！"

我们坚信，"进"无止境，"老班长"永远在路上。祝福"老班长"蹄疾步稳，越走越远！

（文中照片为主人公提供，《中华英才》2018年第22期摘要刊发）

在部队的每一滴汗都不会白流

——记原武警交通指挥部退役军人，
北京童颜吾记工作室创始人刘利云

　　2005年冬，在河南洛阳嵩县一个小山沟里，一个操着河南口音、土里土气的高中毕业生怀揣着军旅梦走进苏北某军营。

　　2017年冬，这个从军12载却依然朴实憨厚的老兵，离开了他熟悉的军营，脱下了他心爱的军装，在北京安家立业。

　　12年军旅，这张曾经青涩的脸挂满了坚毅。12年的军营淬火，让他脱胎换骨，也让他不畏艰难险阻。

　　他叫刘利云，是原武警交通指挥部退役军人、北京童颜吾记工作室创始人。

命运关一扇门，自己开一个窗

　　刘利云是一个目标感很强的人，知道自己要什么，立下目标便不懈努力，并懂得及时调整方向，命运关了一扇门，自己开了一个窗。

　　1986年，刘利云出生于河南洛阳一个小山村。如同千万农村家庭一样，走出村子，改变命运，便是全家对他的期望。参军入伍，是无数青年改变命运的重要选择之一。

2005年，19岁的他高中毕业，怀揣着军旅梦来到武警徐州支队新兵营。初入警营，他铆足了劲，凡事争第一，新兵下连时他被连队评为"十佳新兵"。俗话说，人往高处走，他暗下决心，立志报考军校。

新兵下连时，他被分到武警沛县中队。艰苦的训练和繁重的执勤任务之余，别的战友放松娱乐，他却把精力放在了备考上。然而，人生不如意十有八九。他第一次军校入学考试与录取分数线差了1.5分。

失意过后，他并没有灰心。转士官，二进考场，毕竟还有一次入学的机会。

时光在昼夜的黑白键上弹奏着无声的乐章，刘利云一如既往边训练边学习，像一个刻苦修炼的剑客无比渴望证明自己一样，期望着军校考试日期的到来。2008年，他在支队预考成绩第一，在全总队预考中位居第5名，按照以往的统计，这个成绩考军校十拿九稳。

"人有时候很奇怪，离目标越近的时候，越会紧张。"回首往事，刘利云淡然一笑。

由于考上军校的愿望过于强烈，考试前夜刘利云失眠了，在凌晨3点他忘记了考前不能吃药的禁忌，在吃了白加黑的黑片之后，迟到的睡意在第二天的考场上汹涌而来。

如同心理素质不过硬的射击运动员埃蒙斯一样，他的第二次也是军旅生涯最后一次军校考试，最终脱了靶。

唾手可得却又失之交臂，发榜之后的3个多月里，他无比绝望。这期间，连队战友、刚交往的女朋友都给了他很多关心和安慰。人生路很长，不能就此沉沦，痛苦之后，他又投入到紧张的训练生活中。

在刘利云现在看来，他真正的成长恰恰是在那次痛苦的挫折后，他感谢那段曾让他刻骨铭心的逆境。振作起来后，他觉得既然不能走入军官的行列，那就要做一名优秀的战士。

2008年秋，他主动请求去支队参加骨干集训。为了提高自己的军事素质，他不断向特战队员请教，别人战术动作爬100米，他就主动加练爬300米，别人摔擒动作练10次，他就练50次。刻苦训练让他新伤不断，身上往往是青一块紫一块。

骨干集训结束，他如愿在新兵连担任新兵班长。在一次训练时，支队宣传股士官蔡广银拿着相机在训练场采风，那位老班长娴熟的抓拍技能、让众多战友交口称赞的好图片感染了刘利云。

这次集训让刘利云重新找到了人生的方向和目标，他要用镜头记录火热军营，用笔书写军营好故事。没承想，士官报道员蔡广银成了他新闻报道和摄影路上的启蒙老师。

认真是最硬的关系，靠谱是最快的捷径

方向重新调整，目标再次树立，剩下的便是努力和勤奋。认真负责就是最硬的关系，踏实靠谱便是最快的捷径。正如他最喜欢的一句话：如果有一天，你的努力配得上你的梦想，那么你的梦想也绝不会辜负你的努力。

听说刘利云迷上了摄影，家中二姐寄来了一台数码相机，女朋友寄来了一堆摄影教材。

于是，日常训练、连队活动、课间休息总能看到刘利云或跪或站或坐或卧拍照的身影。

稻盛和夫说，成功还要付出超出常人的努力，努力到连神灵和老天爷都要情不自禁地帮助你。

功夫不负有心人，在徐州支队2008年度新闻工作先进个人评选中，刘利云赫然在榜。

勤奋可以孵化梦想，再厚的土也遮不住一颗珍珠的光芒。

靠着一股子钻研劲，2009年7月，刘利云从中队被调到了支队宣传股，与师父蔡广银一起负责新闻报道工作。蔡广银当时是全军优秀军事摄影奖获得者，严师出高徒，在蔡广银的教导下，他的摄影技术和写作水平突飞猛进。没多久，他又被借调至武警江苏总队新闻站工作。

每到更高一级工作单位，刘利云都对自己提出更高的要求。为不断提高新闻专业知识水平，2010年10月，他报考了南京师范大学自考本科新闻学专业，这是一个含金量不亚于全日制本科的学历教育。在不影响部队工作的情况下，他坚持自学，业余时间基本上都用在了功课上。通过4年的不懈努力，他通过了新闻学本科段所要求的14门课程，如愿取得了新闻学本科学历。

机会往往垂青于有准备的人。2012年7月，刘利云有幸被选派参加全武警部队电视记者培训班，学习电视新闻和专题片采编，每个总队只有一个名额，这么好的学习机会实属难得。

"电视记者培训开阔了我的眼界，让我重新认识了新闻报道工作的重要性。当时就决心要成为一个全媒体型的新闻工作者。"

回到支队，他把学到的知识用到实际工作中，保持了年均200篇左右作品的高产量，他采编的反映部队良好精神风貌的新闻报道多次被中央电视台采用。这也让他逐渐成为全总队新闻报道的佼佼者。

2013年，他有幸到北京武警总部电视宣传艺术中心新闻部实习，不断在业务上精进的他再次被幸运女神垂青。

至此，刘利云凭借勤奋和出色的工作完成了从中队到支队到总队，再到总部的三连跳，还顺利获得了南京师范大学新闻学本科学历。

初入电视宣传艺术中心，看到一屋子的先进设备，刘利云既紧张又兴奋，紧张的是这么多设备在原来的单位都没见过，更不要说操作了，兴奋的是又可以学习到新的技能。

当时新婚妻子已从北京邮电大学计算机专业研究生毕业，并在北京工作，可刘利云却很少有时间陪伴，24小时泡在设备间和办公室，利用一切可以利用的时间和机会学习，笔记写了一本又一本，设备操作了一遍又一遍。在电视宣传艺术中心实习的一年里，他每天都是求知若渴的状态。

"踏实、认真、谦虚、好学"是武警部队电视宣传艺术中心领导对刘利云的评价中用得较多的字眼。

2016年冬，刘利云被调至北京武警交通指挥部宣传处新闻站工作，正当他满怀热情工作时，我国军队编制体制改革开始了，武警交通指挥部正是要全面改革的一支部队。2017年冬，士官三期服役期满，刘利云带着对部队的不舍和一摞摞的学习笔记、新闻作品从武警交通指挥部退役。

回首12年从军经历，学历不高、出身贫寒的刘利云凭借勤奋和不懈努力，赢得了领导、战友的一致肯定和命运的一次次眷顾。

口碑是最好的奖杯，责任是最好的名片

12载军旅华丽转身，放弃安置机会，一贯认真的刘利云不走寻常路，只因内心深处对摄影艺术的热爱和追求。专注儿童纪实摄影，他又开始当起了拼命三郎。

刘利云被北京东坝地区授予"践行社会主义核心价值观优秀人物"荣誉称号。

作为一名在军事新闻宣传战线奋战了12年的老兵，刘利云婉拒了北京市朝阳区民政部门安排的工作岗位，选择创业，这也意味着放弃了舒适的工作

环境。

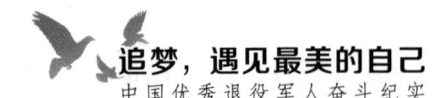

2018年，在慢慢适应社会的同时，刘利云凭借在部队娴熟的摄影、摄像及后期制作技能，着手创办了北京童颜吾记工作室，主营儿童摄影摄像业务，开启了五加二、白加黑的新生活。

在拍摄2018年北京国际马拉松后，刘利云在《人民武警》的微信公众号上发表了《退役武警拍"北马" | 在部队的每一滴汗都没有白流》，他在文中写道：

"退役半年多来，我焦虑过、彷徨过、失望过

但这些生活的磨难永远击不垮我

因为我曾是一名有责任、有担当的军人

军旅生涯落幕了

也意味着一扇全新的生活大门为我打开

体格健壮　感恩部队

是部队给了我去挑战生活磨砺的基础

拥有技能　感恩部队

是部队给了我实现人生价值的平台

选择创业　感恩部队

是部队给了我砥砺前进的力量源泉

选择军旅　此生无悔

一朝是军人　终生是军人

曾经在部队流过的每一滴汗

真的没有白流"

作为一名社区党员，只要社区需要，就是工作再忙，他也会义不容辞地为社区做一些力所能及的事。在社区文宣干部的带领下，他把镜头对准了社区的老人，经常无偿为社区老人们拍肖像照，为家庭拍摄幸福满满的全家福，他的无私付出让老人们满是欢喜，他是老人们眼中当之无愧的大摄影师。除此之外，社区组织亲子运动会、环保创卫、手艺会等活动，他都主动报名，义务为大家拍摄精美图片，极大地激发了大家的参与热情。2018年10月，他还被朝阳区东坝地区授予"践行社会主义核心价值观优秀人物"荣誉称号。

创业初期的艰辛，只有亲身经历的人才能体会个中滋味。好在苦心人天不负，工作室的生意一天天好起来，刘利云也算初步实现了回归社会后的一次"华丽"转身。

"工作室为什么叫童颜吾记?"

"我想专注儿童纪实摄影。取童年的容颜我来记录之意。"

"为什么要专注儿童摄影?"

"现在儿童摄影大部分去影楼,看到孩子们穿着影楼指定的衣服、摆着各种姿势,拍着一组组主题明确的照片,我觉得不舒服。很遗憾,孩子的天性没有得到释放,孩子美好的瞬间没有得到准确及时的记录。因此,我想做儿童纪实摄影,抓拍孩子和家人在学习、玩耍等情境下最真实、最美好的一瞬间。"

"接下来是怎么规划的?"

"先学习,学习研究国内外优秀的儿童摄影师,不断提高自己的技能,活到老学到老。然后,继续专注儿童摄影。"

"最想对退役战友说点什么?"

"人生在于设计,认真踏实专注,部队的每一滴汗都不会白流!"

《士兵突击》里的许三多说活着就要做有意义的事,有意义的事就是好好活。对刘利云来讲,记录孩子们最美的瞬间、帮孩子们留下最美好的回忆便是他的意义。作为一名老兵,脱下军装不意味着冲锋的结束,而是到了一个新的战场!

愿刘利云华丽转身,无惧风雨,坚守初心,自成芳华!

(文中照片为主人公提供)

"军事重镇"走来"红肩章方队"

——记东部战区政治工作部退役军人，南京红肩章户外拓展有限公司董事长徐栋材

近年来，在不少青少年中，"血性担当"不足，已经成为无法忽视的事实。残酷的现实，深深刺痛了一位退役军人的心！

他，就是徐栋材，原南京军区空军政治部正团职研究员、东部战区政治工作部宣传局网宣组负责人、军旅记者。

徐栋材在部队长期从事宣传与教育工作，对军人职责和强军使命有自己特有的认识，曾5次荣立三等功，获得各类奖项上百个。

作为正团职干部，徐栋材完全可以走上别人梦寐以求的仕途，但他毅然放弃了所有的光环和荣誉，于2017年3月开始了创业生涯。

同年底，已经在一家大型公司担任副总裁的徐栋材，再一次做出了让人意想不到的决定：主动辞掉了令常人艳羡不已的高薪职位，投入了国防教育工作。

少年强则国强，国防教育刻不容缓！

南京位于长江下游咽喉之地，得南京便可守住长江下游，此外南京有紫金山之险，还有长江护城，易守难攻。所以南京自古以来就是军事重镇，兵家必争之地。这里的军事院校和部队众多，浓厚的国防氛围熏陶着在这里生活成长的徐栋材。

尤其是在几十年军旅生涯中形成的强烈使命感、责任感，促使徐栋材立志将毕生精力奉献于国防事业，担负起培养国防与军事后备人才的历史重任。他主动参与到他的导师、国防大学战略系郭伟涛等人发起的"红肩章行动"（青少年关爱国防行动）中。

经过近一年的学习深造、考察调研，徐栋材对当前青少年国防教育有了深刻的认识，如同其他工作一样，随着时代的发展，尤其是信息时代的到来，青少年国防教育也面临着一个与时俱进的问题。针对军事训练体验内容单调、呆板的问题，在郭教授的指导下，他努力探索着适合新时代青少年国防教育的新内容和新模式。

二次创业，说是一句话，行有万分难。对徐栋材来说，完全是崭新课题。他在部队多年，不懂经商，也缺乏经营理念，要想在激烈的市场竞争中生存、发展，就必须一切从零开始。

《营地教育》《户外拓展》《教练式管理》《教练技术》等数十本管理和教育类书籍就摆在徐栋材的餐桌、床边、卫生间，以便他随时可阅。他从没有这样如饥似渴、孜孜不倦，也从没有这般通宵达旦、废寝忘食，数十万字的心得体会集成厚厚的一本。

与此同时，徐栋材深入社会，了解社会，向成功的退役战友取经，向优秀的企业家请教。

万事俱备，只欠东风！

2018年初，徐栋材个人独资的南京红肩章户外拓展有限公司创办成立，梦想之船在风云变幻的商海迎风起航。

举旗帜、建队伍，招兵买马、选贤任能……

经过军营这所大学校的磨砺，徐栋材雷厉风行。他迅速招募了20名退役军人，还成立了以兼职为主的近200人的"红肩章教练团"，南京红肩章户外拓展有限公司办公室充满了欢声笑语。

既然执着于国防教育，那就执着到底！

然而，由于对市场预估不足、分析不够，场子铺得过大，步子迈得太开，

公司业务有段时间出现"零"的空档期，一时间员工工资成了最为现实的待解难题。团队中开始出现思想波动，有的人挥袖而去，有的人赋闲待命。公司的人越来越少，业务迟迟难以展开，这让踌躇满志的徐栋材有生以来第一次陷入了进退维谷的两难境地。

攻坚克难才是军人本色！几十年军旅生活磨砺了徐栋材不服输的性格！这一刻，徐栋材成了《士兵突击》里的许三多，只要不抛弃、不放弃，未来就一定会有意义。

随后，徐栋材与国防大学郭教授及团队、坚定支持他的刘团长、王教官、郭教官等人一起，静下心来研究"产品"和落地模式。他们先后实地参观了全国 60 多家国防教育基地，与上海、南京、北京数百家教育培训机构进行了座谈，还派出 6 名教官参加了拓展培训，主攻青少年拓展训练、亲子教育和企业魔训等。

经过近半年的思考和反复的实践，他逐渐确立了公司业务模式和发展方向，那就是以军事体验为主，做青少年好习惯的引导者，着力提高"自理、自力、自律、自强、自信"意识，拓展提升军政体素质，帮助青少年健康快乐成长。

方向对，不怕路途远；目标明，方可落实！

流淌着军人血液的徐栋材和红肩章军事拓展团队，发挥了军人执行力超强的优势，大力开办"红肩章雏鹰青少年军事夏（冬）令营""中学国防主题训练营""亲子游学营"，举办"红肩章国防教育公开课"进校园、"军营日"等活动。

潮随风动，红肩章的名声越来越响，口碑越来越好，找红肩章做培训拓展的党政机关、企业和学校越来越多。截至目前，已有超过 5000 人接受过红肩章的各类培训和拓展活动。

补精神之钙，育栋梁之材！

"地方各级党委和政府要关心支持国防和军队建设，加强国防教育，增强全民国防观念，使关心国防、热爱国防、建设国防、保卫国防成为全社会的思想共识和自觉行动……"

习近平主席的重要指示，增加了徐栋材的信心。

"在这里，孩子们可以得到理想的成长和锻炼，可以提升孩子们'好好学习，天天向上，将来报效祖国'的理想信念。有的孩子明确表示，长大后

要当兵!"

家长和青少年的认可,增添了徐栋材的干劲。

"要脚踏实地地推进国防教育事业和产业发展,要维护我们的国防安全,增强青少年军政素质,光有口号不行,得有实实在在的行动。"

"青少年是国家的未来、民族的未来、改革开放伟大事业的未来。让处在各种思潮包围中的青少年接受正确的世界观、人生观和价值观,是关系到我们的事业能否后继有人的大问题。面向青少年推出红肩章行动,说到底是要以国防和军事为题做一篇大文章,让优秀的民族尚武精神和红色基因,伴着生动有趣的国防知识、军事知识和军事技能,细雨润物般地融入青少年的血脉中,代代相传,为我们事业的长期延续奠下最重要的一块基石。"

这就是将国防教育作为毕生事业的退役军人徐栋材!

这就是勇担重任、自强奋进的"红肩章"团队!

金陵城下、秦淮河畔。

沙场点兵、风劲弓鸣。

"红肩章"必将光芒万丈、照耀神州!

(文中照片为主人公提供)

做配镜行业的"滴滴"和"海底捞"

——记空军长春飞行学院退役军人、
北京捷镜科技有限公司创始人张丹

"捷捷配镜专车,行走的眼镜店"。

如果你在大街上看到"捷捷配镜"专车,千万不要惊奇,没错,配眼镜也可以上门服务了。

成立仅一年多时间,便发展到拥有11辆配镜专车,先后为人民日报社、大唐电信、新浪、百度、腾讯等几十家企事业单位提供了团体配镜服务,与众多企业达成长期上门服务协议,并且做到了服务近千人次零投诉。"未来将为更多的都市白领提供更专业、更便捷、更实惠的配镜服务。"

这就是空军长春飞行学院退役军人、北京捷镜科技有限公司创始人张丹与他的"眼镜梦"。

参军8年:从孤儿到"优秀士兵"专业户

张丹从不避讳自己是个孤儿。

1979年,张丹出生于辽宁省铁岭市昌图县,7个月大时就与爷爷奶奶相依为命。

在奶奶的悉心照料下，张丹一天天长大。

张丹少时顽劣，每每把爷爷气得暴跳如雷，都是奶奶不顾一切护着他，疼着他。

爷爷奶奶的疼爱是张丹儿时最温暖的记忆。

作为张家的长孙，爷爷有时会语重心长地叮嘱他，要改变处境，就得自个儿努力。

穷人的孩子早当家。

1995年，16岁的张丹参军来到空军长春飞行学院，这一干就是8年。8年间，张丹连续7年被评为"优秀士兵"。

在部队期间，张丹在汽车连待过，在炊事班干过，驾驶证、厨师证也都有了，但2003年退役后，他却没考虑这两个行业。被问及当时对于职业的选择时，张丹的回答无比坚定："我想做点更有挑战性的事。"

北漂8载：从促销员到眼镜营销专家

在旁人眼里，如今的张丹算得上成功人士——落户北京，创业有成，买了两套房，爱人是北京某名牌大学的副教授、博士。当着别人面，张丹管爱人叫"于老师"。

回顾当年的北漂之路，还要从"于老师"说起。

2001年，张丹还在部队服役。有一天，一个战友约大学生女朋友吃饭，叫上了张丹，战友的女朋友则约来了一个姓于的女同学。一顿饭的工夫，张丹便对这个姓于的女大学生一见钟情，没多久两人便确定了恋爱关系。

2004年，"于老师"被保研到北京一所知名大学，他就跟着一起来了北京。

初到北京，张丹从报纸上看到了关于商品配送员的招聘信息，联系过后交了几百块钱押金，结果再没回音。

有一次"于老师"读研的校园里有家眼镜店正在做促销活动，还招聘店员，张丹看到后就大胆去面试，结果凭着退役军人的那股子劲头被当场录用。

因为没有相关工作经历，一向要强的张丹为了提高业务能力，跑到海淀图书馆借阅视光学方面的书籍自学，平常也虚心向店里的老员工学习请教。

刚入职时月工资只有800元，为了省钱，张丹租住在近郊的东小口镇，早上9点上班，他5点钟就起床，走半小时路再坐公交车，连地铁都舍不得坐。后来，他干脆跟老板申请住店里，打地铺。

"下班后，就在店里学习，加班写营销方案、做一些宣传。"

这一干又是 8 年。

8 年里，这家眼镜店在全国开了几十家连锁店，张丹一路从店员干到经理、副总经理、总经理，俨然成了眼镜行业的营销专家，收入也跟着不断增长。

工作之余，张丹也没让自己闲着，为了跟上"于老师"的步伐，2008—2010 年，他参加了中国人民大学 MBA 研修班。

再干 20 年：要做眼镜行业的"滴滴"和"海底捞"

2017 年对张丹来讲，是非同寻常的一年。他曾在朋友圈写道："2017 年发生了很多一生难忘的事情，最疼我的奶奶走了，做了个手术，创了个业……"

因为不同寻常的成长经历，张丹与爷爷奶奶的感情格外好。自当兵时起，张丹和爷爷奶奶在一起的时间就越来越少。他特别遗憾爷爷没享什么福很早就去世了。2017 年 4 月，奶奶也走了，享寿 89 岁。张丹说："虽然每年都回老家看望奶奶几次，但特别后悔没能在奶奶身体好的时候陪着老人家出去旅游到处看看。"

最疼爱他的爷爷奶奶走了，从不唯命却相信因果的张丹化悲痛为力量，全身心扑在工作上。

这几年，随着互联网的崛起，人们的消费习惯发生了很大的改变，对传统零售行业冲击很大。眼镜行业因为验光、试戴、调整等流程无法在网上很好地实现，受到的影响相对较小。但实体店运营成本较高，也是不争的事实，客户体验较差，成为行业待解的痛点。有没有一种更便捷、更实惠的配镜方式？细心的张丹一直在思考如何去应对这种变化。

与其被别人改变，不如自己先改变。反复思考和推演后，他决定和原来的团队"革自己的命"，弃用传统门店形式，开一家全新的"可移动的眼镜店"。

说干就干，2017 年 7 月，在北京一年中最酷热的季节，张丹带队到人流密集的地铁西二旗站调研，详细记录单位时间内人流中戴眼镜乘客的比率、眼镜佩戴的款式等数据，由此核算市场容量，推导移动配镜的可能性。

2017 年 7 月，移动配镜品牌——"捷捷配镜"专车注册创立。8 月 30 日，"捷捷配镜"正式上线。张丹把配镜专车开到地铁站边停下，站在站口向来往人群发放宣传单。

"我们的第一批客户就是通过这种方式争取来的。"张丹说。

"捷捷配镜专车是获发改委审批通过的专业医疗级验光车，车内配备全套专业验光设备，每车配备一名国家认证的高级验光师。我们把专业医学的15步精准验光法搬到了车上。车上载有精选300余款镜框，让用户有了更多的选择。由于少了门店租金这一环节，使得运营成本大大降低，车内的蔡司、豪雅、依视路等国内外知名品牌镜片的折扣均大于实体店。配镜价格只相当于实体店的一半。"

百度贴吧里有人这样评价："捷捷配镜专车的性价比是超高的，主要是没有店面租金，跟网上的价格差不多，比网上靠谱，上门验光试戴眼镜，售后还有保障。"

作为一种新型的配镜方式，捷捷配镜专车的出现给人们的生活带来了很大便利，让用户轻轻松松在家门口就完成所有配镜流程，花更少的钱，享受更贴心的服务。用张丹的话来说："我们既生产眼镜，我们也是眼镜的搬运工。要做就做配镜行业的'滴滴'和'海底捞'！"

一年多来，捷捷配镜专车模式已经被越来越多的都市白领所接受，张丹透露，目前公司正在探索一套完整的管理体系。"我今年正好40岁。我打算再用20年，把这项事业继续做下去。"

如今，步入不惑之年的张丹，家庭幸福，事业也有了方向，他常常对员工说："我的家庭环境不好，通过奋斗有了今天。你们一定比我强。"张丹身边很多人都知道他的经历，也感佩于他的乐观、积极和豁达。他脸上常挂着笑容，也常常从心底唱出歌声。

"九层之台，起于累土

千里之行，始于足下

我从不相信命运

但我相信因果

身体健康，家庭幸福，事业成功

这些都是需要奋斗才能得来的

所以，不许愿，努力干！"

这是张丹留在朋友圈里的一段话，与诸君共勉。

（文中照片为主人公提供）

从"弯路"走来的"新东方"

——记原第二炮兵后勤部退役军人,北京新启英才教育科技有限公司总经理王守才

"站在风口上,猪都能飞起来!"

这是互联网时代,比较火的名句。然而,是不是就可以站在路口等着风来呢?

改革开放40年,我国人才储备持续更新换代。退役军人中自主择业干部成为一个特殊群体,国家也给予不错的待遇。但他们大多数没有选择享受安逸的生活,而是继续奔波在创业、就业的大道上,判风向、选风口、迎风而上、砥砺前行。

王守才,就是其中的佼佼者。2012年,他从原第二炮兵后勤部退役后,经历了五次创业,一次放弃、一次失败、一次被骗。

问他为何还要坚持?"其实就是想证明,我们自主择业干部没有辜负部队的培养,我们还行,能继续为国家、为社会、为人民做贡献!"

今天,作为两家公司的"掌门人",王守才和妻子徐桂莲忙得不亦乐,尽管累点却也很开心,许多心得弥足珍贵。

从后勤兵到"菜贩子"

1991年12月，初中毕业的王守才怀着"好男儿要当兵"的朴素愿望，入伍来到了原北京军区某军某师某团步兵连。驻守在革命老区保定清苑冉庄"地道战"的传奇故事激励着王守才精武强能、刻苦训练。

当兵第二年，王守才就凭借良好的军政素质被选调师汽训队学习驾驶技术。之后，被分配到团汽车连，开车、洗车、修车……他处处高标准严要求，并光荣入党。

1995年，王守才调入二炮后勤部后一直从事后勤服务保障工作。

"伺候人的活"，有些人对后勤工作不屑一顾。王守才却把烦琐的事务做得非常精细。"没有误过一次事、没有上错一次菜"，默默无闻、不辞辛苦，大家看在眼里、记在心里，压给他的担子也越来越重。

油水多的地方，容易滑倒。一次上级突击检查，询问比对食品采购价格，王守才从容对答。经过核实，相差无几。"能吃苦、信得过、很靠谱"的评价，成为各级对他的共识，也进一步奠定了他"诚信、实在"的为人处事理念。

2012年，因岗位受限，王守才选择了离开。喜欢"折腾"的他，很快做起贩卖蔬菜的生意。老家安丘与寿光相邻，2元的菜到北京零售5元、批发3元。善于"算账"的他，着手向新发地集贸市场发起"攻击"。

冬天的京城，寒风刺骨。3天2车菜，凌晨进城，裹着军用大衣躺在大货车上。初入商海，既怕菜丢了，又怕被人骗。盯在菜摊旁，啃个煎饼、炒个饼，吃饭也没有准点。3个月，在战战兢兢中做起的"贩菜"生意，却让他挣到了第一桶金。

王守才买了辆夏利车，开始联系部队、企业，做起了蔬菜配送。生意红火之际，也不乏冷言冷语："一个退役军人，干什么不行，做起了菜贩子！"

说者无意，听者有心。"虽然挣钱，却很辛苦，关键是觉得层次低、圈子窄。"碍于"面子"，王守才选择了放弃。

今天回忆起这段经历，若有所思的他深有感慨："坚持下来的都做大了！"看到当年一起卖菜的同行走上了线上线下同时经营的新路子，王守才有点"后悔"。

"任性"导致损失近百万

网吧，曾经门庭若市。在这一流行时尚事物面前，王守才亦不愿缺席。

2012年，他与人合伙筹资100万元，在房山区良乡镇大紫草坞村创办了"紫色e点"。计划3年回收成本，仅运营了半年就"歇菜"了。

事后总结，原因较多。投资不理性是主要原因，宁可错投不可漏投的盲目心理，"再加上没有人告诉我，当时网吧已是夕阳产业了。时代发展太快，转眼网络覆盖已进家庭！""退役军人成长背景和性格，也不适合这种与闲散人员打交道的行业。"

花钱买来的教训，记忆最深刻。之后，一次偶然机会，王守才接触到弱电集成工程。智能化的监控设备，虽然引起了他的兴趣，但他也坚持谨慎入行。自学AI知识、参观成功企业、咨询专家学者、寻找施工队伍……

"万事俱备"之际，王守才注册成立了北京亿嘉伟业科技有限公司。进部队、到学校，谈合作、拉客户，在一次次"攻关""谈判"中，安装工程陆续上马。

眼看账户上的收入数字不断拉长，王守才又打起了"国际工程"的主意。一次，一位"大人物"找到他，拿出一张A4施工图纸，言称与某国合作修建高速公路，3个亿的工程。王守才信以为真，天天与这位"大人物"吃吃喝喝，并四处寻找相关资质和队伍。

一个多月后，王守才准备与这位"大人物"签订合同，却怎么也联系不上，方知上当受骗。"幸好没有缴纳几百万的订金啊！"回想此事，让他脊背发凉。

商场如战场，对"敌情"不熟悉、对"敌人"不了解，付出的只能是残酷代价。

自主不是"自由"，创业不能"任性"。

为了创业路上"不孤单"

探索、失败、再探索……经历过多次"实战"的王守才，做梦都是怎么把这些"战例"分享给后来的退役战友，防止他们重蹈覆辙。

2015年，军队改革全面展开。一瞬间，打开了王守才的思路："在又一大批退役战友走上'第二战场'之前，能不能把我的教训和经验传递给他们？"

2016年8月，经过一年的思考酝酿、考察论证，定位"商业培训、岗位推荐、

项目对接、产业孵化、咨询服务"五大核心业务的新启英才教育科技有限公司（以下简称新启英才）在海淀区中关村科技园区宣告成立，注册资金1000万元。

三百六十行，创业天地宽。实践中，王守才和他的团队针对自主择业干部刚需，摸索"引领式培训，陪伴式成长，兜底式创业"模式，既分享"知识资本、智力资本"，又共享"金融资本、人力资本和社会资本"，赢得越来越多的认可。

经过两年多的发展，新启英才集聚了50多位资深教研人员，与200多家企业建立了战略合作关系，走进了100多个旅团单位宣讲，为4000多人进行了培训，为2000多人进行了项目对接，为400多人进行了岗位推介；被《解放军报》以《风口上的"创业者"》等为题进行了3次报道，被评为2017民生示范工程。

经过培训的密海峰、张大伟，经过6∶1的推荐，3∶1的面试在竞争中脱颖而出，成为信良记食品科技有限公司高管。同密海峰、张大伟一样经过培训的退役军人都有相同的心声："特别感谢新启英才在我们离开部队那一刻，即为我们补上'社会和商业'这一课，接地气、很实用！"

用心用情的服务，也引来了越来越多的"蹭课"人员。"不仅免费听课，还管饭吃，王总是位有情怀的人！"一位多次参加"旁听"的自主择业干部感慨地说。

在王守才看来，"情怀大于机遇""情怀赢得机遇"。做最懂退役军人的专业教育培训机构，打造退役军人版"新东方"，已成为他的永久追求。

男儿何惧海中浪，击鼓扬帆正当时。站在新的历史起点上，用光荣和梦想凝聚起来的退役军人群体，必将涌现越来越多的商界英才，为实现中华民族伟大复兴贡献一个个属于他们的故事。

（文中照片为主人公提供，《中华英才》2018年第23期摘要刊发）

90后退役军人书写创业新篇章

——记空军某部空降兵特种大队退役军人、
北京军为教育科技有限公司董事长耿高强

11年前,他走进军营。5年"大熔炉"淬炼,他化茧成蝶、百炼成钢。从军营回到社会,乘着退役军人事务的春风,他在创新创业、自立自强的征途上,一步步书写着新篇章。

他,就是空军某部空降兵特种大队退役军人、北京军为教育科技有限公司董事长耿高强。

"三肿三消,早上云霄"练就"神兵天降"

2008年,从小听"老八路"爷爷讲打仗的故事长大的耿高强,看了《士兵突击》后更是热血沸腾,梦想着要做"钢七连的第4957名士兵"。

"当时,父母不同意,毕竟我就读的是重点高中,考个大学没问题!"回忆起当时的情景,耿高强对青春时期的"冲动"并不后悔。

梦想不会辜负有梦想的人。

耿高强如愿以偿来到了一支英雄部队,这就是诞生了邱少云、黄继光等英模人物的空军某军。

"当时，有句口号叫'三肿三消，早上云霄'，说的是为争取早日跳伞，模拟训练时身上常常是青一块紫一块，两个手掌都是血泡……"

耿高强凭借这种"魔鬼式"的野蛮训练，再加上篮球队员的底子，顺利被挑选进了特种部队。

次年，耿高强考入武汉军械士官学校，继续接受磨砺，同时他系统学习了毛泽东思想、《名人传记》等书刊。

毕业回到部队，耿高强被安排到机关任报道员。摄影、写作，为他提供了崭新舞台，在文武双全、军政兼优的道路上，他依然不知疲倦地跋涉着，"本领"与日俱增。

"随叫随到，干就干好"赢得"信任和职位"

2014年，耿高强退役，他已经是能写会画、会开车的"多面手"了。自认为"有几把刷子"的他，将求职简历投向了商鲲教育控股集团，目标是"董事长助理"。

经过考核、面试，耿高强被分配的岗位却是"办公室助理"，也就是库房管理员兼顾打扫卫生，负责吃喝拉撒等事务。

"这当头一棒，把我打得有点懵，好几天无精打采。调整心态后，我决定像当兵一样，从一件件小事干起！"耿高强把凌乱的库房整理成"直线加方块"，还严格要求自己，"随叫随到，干就干好"。

有一次，董事长潘和永在集团会所约见客户，看到地面油乎乎，让保洁人员打扫干净。保洁人员说打扫很多次了，只能这样了。耿高强被潘董事长叫来帮忙，他二话没说，挽起衣袖和裤腿，打来一桶热水，洒上洗衣粉，蹲在地上，用钢丝球反复擦洗。

经过两个多小时的彻底擦洗，潘董事长带着客户进来后，大吃一惊，带着厚重的河南口音说："咿，太干净了，跟镜子一样！这是我今天最高兴的事。"当场宣布奖励他2000元钱。

凭着"把每件事情做到极致的认真劲儿"，耿高强1个月受到3次表彰。之后，他从办公室助理、军训教官到班主任、校长助理、副校长……

24岁的耿高强走上校长岗位，从负责一个校区，到兼顾两个校区，先后在9个校区工作过，集团17个校区的"半壁江山"留下了他奋斗的步履。

追梦，遇见最美的自己
中国优秀退役军人奋斗纪实

用"军人情怀、使命担当"创建"最懂退役军人的教培机构"

2018年，国家成立退役军人事务部。

耿高强预感，进入新时代，退役军人的春天已然到来。成立一个专门为退役军人服务的专业教育培训机构时机已经成熟。

经过一番深思熟虑，耿高强辞职，开始了第二次艰苦创业。他联合志同道合的领导和战友，踏上了一条更为艰辛的创业之路。"香山会议"开篇，"廊坊会议"谋划，到房山、昌平、通州等实地勘查……

历经半年的不懈努力，2019年6月30日，北京军为教育科技有限公司在京成立，全国政协原常委、原空军副司令员何为荣中将，周继光将军等一大批领导和战友出席了剪彩仪式。一个专注于退役军人教育培训服务，注册资金2000万元的专业教培机构"横空出世"。

"用最优秀的人培养更优秀的人、让最可爱的人引领更可爱的人"是公司的宗旨，"担当、诚信、合作、共赢"是公司的发展理念，"退役军人教育、国防教育、拓展教育"是公司三大板块的业务思路，一个现代企业的四梁八柱正在边建立边完善。

"目前主要是退役军人订单培养联合办学现代学徒制、职业技能教育、人力资源派遣、职业资格认证、国防教育、军事夏令营、军事化管理教育服务输出等多项业务并存的综合性教育公司……"谈起"军为"，耿高强充满了激情。

雄关漫道真如铁，而今迈步从头越。耿高强带领着一群有情怀、有能力、有担当的同事，在为建立全国退役军人技能培训、就业服务、创业帮扶的社会化服务平台的大道上奋力前行。

（文中照片为主人公提供，《中华英才》2020年第6期摘要刊发）

从驾驶一辆车到管理 100 多辆车

——记原武警 8684 部队退役军人，北京市弘和货运代理有限公司总经理苗怀勤

每天，在由北京至东北繁忙的交通大动脉上，行驶着不计其数的车辆，其中一家以物流配送为中心的货运代理公司的车辆，不断刷新着纪录。

这是一家拥有 100 多辆中型、重型卡车和厢式货车，集信息咨询、物流服务、仓储配送、全程运输、电子商务为一体的专线储运企业。

这是一家拥有完整物流管理体系、先进管理经验、新兴运输理念，始终坚持"用厚道赢得信誉，用信用保证效益"的现代化物流企业。

这是一家由退役军人历经 10 多年打拼，挺过种种难关，艰辛探索结出创业"果实"的军旅企业。

这位退役军人，就是原武警 8684 部队退役军人、北京市弘和货运代理有限公司总经理苗怀勤。

一双胶鞋：雨天赤脚晴天穿

川陕两省交界的米仓山南麓，有一座历史悠久的老城——四川省广元市旺苍县。这里位于四川盆地北缘，不仅是一颗镶嵌在巴山北麓的璀璨明珠，

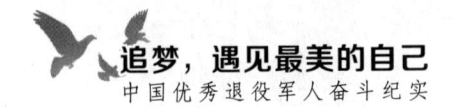

更是一座美丽富饶、活力四射的绿谷红城!

20世纪30年代,川北一带,是红四方面军的根据地。县城有众多的红军机关、部队驻地,被誉为红军城,是川陕省委、西北军事委员会、红四方面军总部所在地,也是当时中国无产阶级革命第二大政治、军事和文化中心。

1983年,出生在这里的苗怀勤,从小听着红军爷爷讲述"打土匪"的故事长大。

聊起当兵入伍,苗怀勤感慨地说:"一方面,源于红色基因的传承,爷爷和父亲都是退役老兵;另一方面,也源于当时家里实在是太穷了!"

"那时,家在大山里,住的是土坯房,点的是煤油灯,交通靠脚板。一双胶鞋,下雨天不舍得穿,拿在手上,赤脚走路,只有晴天时才舍得穿上。我和姐姐常常两个人吃一碗饭,基本上吃不饱……就这样,初中二年级,我就萌生了到部队去的念头!"

一朝军旅:任劳任怨炼意志

1999年初冬,征兵的号角再次吹响时,苗怀勤提出了自己的想法,身为村干部的父亲理解儿子,尽管就这么一个男孩,他还是决定支持儿子"出去看看,见见世面"。

嵩山脚下的河南登封,寒风刺骨。苗怀勤却不同于其他新兵,对即将到来的严格训练和艰苦生活,早有思想准备。

"流血流汗不流泪,掉皮掉肉不掉队!"苗怀勤特别喜欢这句话,也一直努力这么做!

心有所念,功有所成。三个月的"魔鬼"生活,有人用分和秒形容度日如年,而苗怀勤却感觉像出了趟山一样,时间过得很快。

一路走来,凭着过硬的素质和吃苦耐劳的品质,苗怀勤被评为"优秀士兵",并顺利转了一级士官,成为连队骨干。

2001年,苗怀勤随部队来到南方某地遂行缉私任务,善于学习且胆大心细的他,多次和战友查处了一个又一个走私大案要案。由于成绩突出,他光荣入党!之后,又被选送到汽车队学习汽车驾驶,开上了吉普车。

2004年,当寒风吹落树叶,又闻《驼铃》声响时,苗怀勤完成军旅使命,选择了退役。

一朝军旅一生情。为了表达对军营、对领导、对战友的感激之情,苗怀勤常用"三盆水"激励自己，一盆水洗心，时刻不忘初心、不忘感恩之心；二盆水洗头，时刻保持头脑清醒，不犯迷糊；三盆水洗脚，时刻脚踏实地做人做事，用部队培养的能力和毅力书写人生新篇章。

一门心思：脚踏实地做生意

回到家乡之初，为了生活，苗怀勤销售煤炭，白天东跑西问，晚上学习销售知识，一年下来，辛辛苦苦挣了一些钱，但内心的躁动促使他再次"出去看看，闯荡闯荡"。

2006年，说服父母后，苗怀勤第一次来到了北京。

在西直门的一间地下室里，50元可以住一个月。苗怀勤四处应聘，终于在一家保安公司做了"队长"。不"站岗"时，他就没有目的和方向地到处走走、看看，"当时，站在桥上看着南来北往、川流不息的车辆，我就想他们在忙什么呢？后来知道了'物流运输'这个词，之后我就有意识地搭讪货车司机，留下他们的联系方式。另一方面，再四处揽活，哪里有需要运送的东西……"

机器、设备、服装、食材……苗怀勤不仅联系运送，还主动帮助装卸，特别是运送砖头等建材物资时，经常是一身土、一身汗，脏和累是家常便饭。

此时，苗怀勤就像一只勤劳的小蜜蜂，跑遍了北京的四面八方，积累的货车信息和运输信息也越来越多，收入自然水涨船高。他在老家县城为父母购买了商品房，力所能及地资助村里的建设。

虽然生意做得磕磕绊绊，却总体上越来越顺当。零零散散的一单单生意，已经满足不了苗怀勤的"胃口"，创办一个公司的念头愈发强烈。

2013年，苗怀勤注册200万元成立的北京弘和货运代理有限公司在密云正式挂牌。随之而来的为企业"支柱子""搭架子"等，把本来就瘦小的他累得愈发憔悴。

有梦想就有力量。企业理念、部门分工、薪酬机制、运营模式等不断健全和完善。

老实人、厚道人、勤快人，是客户和合作伙伴对苗怀勤的由衷评价。他用自己的行动，实现了"让自己经过的地方变成通途"的目标。

货运行业的龙头企业——顺丰公司，与苗怀勤签订长期合作协议。志同道合的战友、朋友纷纷向他伸出合作之手。2015年，他参与筹建的北京华建实创建筑装饰工程有限公司，在激烈的市场竞争中也不断创造新业绩。

谈起未来，苗怀勤既兴奋也忧虑。兴奋的是，他对企业有愿景和规划，希望立足北京，延伸国内，与国际物流接轨，实现物流资源优先、共享、合理配置，为客户提供更加满意的服务；忧虑的是，市场如同战场，创业是一条"有方向、无把握"的实践之路，创业之难，永无止境，永远在路上，迈过一山还有一山，要坚守"三盆水"，必须永远努力、永不懈怠！

苗怀勤——怀德崇善，勤劳创富，必将在退役军人创业的道路上越走越远……

（文中照片为主人公提供）

把餐饮做得像歌声一样甜美

——记原总参某部退役军人，北京陆德文化传媒有限公司和陆德山外国际餐饮管理有限公司创始人范陆

中华儿女多奇志，不爱红装爱武装。

自古英雄女杰有，现今女兵更逍遥。

16岁参军入伍，24岁担任中央新影艺术团副秘书长，25岁创办陆德文化、28岁创办陆德山外国际餐饮，29岁获得"德艺双馨公益人物"称号……

军旅歌手、公益人物、女企业家……一个个亮丽头衔的背后，是姑娘的温柔、美丽和战士的刚毅、拼搏的完美演绎。

她，就是原总参某部退役军人，北京陆德文化传媒有限公司和陆德山外国际餐饮管理有限公司、"少儿读中国公益行"创始人，北京电视艺术家协会理事、第十五届"德艺双馨公益人物"、中央新影艺术团副秘书长、中国永定河诗词大会执行副主席、金色摇篮艺术团团长、丝绸之路艺术团秘书长、全国微电影春晚形象大使范陆。

大院成长：青春绽放绿色军营

水甲齐鲁，泉甲天下。清洌甘美的泉水，不仅赋予济南这座城市旺盛的

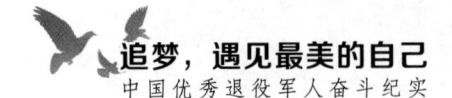

生命力，更是滋养出人们灵秀的气质。

1989年初夏，一个可爱的小女孩在部队大院里出生。母亲出身名门、大家闺秀，对她宠爱有加。父亲是空军战斗机飞行员，坚韧刚毅，给她取名"范陆"。

望子成龙、望女成凤是父母的心愿。相对殷实的家庭，为范陆提供了较好的成长环境。她不仅从小就得到了良好的文化教育，而且还参加了歌唱、表演、钢琴、琵琶、播音主持等艺术方面的学习。

3岁的范陆，一颦一笑中已透露出艺术的天赋，参加声乐比赛，一首充满童真的《潇洒走一回》一举荣获"十佳歌手"称号。"小童星"的赞誉陪她度过了如画的童年。

最美的青春，收获最美的诗篇。随着年龄增长，范陆有自己的"诗和远方"，受军人父亲影响，16岁那年，"又红又专"的她毅然决然地追随父亲的足迹参军入伍。

作为文艺兵特招入伍，范陆来到了成都某空军文工团。随着军旅生活的不断历练，她对才艺的认知和对艺术的理解也渐入佳境。

"虽是文艺兵，但新兵连的训练与所有战士都一样，队列、战术、重装集合等，一点也不少，最难熬的体能训练，很多时候都是汗流浃背，而且班与之班之间还时常比叠军被、比卫生、比作风……"范陆不怕苦、不服输，军中的历练使她逐渐退去曾经的纤弱与娇嫩，培养出坚强与坚毅，成为女兵中的佼佼者。

18岁的范陆，作为一名军旅歌手上高原、到边防，随团远赴云南、贵州等条件艰苦的部队，把甜美的歌声送到官兵身边，深入一线慰问演出，同时也汲取着丰富的创作源泉。

一分汗水，一分收获。2010年，范陆创作的歌曲《感激喜雨》获全军业余文艺汇演空军二等奖；2011年，她参演空政文工团歌剧《江姐》，饰演地下党的经历使她在歌剧表演方面有了质的跃升；2013年，她创作的歌曲《为祖国播撒春天》，在全军业余文艺汇演中获全军"战士文艺奖"优秀演员奖……

"我们女兵绝不是军中的点缀，我们同样是钢铁长城中一块不可或缺的基石，和平年代也不能做温室里的花朵。"10年军旅生涯，两次荣立三等功，见证了范陆的"铁骨铮铮"。

| 家国情怀　社会担当 |

影视演艺：执着追逐艺术高峰

当你的能力还不能承载梦想时，你应该努力塑造更好的自己。

退役后，范陆始终没有放弃对梦想的追逐，因为在她心中，军营生活历炼是一生的宝贵财富："只有退役的军服，没有退役的老兵。她不忘军人本色，不断努力，创办了陆德文化传媒有限公司，正是源于军旅生活的感悟，凡事以'德'为先，希望通过自己的努力回报部队的培养，为社会尽一份绵薄之力。"

为传播优秀中华传统文化，营造少儿爱读书、多读书、读好书的浓厚氛围，进一步推进全民阅读，推进学习型家庭和城市文化建设。范陆带领团队，奔波在"《少儿读中国》，读给世界听"公益活动各个现场。

任何大人物都是由小角色一步步成长起来的，范陆也不例外。她在影视剧中打过杂、跑过"龙套"，一路摸爬滚打，尝遍了苦头，她在演中学、在学中演，不断提升对角色的掌控力。与微电影结缘后，多部作品中对饰演人物性格的完美诠释，使她成为各大微电影节当之无愧的宠儿，被誉为"微电影新星"。

2007年，在胶片电影《那时花正开》中，范陆饰演护士；2008年，参与徐克导演的电影《女人不坏》，在百集情景喜剧《快乐幼儿园》中，主演六六老师；之后，她陆续在微电影《彩色的声音》《古茶情缘》等中饰演女一号；2016年，担任全国微电影春晚导演，并演唱歌曲《峡山湖畔》……她的演艺之路越走越宽广。

有数量，更要追求质量。范陆对自己的作品有深刻定位，她认真较真，努力使作品越来越"立得住、传得开"。

2001年，范陆首唱歌曲《爸爸含笑在天边》，获"五个一工程奖"；2014年，主演的微电影《你是我生命路上的阳光》，在亚洲微电影艺术节"金海棠"奖中获得"优秀新秀奖"；2015年，作为出品人、制片人、主演的微电影《彩色的声音》，获第三届亚洲微电影艺术节"优秀女配角"奖、第三届西安"金丹若"国际微电影艺术节"优秀影片"奖和"最佳制片人"奖；2016年10月，凭借主演的四部微电影《山外》《郑玄的故事》《王小飞的有机梦》《彩色的声音》，获得"金风筝"国际微电影大赛"优秀女演员"奖；2017年8月，荣获"小军号奖"纪念建军90周年微电影艺术节"最具潜力演员"奖；2018年，获得中国爱情电影周十佳演员表彰……

成功、成名，当聚光灯笼罩，当掌声响起，当鲜花满地，当一切美名都冠在头上，多少人梦寐以求的这一天，其实最需要的是清醒、最该远离的是浮躁。

荣誉满身的范陆，并没有停止对演技的探索步伐，在不断精进的演艺道路上，她说："拍戏的过程能带给我很多乐趣，从塑造的不同角色中体会生活百味，仿佛多了许多人生经历。相比努力去演绎观众眼中的自己，我更喜欢演绎真实的人生！"

事业的道路上没有终点，一切都是只是开始。

跨界餐饮：山外故事宁静守望

七彩云南、梦幻人生。

这里有蔚蓝的海、洁白的云、苍色的山、民族的美食、慢悠悠的生活……这里的一切，都是北京所没有的，每一次来到云南，范陆都会有更深的了解，更浓厚的喜爱。

"当兵结识的情缘，使这里成为我的第二故乡。这里真的是一个神奇的地方，无论成功还是失落的人，都能够在这里释放自己，褪去光环，吸收能量……"聊起云南，范陆充满了向往之情。

2013年起，范陆就连续多年参与在临沧举办的亚洲微电影艺术节，让她逐渐爱上了这座城市，人们称她为临沧形象大使。而她更大的心愿是，如何将这里慢节奏的生活，带给都市快节奏的人们，如何将这里的特色美味，带给都市喜欢自由味道的人们。

"云南给了我梦想，北京给了我实现它的平台。"范陆联想在云南拍过的微电影《山外》，便有了延续这种情缘的载体——微电影主题餐厅、"山外云南秘厨"应时而生。

在三里屯繁华地带，从店面选址到团队组建，甚至餐厅内的小摆件，范陆亲力亲为。

入门处的蓝天白云，是范陆第一次去临沧拍的，餐桌上的餐具摆件、椅子上的民族风刺绣靠垫，甚至屋顶上的挂灯都是她一件件从云南背回来的。

将云南风情带到北京简单，将云南本土的原汁原味带到北京却难上加难。为打造民族特色国宴标准，范陆集聚了一群志同道合的奋斗人。她三顾茅庐，请来了沧源特色菜春吧传承人李雄美阿姨，厨师长师承国宴大师，主厨亦是临沧土生土长的、在"原始部落佤王宴"中连获冠军金奖的人气王。

"未来，我和团队小伙伴要把山外品牌做成一个产业链，把云南最好的东西带到北京来，把更多美食美景和美丽的心情分享给大家！"

你不辜负时光，时光也不会辜负你。

"哪有什么成功与生俱来，不过是跌跌撞撞，初心不忘，才有了这般模样。我们只需要做好每个当下，踏踏实实做事就好，剩下的交给时间吧！"范陆为事业打拼的同时，保持着对公益事业的热心。

不论工作多忙，范陆经常以义工身份投入公益活动，为这个世界送去温暖和阳光。

山外，这里是喧嚣中的一处静隅，是文艺人的精神家园，是都市人的宁静守望。

这里，有酒有菜，有风花雪月，有诗情画意，有甜美歌声，更有你期待的励志故事……

（文中照片为主人公提供）

用心做一件事最重要

——记陆军航空兵某部退役军人，北京鑫连鑫军事拓展联盟·陆航特训总经理李连杰

苏格拉底说："未经审视的人生不值得活。"

粉丝说："没有偶像的人生不值得活！"

30多年前，有一家人就是这样的"粉丝"，他们被一位功夫明星精彩绝伦的武术动作所吸引、英雄帅气所震撼，儿子也伴随着这位明星主演的《少林寺》播映而出生，就取了"主角"的名字。

从此，他就与功夫、英勇、坚毅、刚强、激情等连接在了一起，经受着历练、收获着甘苦。

他，就是陆军航空兵某部退役军人、北京鑫连鑫军事拓展联盟·陆航特训总经理李连杰。

《少林寺》里茁壮成长

1982年，电影《少林寺》引起轰动。当时许多青少年不愿上学，偷偷出走家庭，学习武术。

在鲁苏豫皖四省交接地带的山东省西南部，有一座京杭大运河沿岸重要的工商业城市——济宁。

东文西武是这座城市的显著特点，东是指济宁的东边是"鲁城中有阜，委曲长七八里，故名'曲阜'"的孔子故里；西边则是忠义之乡、武术之乡水浒梁山。

李连杰就出生曲阜。受《少林寺》"觉远"和尚和家人的影响，他从小就喜欢"动手动脚"，身体灵活性和柔韧度比一般孩子好。在读高中时，他还坚持边读书边习武强身，并系统学习了近一年。少林拳术、散打、刀术等，他已经熟练掌握、运用自如。

"因为喜欢，那时也没有感觉怎么苦和累，就是胃口好，一顿饭能吃好几个煎饼。虽然是农村家庭，但父母很疼爱我，好吃好穿的都先考虑我，所以自己就想着要好好学习、好好练武，争取早日学出点名堂！"童年的时光总是转瞬即逝、充满回忆。

有志青年砥砺演兵场

1999年，高中毕业的李连杰，如愿以偿来到了原总参谋部陆航某部，成为一名光荣的解放军战士。

"那时，电影《中南海保镖》热播了一段时间，我印象特别深刻。虽是商业化的故事，打动我的却不仅是'李连杰'英俊的外表和高强的功夫，背后更多的是国家使命和责任……更加坚定了我从军报国的志向！"聊起"巨星"，李连杰滔滔不绝。

入伍第一年，李连杰就凭着良好的身手，成为战友们的"小教员"。

"军体拳，他教得比班长还要好，简捷、到位、易掌握……"战友们对李连杰赞赏有加。

2002年，李连杰考入某陆军学院后，一如既往泡在演兵场，把追求每个军事动作的极致作为自己的目标。

汗水不会说谎，努力不会被辜负。

2004年6月，李连杰调到北京陆航学院工作。

没有老兵，就没有传承；没有新兵，就没有未来。作为学兵队、新训队队长，李连杰把他的"两板斧"砍到关键处，首先狠抓教官队伍培养，育兵先育将，不断提升教学法质量；其次，狠抓学兵和新兵入口源头，不断提升培训内容和方式的科学性、有效性。

一次大型活动中，李连杰负责组织指挥的400人军体操表演，动作矫健、士气高昂、气势雄壮，受到与会人员的一致称赞。尽管此刻，他声音嘶哑、身体疲惫，却丝毫掩饰不住内心的喜悦。

带兵10多年，李连杰为陆航系统培养了数千名优秀骨干，他的能量也在练兵练将中不断实现新的跃升，先后3次荣立三等功，多次被评为"带兵能手"。

用脚步和口碑填平理想与现实的差距

2015年底李连杰退役，之后一段时间他徘徊在理想与现实之间。

为此，李连杰来到北京剑桥学校打工。半年多时间，他在素质教育办公室主任岗位上，把部队与地方对青少年培养的理论与实践进行了有效结合、融合和探索，创业的念头已然生根发芽。

"当时有两个方面的考量，一个是个人兴趣，另一个是社会效益。两者统一到一起，我就琢磨创办了北京鑫连鑫咨询有限公司，寓意三军即三金，心连心可战无不胜、攻无不克。当然，也有好友相劝，创业又苦又累，风险太大，不如找个工作稳定……"李连杰有自己的主意，"再苦，还能有部队训练和演习苦？"

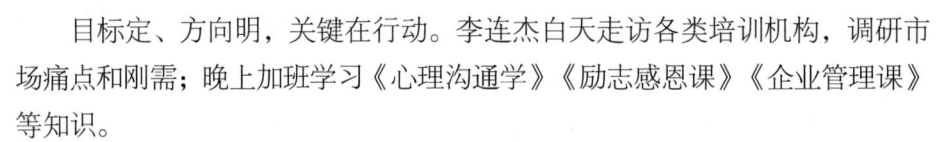

目标定、方向明，关键在行动。李连杰白天走访各类培训机构，调研市场痛点和刚需；晚上加班学习《心理沟通学》《励志感恩课》《企业管理课》等知识。

第二年，北京鑫连鑫军事拓展联盟成立。定位是一个依托并致力于为企业军训、军事化管理培训、军事拓展、团队塑造，初高中及大学国防教育、拓展、青少年素质教育、冬夏令营、真人CS俱乐部，企事业单位培训、大型会议计策执行、活动及企业员工和各地院校学生定期体检等提供综合服务的军事交流平台。

经过3年多的滚动发展，目前联盟拥有15家成员单位，50多位合伙人，实现了军事和拓展培训合二为一的独特培训模式，尤其是陆航特训已承接的9项业务，培训人员60多万，受到企业和家长欢迎。

跨行整合的机制、"严格正规的军事化管理与规范高效的企业文化相融合"的理念等不断清晰完善。

然而，理想与现实的差距，有时不是仅靠努力就能弥补的。

"团队成员素质不够高，当兵的不一定都适合当教官；这个市场门槛较低，

缺少规范的监管；同行恶意竞争，造成不良影响；以及对方违约，拖欠资金，更严重的是教官与培训对象发生矛盾，被舆论无限放大等，都是企业发展进步的'拦路虎'。"

"去年在一个技校驻校管理期间，一位不服从管理的学生，逆反心理严重，不仅开口骂教官，还动手打教官。而这位教官年轻气盛，还手'教训'了这个学生，闹得沸沸扬扬。我处理了一个多月，才算了结此事。"李连杰的压力，其实比他说的还要大。

为此，无论是领队还是教官，李连杰都要亲自组织培训和考核，都要一对一进行心理测试和路演。他说："这也是创业必经的第一个阶段吧，必须如此，也只能如此！"

青春因初心而不老，梦想因奋斗而生辉。

优秀是一种习惯，成功是一种能力。

（文中照片为主人公提供）

支队长转型董事长，激荡创新创业的时代力量
——记原武警交通部队退役军人，猎户科技集团公司董事长兼总裁李论

士别三日，当刮目相待。

作为学弟、校友和战友，凭我对李论的了解，无论在哪个岗位上，他肯定会不甘寂寞，做出一番成绩。然而得知仅退役两年，他就创下了今天的业绩，还是让我始料不及。

李论创办的猎户科技集团公司总部位于北京市延庆区中关村延庆园，旗下涉及科技、工程建设、贸易、文化传媒、咨询五大业务板块，形成了以3D打印为牵引的高科技领域智能制造产业平台、以PPP投融资项目为依托的特定工程建设平台、以论之道新媒体为载体的品牌策划传播推广平台的三大商业平台，7个子公司。

2018年4月，参建的广西百色平果县李家河大酒店正式开工；5月，承担的云南省西双版纳州景纳乡昆罕大寨生活污水处理项目提前完成安装调试；7月，承建的广西大化瑶族自治县拿银片区基础配套设施——排洪管道工程顺利通过质检验收……这家以退役军人为主体的公司，用了短短2年时间里就在激烈的市场竞争中独树一帜。

为什么以"猎户"作为公司名称？为什么以8月1日作为挂牌成立日？

为什么以"诚信、鼎新、厚生、报国"作为企业核心价值观……这背后有着怎样的故事?近日,我与李论进行了深入交流。

传承红色基因　永葆军人本色

"我是从猎户座的神话传说中,领悟到了忠诚、勇敢、进取、协作的美好寓意,得到了信心和力量,其与军人身上的许多优秀品质相吻合。""脱下军装,换上西装,身份变了、岗位变了、战场变了,但是报国兴军的初心不能变,红色基因的传承不能变,流淌在血液里的忠诚不能变,要永葆军人的本色。"李论侃侃而谈,言语间始终充满着浓浓的军旅情怀。

1991年12月,李论从老家湖北孝感入伍,从战士到文书,从武警长沙指挥学校学员到全军优秀指挥军官。一路走来,在军营的历练下,李论逐渐培塑了"勤学、睿智、干练、坚毅"的军人性格和"逢山开路、遇水架桥"的攻坚克难精神。

无论是2008年汶川"5·12"抗震救灾,还是2015年天津港"8·12"抢险救援;无论是面对飞石、余震,还是危险化学物品的清理,李论始终冲锋在前,不惧艰难、不畏生死。

2012年底,部队转型加强应急力量建设,没有任何现成经验可学可鉴。作为原武警交通九支队支队长,李论带领班子成员加班加点、先学一步,边学边干边建设,让支队成为第一个参加由交通运输部和北京市举办的军地交通应急救援演练单位。参演的堰塞湖排险、道路抢修、桥梁架通和伤员转运4个科目,受到与会领导和专家高度赞扬。

"没有解决不了的问题!""遇到问题绕道走,只会扰乱了人心、绕散了队伍。"这是李论的口头禅。

上半场交给组织,下半场追寻梦想

创业的想法,始于他对行业的长期跟踪观察和研究思考。虽然也得到了家人支持、领导和战友们的鼓励,但"市场太深、不懂套路"依然是摆在他面前的一座大山。

退役后,曾经有机会到"部委"和"央企"工作,但"要面子"的他,因为推荐信没及时回复、提出的建议没被重视等原因,在深思熟虑后"开

悟"——人生的上半场交给了组织,下半场就交给自己吧!一定要做自己想做的事情,实现自己新的人生价值。

原来,在多次参加和指挥救援任务的过程中,他发现了救援设备器材上暴露出来的不足,诸如基层战斗单元保障车功能单一、零散,他提出并设计了融合通信、摄像、广播和灭火等12种功能于一体的综合保障车,可以将二三十台保障车的功能聚集到三台车上,更有利于遂行任务。在这种情况下,他多次萌发了创办一家自己的科技公司的梦想。

事实上,创业项目的选定如同种子的选定,你选定的是芝麻,即便你再努力也无法收获西瓜。对此,李论十分慎重。他感慨地说:"世上的项目无好坏,关键在于是否适合自己。创业者最重要的是创造条件,如果机会都成熟,一定轮不到我们。""创业其实就是走一条别人没有走过的路,即便做的事情一样,团队不同,资金规模不同,打法也不同。"言谈间,李论俨然一副企业家的气派。

"坐而论道,不如起而行之"。创业者必经的几个阶段,李论一个也没少经历。任何事情都亲自干,最重要的事情要冲锋陷阵。人到中年,不仅要经得起辛苦忙碌的体力透支,还要有强大的心智支撑,李论累并快乐着!

做一只星夜兼程、风雨兼程的不死鸟

念念不忘,必有回响。几经周折,经过科学论证和精准定位,李论投入了多年积累的所有资源。2016年8月1日,公司进入试运营阶段。

你若盛开,蝴蝶自来。原来的几位老部下闻讯,谢绝其他企业的高薪聘请,主动加入团队,成为他的"左膀右臂",刘亚洲、李大勇和王方敏3位副总裁就是其中代表。强烈的"产业强国兴军"信念,以及对他的能力、魄力、魅力的认可,使他们实现了"零磨合"和"二挡起步"。

集团的四梁八柱已经立起,但并没有减轻他对未来发展的忧心。

"问题导向"仍然是他重要的思维方式——目前最难的,不是缺少产品,而是缺少客户。

最好的应对就是创造未来。"今后要在持续提升品牌、技术、服务质量上下功夫,在完善'用人之道、运营之道、生存之道'上增效益,推动跨界合作,共创共享,携手共赢。"李论时刻保持着掌舵者的清醒和创业者的温度。这温度是零摄氏度,就是"永远知道自己是谁,也知道怎么做"。为此,"八一节"奖励表彰大会上,他做了《深刻认识并全面践行"活着为王"阶段战略,做一只星夜兼程、风雨兼程的不死鸟》讲话。

实践中,李论和同事们不断丰富和完善着集团的使命——为员工铺路,为客户解忧,为伙伴创赢,为社会立义、为国家尽责;愿景——使猎户集团成为引领创新思维能力、创新整合能力和创新实现能力的国际知名企业;五年战略规划——"双一目标",实现1亿元营业额、1000万净利润,跻身延庆纳税大户行列。

谈及正在退役的战友,李论深情地说:"不要把职级的光环看得过重,而要把军人荣光作为永久动力,退役军人在商海一样打胜仗;不要轻易选择创业,但一旦选择,就要勇往直前。"

李论不愧是一位完成军旅使命,立志用资本创造新的人生价值的企业家,他必将伴随着新时代民族复兴的嘹亮号角,披荆斩棘、破浪前行……

(文中照片为主人公提供,《中华英才》2018年第21期摘要刊发)

一位"川军"的新"上海滩梦"
——记武警某部退役军人，上海华强国际物流有限公司总经理史德强

"浪奔，浪流，万里滔滔江水永不休。淘尽了，世间事，混作滔滔一片潮流……"

每个人都有一个"上海滩梦"，就像每个人都有一个侠客梦。

20年前，一床军用被子、一个军用水壶、500多元钱，单枪匹马，一腔热血，为前程奋斗，闯荡上海滩。

20年后，成为三家公司的掌门人，凭借吃苦耐劳和果敢坚毅，打开一片新天地。

他，就是武警某部退役军人、上海华强国际物流有限公司总经理、沙巴控股和上海卡曼实业有限公司董事长史德强。

武侠、厨子、特战队员，在我心中起伏着

1975年10月，史德强出生在成都金堂县一个普通农民家庭。贫困县里的贫穷家，是他"睁眼"看到的第一个世界。

营养不良和辛苦劳作，导致史德强长得有些瘦弱。小时常受邻家孩子欺负，

他暗下决心要"学身功夫",不再受欺负。

当时,家里兄弟姐妹多,小时候要靠自己割蒺草、捡橘子皮、挖中药等凑学费,还得经常帮家里捡柴火、干农活。

初中毕业后,迫于生计,史德强没有如愿以偿去习武,而是到保定涞源县二姐上班的一家饭店去打工。从打下手到配菜到上灶,3年时间,他已经会做近百种菜,成了小有名气的厨子。

虽然有了手艺,但史德强并不开心,"总觉得不是自己想要的生活"。

1995年底,在老家和哥哥一起在田里种小麦,因哥哥说自己没出息,争吵了几句。史德强心中的世界再次掀起波澜,听说部队来征兵时,他扔下扁担,径直去报了名。

凛冽寒风中,史德强和一群热血青年被辗转拉到了沧州青城某部队。

初入军营的日子,史德强并没有太多不适应,反而训练、施工样样不甘落后。

入伍第二年,部队承担挖电缆沟的任务。

北方冬天很冷,地面20~30厘米的泥巴被冻成厚厚一层冰,一镐挖下去,只是一个小小的洞,像砸在水泥地上那么硬,每一镐下去震得手掌发麻。

长时间握铁锹,指头抓不住筷子,只能用芦苇秆做成筷子,有时候中午吃饭,风一吹,夹带着黄土,吃到嘴里像撒了一层盐巴。棉鞋坏了一双又一双,手掌上磨出了厚厚的茧子。

史德强负责的小组有一名城市兵。每人每天要挖10米,这位城市兵用上吃奶的劲也只能挖4~5米,他就一块帮着挖,因第二天放电缆,必须干完。大家都很累,偶尔也有老兵来帮忙,但每天都这样,老兵也不来帮忙了,常常是深更半夜月亮出来才"收队"。

然而,连队却认为他们"偷懒",史德强从教导队培训回来带新兵的愿望也"没戏"了。

"班长"梦破灭后,缘于"厨子"背景,史德强先后被挑选到团、师招待所做饭。尽管所去机关越来越大,但却并不是他的志向。

1997年,史德强主动提出要到最艰苦的地方——特务连。第一个五公里,他成了倒数第一名。

连长看着比自己还大一岁的史德强,又是从师机关下来的,笑着说:"在这里混几个月,退伍算了。"

史德强倍受打击却没有消沉,他自加"小灶",找训练尖子对抗,背上火砖长跑……

经过一次次苦练军事技能,后来他被副连长张国斌挑选担任全武警部队新编擒敌拳教员。同时,自知在部队"前途无望"的他,还自学英语和成人高考知识。

"因为年龄和学历原因,我不可能考军校,但这并不妨碍我提高能力素质。"史德强的"倔劲"打动了连队干部,退役前副连长对他说:"小史,不管以后怎样,只要坚持做对的事,就一定有前途。"

至今,史德强依然坚持叠被子和高强度的体能训练。

失败成功有愁有喜,似大江一发不收

1998年冬季的一天,如同背着背包入伍一样,史德强又背着背包回到了那个贫穷的家乡。

当过保安、卖过书……凡是"打工"的活,史德强基本上都干过。

1999年10月,史德强决定"背水一战"。背着他的军被、挎着他的军用水壶,怀揣500多元钱来到上海。

举目无亲、居无定所。从白天找工作"说尽好话"、四处打零工,到晚上睡在火车站、饭店地板;从吃不起早饭,到一天吃两顿拉面……

苦心人天不负,有志者事竟成。

年底前,史德强得到上海最大物流企业的面试机会。老板是台湾人,"你听得懂上海话吗?""你有客户吗?"听到两个否定答案后,老板生气地说:"那你怎么做销售?"

"老板,您是台湾人,您刚来时,听得懂上海话吗?您有客户吗?您为什么能把生意做这么大?"

一反问,史德强面试前的功课没白做,他的机智应变让老板刮目相看:"你一周后来上班吧!"这家从来不招外地人的公司,破例接纳了他。

为了不辜负经理陈雪松的信任,史德强抱着英文字典背单词、熟悉常用单证;捧着黄页不知疲倦地联系业务;主动帮助老业务员收发传真、端茶倒水;白天衬衣领带,精神焕发拜访客户,晚上抓紧把袖口和衣领洗干净;为了省钱,不敢和同事AA制吃饭,单独走远一点吃碗面,吃10碗送1碗,每次用个牛皮纸盖章,他每天小心翼翼保护好这张牛皮纸,等到吃满10碗时,加1个荷包蛋算是犒劳自己打牙祭了……

上海是个海纳百川的大都市，偶尔有点"排外"，忍受了多少嘲笑、跑了多少冤枉路……他已经记不清了，但"鼠窜"的样子却刻骨铭心。

同事们总喜欢叫他名字，他都习惯性地答"到"，别人觉得好玩逗乐。他却"一笑了之"。

"那段时间是蛮辛苦的，上了3年班，老板没给交过一分钱保险。每天总是很早上班，最后一个离开，没有一句怨言。我住在一个5~6平方米的阁楼里，除了一床军用被子、一个简易衣柜，唯一的电器就是一个灯泡和一个联络业务的手机。铺几张报纸就当床，被子盖一半裹一半。最难熬的是过年时，远处鞭炮声不断，烟花绚丽多彩。雪花一片片轻轻落下来，撒在脸上化成水，又冷又饿，很想家，很想妈妈，眼泪和雪花交织在一起模糊了眼睛……"史德强记忆犹新。

"川人""川军"身上创业的血脉、做生意的细胞和敢闯敢干的韧劲，被史德强展现得淋漓尽致。

那时，月收入两三万元的史德强，"有时兴奋得不知怎么花，战友有困难要借钱，就借；有亲友到上海旅游，就安排吃饭，真的很开心。"

世事难以预料，灾难从天而降。

2003年大年初四，史德强的女友，也是她的客户，与他在老家骑摩托车时突遇车祸。女友不幸去世，他陷入自责漩涡，几近崩溃，没心思上班，被老板约谈，随后离职，郁郁寡欢。

史德强用10多万元的积蓄，处理了女友的"后事"，把老人当自己亲生父母赡养。

半年多时间，从未经历的强烈打击让史德强对人生有了更多感悟，在亲友鼓励下，他的"傲气"和"拼劲"还在。

2003年9月，史德强从姐姐那里借来10万元，和朋友继续做物流，然而合作仅3个月却被朋友骗得只剩2万元。幸运的是，10多名外地员工绝大多数都留下来跟着他干。

无奈之下，史德强再次创业。重新租下一间房子，既是办公场地，也是食宿场所。白天在桌子上办公，晚上拼到一起作床铺。由于当时挂靠别人公司，他又遭遇同行举报。

接二连三的失败，让史德强感受到了江湖的险恶、商战的硝烟，一点不亚于战争的激烈。

一座城市有一座城市的品格，一个人有一个人的性格。上海背靠长江

水，面向太平洋，长期领中国开放风气之先，也让在这里生活的史德强越挫越勇，"要做生意，既要不怕失败，更要合规守法！"

2005年3月，史德强注册华强国际物流有限公司，寓意"为中华而强大"。得益于一贯的服务和口碑，他的"圈子"越来越大，生意越来越好，在广州、武汉等地创立了6个分公司和办事处。

从普货转向危险品，从陆运到海运；从"搬砖头"到"话语权"，从做代理到做实体，史德强在好朋友沈总介绍下认识了散货界船舶管理运营"大佬"——南京刘总。

史德强先后和散货船的前辈们参与购置了5艘万吨散货船，10个股东团队掌控和托管30多条散货船，进口木材占国内70%左右的份额，和全球多个国家建立了业务联系，年产值过亿元。

长期的磨砺，不断厚植着史德强的根基。2008年遭遇金融危机、2010年马来西亚投资失败，他却如同"东方明珠"一样，依然巍然屹立。

2011年，史德强与合伙人投资成立沙巴（英国）控股集团公司；2018年成立上海卡曼实业有限公司。

转千弯转千滩，亦未忘记为谁奋斗

"人，从哪里来？到哪里去？"

"玩命"式的奋斗之余，史德强从未忘记对人生的思考。

在考察了美国、泰国等国家后，史德强的"全球意识"和"民族名牌"信念越来越强烈，"未来定位"越来越清晰。

从普通一兵到知名企业家，由从军报国到产业报国，史德强感恩遇上了好时代，更决心为创造好时代贡献一己之力。

研发中国人自己的运动饮料是史德强的一个梦想。

"主要是针对目前压缩饼干口感不够好，吞咽有难度，其他便携式能量棒、能量胶和能量饮料几乎是空白的现实，需要为中国人，特别是为中国军人研制一款功能饮料，在训练打仗时抗疲劳……"

改进提升体能训练方法是史德强的另一个梦想。

"一些人只是狂跑，没有技术，更谈不上康复治疗。比如行军50~100千米，很多人可能走不动了。营养既要跟上，方法也要科学，毕竟每一块肌肉的训练方法都不同……"

创业之余，史德强还取得了上海 F1 赛道、瑞典冰上赛道漂移、宝马精英驾驶培训多个证书，获 2015 年香港 100 公里越野赛铜人奖，2017 年金堂铁人三项世界杯年龄组亚军、垂直马拉松冠军，参加 2018 年上海城市业余联赛健身健美比赛……

奋斗之美、力量之美，在史德强身上完美演绎。

"小川军"勇闯"大上海"，让人感受到了新时代退役军人的魄力、能力和活力，更看到了上海的"开放、创新和包容"。

"中国开放的大门不会关闭，只会越开越大……上海背靠长江水，面向太平洋，长期领中国开放风气之先……开放、创新、包容已成为上海最鲜明的品格。这种品格是新时代中国发展进步的生动写照。"2018 年 11 月 5 日，习近平主席在出席首届中国国际进口博览会开幕式上的讲话，为史德强增添了新的信心和动力。

圆梦上海滩，创业亦英雄。

面向大海，期待史德强继续"春暖花开"。

（文中照片为主人公提供，《中华英才》2018 年第 24 期摘要刊发）

一个火箭兵的逆袭

——记火箭军某部退役军人，北京奥北
律师事务所优秀律师秦景春

"最近读什么书？"

"自己也不知道该读什么书，就在图书室里按编号从 A 到 Z 往下读！"

这是《士兵突击》里，团长王庆瑞与许三多的一段对话。

"从 A 到 Z 往下读"，这种在普通人眼里朴素到有些傻的精神，恰恰是许三多从孬兵逆袭成兵王的重要原因。其实，我们身边也有这样的榜样，火箭军某部退役士官、北京奥北律师事务所优秀律师秦景春的故事，就诠释了中国军人这种"锲而不舍、永不言弃"的精神。

秦景春，山东人，1992—2004 年曾在火箭军（原第二炮兵）某部队服役。从落后农村来到首都，城市的繁华、只有电视剧里才见过的武器装备无不让来自农村的他感到兴奋和新奇。与此同时，入伍前只有初中学历的他也第一次感到了知识的匮乏，20 年来第一次开始思考自己的未来。由于学历低、参军晚，入伍很久他才真正完成了从老百姓到军人的转变。部队为他打开了一扇窗，无论是训练的间隙还是无眠的夜里，他从没停止过对自己人生的思考，也坚定了要重新开始学习的决心。

部队组织官兵进行思想教育学习，邀请了北京一位知名律师给大家讲授法律知识，讲述了知法懂法的必要性和违法的严重后果，还将该部队一名军官违法最后被制裁的事例作为反面教材进行了剖析，以示警醒。这堂课深深地影响了秦景春，如果说入伍时对于自己学历低的感悟是关于"我是谁"的思考，那么这堂课无疑开启了他"我要去哪里"的探索。

一名普通的士兵，无形中进行了苏格拉底式关于人生终极哲学问题的思考。

"我将来是否可以当一名律师呢？"法律课结束后，秦景春问自己。经过咨询，他了解到做一名执业律师起码要具备本科的入门学历，还要通过国家司法考试。想想自己的初中学历，心中的律师梦就像一座无法逾越的大山横亘眼前，秦景春感到压力很大，甚至无数次梦到自己徘徊在山脚下。梦醒后的秦景春不禁在想，作为一名军人，逢山开路，遇水架桥，怎能碰到困难就退缩？

于是秦景春白天训练，晚上学习，开始了漫长的圆梦之路。

入伍第四年，他考取了火箭兵士官学校（原二炮指挥学院青州分院），主攻导弹发动机专业，获得中专学历。

入伍第九年，他参加全国成人高考，考取了北京联合大学继续教育学院，获得大专学历。

入伍第十一年，他考取了中国青年政治学院，于2006年毕业，获得法学本科学历、学士学位。

至此，秦景春终于取得参加司法考试的报名资格。2006年秦景春怀着无比激动的心情参加了全国司法考试，成绩出来了只有276分，结果不言而喻。这第一次考试给了秦景春当头一棒，他说："那种感觉，好比一个剑客苦练多年终于获得了上台比武的资格，可剑没出鞘自己就倒下了，对手太强大，自己确实技不如人，很受伤。可我们是当过兵的人怎能轻易放弃，从决定报考的那一天起，我也就做好了打持久战的准备。"

没想到，这"持久战"一打就是7年。这期间，秦景春边工作边学习，经历了父亲去世、岳母全身瘫痪的变故，克服了工作频繁变动的困扰，抵制了来自战友的怀疑、同事的嘲笑、家人的反对，以许三多在高原五班"一人修一条路"的精神，坚定不移地向司法考试发起一次次冲击，终于在2012年通过了司法考试，那一年他40岁。

目前，秦景春已在律师岗位上执业4年多，办理各类案件100多起，当事人送来的锦旗和朋友圈的"点赞"，是对他职业品德和业务能力的最大肯定，

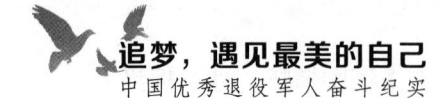

也是对他多年付出的最大慰藉。

  回首这20年漫长的圆梦之路,秦景春非常感慨,他说:"人总是敢想不敢做,因为做的过程最痛苦,很多人在困难面前做了逃兵,最后归结于命运,觉得命运主宰了我们的一生,这就是世界上最大的谎言。《牧羊少年的奇幻之旅》中说,当你真心渴望某样东西时,整个宇宙都会来帮忙。"

(文中照片为主人公提供)

携笔从戎
致敬青春

为了每个梦想都能开花

——记原武警 8680 部队退役军人，河南鹰展文化传播有限公司总经理，知名制片人、资深媒体人陈举

不管是谁，
无论在哪。
只要把梦想刻在奋斗的坐标上，
就会点亮自己，
光耀时代……

他是一位品学兼优的大学生，他是一位铁肩妙笔的军事记者，他是一位执着于公益事业的文化传媒探索者……

他，就是原武警 8680 部队退役军人，河南鹰展文化传播有限公司执行董事兼总经理，知名制片人、资深媒体人陈举。

巴山楚地育才俊

四川盆地东北部，华蓥山北段西侧，渠江两岸，坐落着一座有着 2400 多年历史的古城渠县，陈举就出生于此。

1950 年，陈举的父亲参加了举世闻名的中国人民志愿军抗美援朝作战，参加过第一次、第二次战役。战争结束后，他又积极响应中央号召返乡支援地方经济建设，成为当时渠江钢铁厂的一名工人。

20世纪70年代，因一场突如其来的迫害，在一个月黑风高的晚上，陈举的父亲带着全家翻过两座大山，在天亮之前离开了人杰地灵的巴山蜀水，经过3个多月的辗转漂泊，最终在另外一座拥有2000多年历史的汉魏名城河南新野落脚，这里也是诸葛亮躬耕之地、刘备三顾茅庐之处。

相比同龄人，幼年随父母颠沛流离的陈举，更懂得幸福和平安的深层含义，懂得改变自己命运只有靠读书学习。初三那年，因为学习成绩优异，他被保送到新野县一中学习；高三那年，又被保送到百年名校河南大学中文系读书。

4年大学生活，在"明德新民、止于至善"的校训，"团结、勤奋、严谨、朴实"的优良校风和"前瞻开放、面向世界，坚持真理、追求进步，百折不挠、自强不息，兼容并包、海纳百川，不事浮华、严谨朴实"的河大精神滋养下，陈举快乐地成长，学识越积越厚实。

运动场上的健将、报纸杂志室的常客，是陈举留给大学同学的深刻印象，而令他受益终身的则是这所百年名校所赋予他的仁爱、宽宏与包容的品格。

青春军营谱华章

1994年，凭借读书期间发表的130多篇文章和综合表现，在校系推荐下，陈举被陆军某集团军特招加入绿色军营。

由一名地方大学生到一名人民军队的军官，华丽转身后的陈举，最难忘的则是第一次在军直侦察连的全副武装五公里越野、第一次参加实战背景射击训练时的震撼。

"毕竟自身的体质不是太强壮，虽然有强大的内动力，但无奈'身不由己'，每当呼吸紧迫，喘不过气来的时候，就自己给自己打气，可以跑不快，但绝不停步……"陈举的顽强毅力，像他的才华一样，深深感动着战友们。

从陆军某集团军到原武警8680部队，再到武警总部电视制作部暨中央电视台驻武警记者站，陈举一路走来，在追梦的道路上始终没有懈怠。

"如果你照片拍得不够好，那是因为离炮火还不够近"，罗伯特·卡帕的一句话，是陈举从事军事宣传工作的座右铭，陪伴他见证了和平时期官兵经历血与火、生与死的不平凡。

"抗洪抢险战斗中，官兵不畏巨浪、不惧牺牲，我们作为新闻记者，根

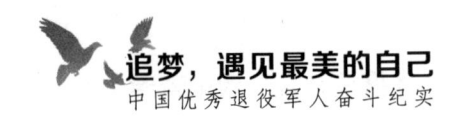

本来不及考虑自己的安危，只想把官兵的大无畏精神和那种战天斗地的大场面，记录下来、歌颂下去……"

8年军旅生涯，陈举参加过20世纪末的百万大裁军、香港回归、西藏那曲抗雪救灾、河北张家口地震救灾、南疆震灾、98特大三江抗洪和澳门回归等重大历史事件的电视报道，拍摄、制作新闻、专题和纪录片100多部，其中有近20部作品获中国广播电视学会、中央电视台特等奖和一、二等奖。

长期的辗转奔波和高负荷工作，使陈举的身体极度透支，健康状况频频拉响"警报"。

武警部队第一届"橄榄杯"新闻奖，2次武警部队先进新闻工作者、1次二等功和2次三等功，是对他军旅生涯的永恒褒奖，而令他铭记于心的却是因为有了部队的培养和教育，才有了他后来的韧性与不挠、拼搏与进取的动力和源泉。

文化产业公益行

2002年，同样凭着优异的成绩，陈举转业至郑州市市直机关工作。

然而，天妒英才。因健康原因，陈举不得不选择病退，离开了很多人梦寐以求的工作单位。

关键时刻，人必须靠孤独给自己力量。人生许多艰难时刻，非一个人，不能熬过去。

陈举深悟人生的哲理。在蛰伏两年后，他重新振作起来，转身投入到文化推广事业中，联手志同道合的好友，从别人手里承接了河南鹰展文化传播有限公司。

作为制片人，陈举和他的团队先后承担了太极拳申报联合国非物质文化遗产代表作系列作品《太极拳申遗宣传片》《中华武术瑰宝太极拳》《太极拳乡》和微电影《太极寻踪》等创作任务；承担了中纪委监察部"中国传统中的家风"系列之《去思颂碑进学齐家》韩愈家风纪录片的创作，在中纪委监察部网站首播；参与执导了电影《拳皇》《聚客镇》，先后在央视电影频道播出；指导拍摄微视频《老家味道》《老家莫沟》等系列作品，多次获中宣部、国家网信办、等奖项和省市"五个一工程奖"。

作为总导演，陈举率领他的团队成功执行了中国（河南）第七至第十二届国际投资贸易洽谈会开幕式暨主题论坛、第五届中欧政党高层经贸论坛、全球跨境电商大会和中国企业家绿公司年会等30多项国际性活动，在业界有着较高的品牌美誉。

2014年，因为丰富的行业实践经验和成就，陈举被郑州师范学院聘为特聘教授、河南大学新闻传播学院聘为业界导师、职业导师，承担了郑州师范学院传播学院电视专题创作课的教学和河南大学全媒体实验班、广电专硕实践课程的实践辅导工作，指导郑州师范学院传播学院学生创作大型文化系列节目《家乡秀》，其中《工匠老万》《话说安阳》《毛尖故事》《汝瓷故事》等先后多次获得全国大奖；指导河南大学新闻传播学院学生主创微纪录片《坚守》，成功入围中国纪录片的奥斯卡奖项"中国纪录片学院奖"。

在弘扬中华优秀传统文化征程上艰辛跋涉的陈举，始终不忘回报母校的培育之恩。

2014年，毕业20年聚会时，在河南大学中文系90级年级长彭聚珍的带动和号召下，河南大学中文系90级的同学和亲友纷纷慷慨解囊，捐赠募集50万元，成立该校唯一一个以年级群体命名的奖项——"中文系1990文学奖"，让一批热爱创作且初有成就的在校学生获得奖励和鼓励，使他们在追逐自己梦想的道路上感受到温暖。

2019年1月，受中文系90级万永旗等校友委托，陈举代表中文系90级同学，捐赠30万在母校基金会设立"鹰展文化奖励基金"，用于奖励河南大学新闻与传播学院在教学、实践活动和技能竞赛中取得优异成绩的师生，让更多的在校学子得到更好的支持。

其实，早在入伍之初，陈举就将领到的第一个月工资275元，给乡下的父母寄去100元，给中国青少年基金会汇去50元，这是他的第一份捐款。

此后的8年间，陈举给希望工程的捐款从每个月的50元到100元、400元、600元从未间断。1996年，中国青少年基金会开展了希望之星一对一结对资助活动，他和广西巴马瑶族自治县的一个孩子结成对子，直到孩子初中毕业。1997年，他又和黑龙江一个叫丹丹（化名）的孩子结成了帮扶对子，后来这个孩子大学毕业，成了黑龙江省大庆市的一名银行职员。

2016年的春天，新婚后的丹丹带着她的爱人千里迢迢从东北来到郑州，和曾经长期帮助过她但从未谋面的"陈叔叔"一家人相聚。一见面，丹丹就扑到了陈举的怀里，在场的人无不热泪盈眶。

"每个人都有一颗善心，只是各自表达的方式不尽相同，能够以自己的微薄之力帮助需要帮助的人，并且可能改变他们的命运，让他们的梦想开花时，

我真的有一种前所未有的成就感！"陈举的公益慈善之举，源于初心，溢于言表。

沙场砺雄鹰，中原展俊才。

为了每个梦想都能开花，陈举和他的团队必将"大鹏一日同风起，扶摇直上九万里"！

（文中照片为主人公提供，《中华英才》2019年第12期摘要刊发）

导演好比一支部队的最高指挥员

——记原济南军区某部退役军人，国家大剧院影视节目制作部副部长、国家一级导演周明夫

　　落日余晖透过云霞反射在水面上，波光与倒影交相辉映，一座"水上明珠"愈加多姿多彩……

　　这就是位于首都核心地带、天安门广场西侧的北京十六景之一的地标性建筑、亚洲最大的剧院综合体——国家大剧院。

　　在这座中国国家表演艺术的最高殿堂里，有一位陪伴它成长的艺术工作者，他始终坚守高雅艺术的阵地，始终做艺术星空的守望者，始终用高品质的影视作品与世界对话。

　　《街匾人》荣获第18届中国电视纪录片长片十优作品；

　　《艺术改变生活——国家大剧院五周年纪实》荣获第19届中国电视纪录片中央档案馆收藏奖；

　　《好一朵美丽的茉莉花》荣获第20届中国电视纪录片长片十优作品；

　　《那一抹鲜亮的红色》荣获第21届中国电视纪录片长片十优作品；

　　《血纯》荣获首届（2010年）全国戏剧文化奖大型剧本金奖；

　　《万行长诗颂小平》荣获中国红色纪录片优秀作品；

　　《精彩在这里呈现》在美国纽约时代广场公映……

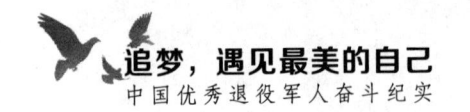

他，就是原济南军区某部退役军人，国家大剧院影视节目制作部副部长、国家一级导演周明夫。

现任中国梦系列文化艺术活动组委会执行主席、电影专家委员会执行主席，世界华人协会艺术总监，中国作家协会会员，中国电影家协会、中国电视艺术家协会、中国音乐家协会会员，中国电视艺术交流协会常务理事……第18~23届中国电视纪录片十佳十优评选委员会委员，第一、二、三届中国电视公益广告大赛评委；美丽校园亚洲青少年艺术盛典"爱心大使"……

怀揣艺术优长特招入伍：
最苦的时候，脸上的皮肤"掉渣"

1960年，周明夫出生在山水之城——青岛。

贫困交加的年代，丝毫没有影响周明夫对艺术的喜爱和追求。

上学时，周明夫就是班里的文体积极分子。除了上课努力外，他的业余时间全都用来参加各种各样的文化活动，唱歌、朗读、写作等。后来，家人发现了他这方面的喜好，力所能及给予支持。在大哥介绍下，他很小就跟随一名音乐老师开始学习小提琴、二胡等乐器。由此，为他人生的艺术之花埋下了种子。

"从小学到中学，对我影响比较大的还是邹美兰等音乐老师。上高中时，进了宣传队，艺术的熏陶为我后来走上艺术之路奠定了扎实的基础，特别是在青岛二中参加歌剧排演，我饰演民兵队长，第一次对歌剧有了直观认识……"谈起艺术机缘，周明夫记忆犹新。

1983年，周明夫从山东艺术学院戏剧系毕业，获艺术学学士学位。同年，在原济南军区几位"忘年交"建议下，他参军入伍，来到腊山步校大学生队。

从新兵到班长到排长，从连队到团师军机关和军区总部，周明夫忘掉自己的"文艺范"，扑下身子勤学苦练。《傅雷家书》《巴顿将军》等他都很喜欢，边学习边锻炼，这名"文艺兵"越来越有"男人味"。

"在腊山口，练习迎风站立；趴在黄泥地上，训练瞄准，一练大半天，一半人拉肚子；10公里按图行进，掉进2米多深的淤泥坑里；参与和指挥从班到团战术演练、联合作战等，当兵10个月，大哥来看我，还没打招呼，眼泪就下来了。由于魔鬼式训练，我脸上的皮肤'掉渣'，人都变了样了！"

苦其心志、劳其筋骨，艰苦的军营生活在全面磨炼周明夫的同时，也加深了他和"兄弟们"的战友情。至今，在"陆院70人"微信群中，他和战友们依然常来常往。

成功转型"钢铁战士"后，周明夫陆续受领了部队相关展览讲解、影视剧演出等任务，并在解放军电视艺术中心、解放军报社等从事文艺创作及摄影等工作。

1985年初，周明夫借调到北京电影制片厂，主演《侠义风月传》主角。初担重任，他如履薄冰，吃饭睡觉都在琢磨角色和台词。十二分的投入却没有换来梦寐以求的"明星梦"，因各种原因，此片未能公映。

即将出彩的人生，命运从此拐弯。

执着梦想告别"处长职位"：
学习深造，"死磕"角色、场景和细节

1988年，退役回到家乡，周明夫走上了青岛市委组织部的工作岗位。

"你先不要考虑职务，好好工作就可以了！"组织部领导的谈话，让周明夫初入社会"浮躁"的心静了下来。他从提高办公室卫生标准做起，精心研究党员电化教育的工作流程，认真完成每一项工作。两年后，被任命为正科级巡视员。

1993年，为了提升艺术修养和水准，周明夫考入北京广播学院攻读电视新闻方向硕士研究生，并先后在中央电视台社教中心、海外中心、新闻中心、五洲传播中心等，撰稿、编导了百余部纪录片、专题片，曾任首届CCTV荣事达杯主持人大赛导演组导演、CCTV脑白金杯服装设计与模特大赛导演组导演。

心有多大，舞台就有多大。其实，有时候舞台有多大，心也就有多大。学习深造期间，周明夫对艺术的执着追求，逐步从量的积累到质的升华。

为了推敲一句词儿，他常常查遍手上所有的资料；为了用好一个角色，他能用10多个人表演多次；为了选择一个最佳场景，他常常反复比较。

虽然很辛苦，但周明夫却"激情不衰"："在导演岗位上，我找到了人生发展的方向，相比较人人羡慕的行政岗位，自己更适合艺术创作。"

回到单位后，尽管周明夫被任命为财贸工委政工处副处长，一个月后主持宣传处全面工作，然而此刻，他的心已经留在了"创作室""排演场"。

追求高峰讲好"中国故事"：
这不是"宣传"，这是纯艺术

梦想不会辜负梦想者。

2007年，随着国家大剧院建成，周明夫做出了一个"大胆"决定，毛遂自荐去应聘。之后，又结合朋友推荐，经过层层考试，他正式入职国家大剧院。

站在国家平台，全球视野被打开。周明夫如蛟龙入海，全面学习了解了音乐、舞蹈、戏剧、歌剧等艺术门类。

"十年的工作，好比读了两轮的艺术博士课程，很解渴！"周明夫这么形容入职后的感受。

随着舞台越来越广阔，周明夫对艺术的理解越来越深刻："剧院，给很多人的印象是浪漫、悠闲，但同时作为艺术机构，更应遵循严谨、高雅的追求，创作出常演不衰的高端文化艺术成果，能带给人们感叹、期待、共鸣和激荡，让人自省和图强……"

文运即国运、文脉即国脉。坚定文化自信，振奋民族精神。为让国粹艺术走向世界，周明夫导演拍摄《精彩在这里呈现》，在纽约时代广场等世界各地公映。各种审查可想而知，对方始终认为我们在搞"宣传"。

2003年，历经3个多月，周明夫用国际化的语境、用人类共有的表达方式打造的这部作品，审查一路畅通。纽约市长看后，在一次偶遇中紧紧拥抱着他，这哪里是什么"宣传"，这是真正的纯"艺术"。

面对华夏文化走向世界，周明夫谦逊地说："我只是尽了我应尽的职责。"

推动中华传统文化创造性转化、创新性发展，需要创新性人才。

为此，周明夫一直孜孜以求。

近年来，中国经济飞速发展，然而作为文化大国，文艺市场却波澜不惊，特别是传承千年文化之精粹的诗歌逐渐淡出文艺主流，佳作寥寥，人们只能躺在故纸堆里，体会中华五千年诗歌的辉煌。

针对这一情况，周明夫形成了一个运作多年的梦想，他和著名诗人老庄一拍即合。创作出一部由老庄作诗，周明夫导演的20集大型电视诗画——《万行长诗颂小平》。

历时一年的拍摄制作，这部作品成为继大型音乐舞蹈史诗《东方红》之后，用影视艺术形式歌颂领袖的又一部艺术史诗片，被誉为"第二部《东方红》"。

全诗共由 65 首独立成章的抒情诗组成,汇集成展现小平同志非凡一生的起伏跌宕、功勋卓越的诗意画卷,是一代伟人奋斗终生、复兴中华的百年史诗;一幅中国改革开放、强国富民的时代画卷;一部人民讴歌领袖、赞美祖国的献礼巨片。

"把诗词做成电视节目是有难度的。最好的作品,就是有挑战性的作品!""为了拍好这部文献片,当时我带领的是一个陌生团队,如何把创意和制作的理念传递到全体制作人员,我心里并没有底。经过 3 个月培训沟通,我们达成了共识——真实的元素、诗词的意境、美丽的画面……"周明夫坦言,"热爱是最好的老师。"

2009 年,万行长诗,电视诗画,濮存昕、卢奇、姜昆、董卿等 30 多位艺术家联袂,突破性地给诗歌插上了飞翔的翅膀,更贴近了现代人的阅读与审美,让人眼前一亮,为之一震。尤其是由周明夫作曲的音乐非常贴近主题,温暖人心,作者老庄填词为主题歌:《春常在,你最亲》。

"纪录片是文学的最高境界,从现实中提炼的作品,有章节有故事,既具有历史价值,亦具有艺术价值。"周明夫的"导演"定位愈加清晰。

"艺术改变生活",这是国家大剧院的宗旨,也是周明夫团队在国家大剧院五周年庆典中的佳作:"艺术欣赏可以改变人们对于生活的理解,犹如一剂良药,帮人解除压力,影响人大脑快乐中枢,增加人的想象力。用视觉艺术解读展示国家大剧院的成就,告诉人们欣赏艺术,可以提高工作效率和幸福指数,让生活变得更加美好。"

"艺术源于生活",而且越是民间的越是世界的。"初一到十五,十五的月儿高,那春风摆动杨柳梢。三月桃花开,情人捎书来,捎书书带信信要一个荷包袋……"

2014 年,周明夫和同仁倾心打造的歌舞剧《陕北歌谣》,在舞台的呈现方式上,用电影的表现手法表达意境,造价不高、精致有特色,让观众耳目一新。通过最朴实的情感、最"山寨"的民歌、最"土气"的舞蹈,抒发了人间至高无上的大爱真爱,荣获改革开放 40 年来现实题材优秀剧目奖,受到了著名作家贾平凹和中国作协副主席、著名艺术评论家阎晶明的高度赞扬。

2013 年 12 月,习近平主席在山东考察时强调:"中华民族伟大复兴需要以中华文化发展繁荣为条件。"文化发展繁荣,推动着中华民族伟大复兴的历史进程。

当下影视产业的浮躁,让周明夫忧思。他开始思考:"当中国离世界舞

台中心越来越近的时候,我们应该向世界人民说什么?让世界了解中国什么,怎样了解?这是一个文化战略问题。特别是走出国门的电影播出什么,不能让世界对我们的印象永远停留在清末时期。"

周明夫倡导"认真学习习近平总书记在文艺工作座谈会上的讲话精神,要从华夏五千年文明史中选择对人类有突出贡献的100个华夏民族故事,以舞台艺术和电影作品为龙头,借力发挥,用让世界人民都能接受的语态,请已经具有全球影响力的编剧、导演团队来讲述中国好故事,并逐步实现替代战略。要用5~10年实现华夏民族形象的全球化塑造,让世界人民广泛熟悉和知晓华夏民族的光荣历史;让华夏民族的形象永远矗立于世界民族之林的显赫位置;让伟大的中国人民永远记住自己是谁!让民族自信世代传承!"

伟大的作品需要有情怀的导演。周明夫认为:"导演作为制作影视作品的组织者、领导者,往往借用演员表达自己的思想,好比一支部队的最高指挥员。毛主席说,指挥员的正确部署来源于正确的决心,正确的决心来源于正确的判断……选什么样的题材,讲什么样的故事应该是导演考虑的首要问题……"

"作为一名优秀的导演,就要坚持以人民为中心的创作导向,要以树立民族形象为己任,善于综合各种艺术元素,运用与众不同的表达方式。一部影视作品的质量,很大程度上取决于导演的素质与修养;其风格,也往往体现导演的性格,更能体现出导演的价值观。"

等闲识得东风面,万紫千红总是春。

坚定文化自信、坚定创作初心。树立华夏民族形象,是中华民族的千秋伟业。周明夫立志提升中国故事的全球传播力、提升中国影视作品的全球影响力,为实现中华民族伟大复兴,贡献一名文艺工作者的聪明才智。

周明夫,明公正气,夫复何求。

(文中照片为主人公提供)

戎马书生北大博士后的追梦之旅

——记武警某部退役军人，长沙传化公路港物流有限公司党支部书记刘优良

长沙市开福区中青路上的智慧"公路港"，占地600多亩，投资约10亿元，聚集着1000多家物流企业，线上链接数十万辆货车，是传化智联全国十大枢纽之一，立足长沙、服务湖南、辐射华中、覆盖全国。

每天清晨，一排排物流运输车秩序井然，整装待发；人、车、货等即时信息在智能调度管理平台上一目了然；配备齐全的"司机之家"，让过去食宿往往都在车内的"卡友"有了温馨港湾……

如此高效运转，使货车空载率降低50%左右，商贸和制造业物流成本下降40%左右。

面对这样一个高度流动、基数庞大、多元复杂的群体，园区党建该如何促进经营、凝聚人心、服务发展？

"火车跑得快，全靠车头带"。在政府、集团、员工和客户心目中，园区党建红红火火，关键是有一位经验丰富、素质过硬、不断创新的带头人，他就是武警某部退役军人、北大博士后、传化智联华中大区副总经理兼长沙传化公路港物流有限公司党支部书记刘优良。

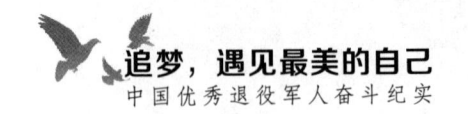

崇文尚武：读书不怕苦，从军不怕死

自古以来，三湘大地人才辈出。

"惟楚有才、于斯为盛"，不只是挂在岳麓书院的一副对联，也是浸入一代代湖湘子弟的基因，"经世致用、敢为人先"的湘派作风传承不衰。

1971年11月，刘优良出生在洞庭湖畔汨罗江边的一个普通农民家庭。

世代务农的淳朴乡情和尊师重教的农村家风，培养了刘优良好学自强、吃苦耐劳的品质。从小到大，对他来说，至乐莫若读书。捧起书本，他就找到了生命中最快乐的事情，当时凡是能够借到手的书，他都读了一个遍。

岳阳楼，先忧后乐的千古雄文，被人们争相传诵；汨罗江，诗人余光中称之为"蓝墨水的上游"，屈原曾在这里行吟泽畔，谱写上下求索的精神。

谈起家乡的山水名胜与文化名人，刘优良引以为豪。

在先贤们激励下，边读书学习，边思考人生，刘优良尽力帮着家里干农活的同时努力学习，一直成绩优异。

1990年9月，刘优良考入大学，这位典型的湖南青年骨子里"个性倔强"，有着不同于其他同学的"未来规划"。

1994年9月，正当同学们纷纷应聘热门的高技术企业和政府机关时，作为共产党员、学生会干部的刘优良却做出了一个让家人意想不到的决定——从军入伍。

"宁为百夫长，胜作一书生"。刘优良为自己写下了"读书不怕苦、从军不怕死"的座右铭。

在武警部队，为了尽快实现从一名大学生到合格军人的转变，刘优良顶着烈日站军姿、冒着严寒练战术……淬火加钢后的他愈加血性刚强。

从军校教员、机关助理员、干事、副处长到驻高校国防生选培办主任、宣传处长，刘优良干一行爱一行钻一行，时时处处履行着军人职责，增添着军人荣光。

无论是98抗洪抢险，还是汶川抗震救灾，抑或是处置湘西非法集资、湖北石首群体性事件等，都留下了他"不怕苦、不怕死"，勇上一线、勇挑重担的身影。

工作之余，刘优良以超强毅力和旺盛精力，克服了常人难以想象的困难，先后考取了武汉大学的新闻学硕士、厦门大学的管理学博士和北京大学的公共管理博士后。发表学术论文、文学作品 2000 多篇（件），出版学术专著《权利的回归：高等教育凭单制理念、模式、运作》与诗集《军旅星空》等书籍，并分别在全军、全国获奖，在学习深造的旅程中，洒下一路精彩。

党建达人：做实做强做细，就是生产力竞争力凝聚力

2016 年，为适应国防和军队改革需要，刘优良告别了他热爱的军营，退役后来到民企 500 强之一的传化集团任职。

凭借着多年军旅和高学历综合素质，刘优良在集团审计监察部高级专家岗位上工作半年后，被任命为长沙传化公路港政委，又半年后，调整为传化智联华中大区副总经理兼长沙传化公路港物流有限公司党支部书记。

新的岗位，意味着新的挑战，也意味着新的信任和新的责任。

非公有制企业是发展社会主义市场经济的重要力量。"党建做实了就是生产力，做强了就是竞争力，做细了就是凝聚力。"刘优良认识到这是新形势赋予基层党建工作者的一个重大使命与重要课题。

在刚入职公司的一个多月里，刘优良吃住在公司，全身心投入调研工作，他的脚步走遍了华中大区所辖的湘鄂两省各分公司与项目的角角落落；座谈了解，他与班子成员、管理人员、普通员工和广大客户面对面交流，听取意见；思考谋划，带着团队开展了《非公企业流动党员教育管理初探》《货车司机思想政治现状及引导策略研究》等课题研究，并发表了多篇相关论文。

方法科学，事半功倍。如何在新的起点上助推公司发展进步，刘优良的目标思路越来越清晰——立足"一港三区"，坚持"三做"，打造"三地"，实现"党建强、公司兴"的良好局面。

"就是立足公路港、物流发展区、产业集聚区和生活配套区，结合民营物流企业平台与驻地实际，用匠心精神把党建工作做实做强做细，团结带领党员干部发挥先锋模范作用，探索创新'互联网+服务'党建特色，打造'非公党建堡垒阵地''智慧物流财富洼地''精神文明建设高地'，形成长沙传化有自身特色的非公党建实践成果、制度成果和理论成果，为公司尽快走上正轨及持续发展做出贡献。"

为"一揽子"解决非公企业党建工作"散空浮虚"问题，刘优良带领支部一班人虚功实做，在认真落实集团"13588"工作机制和"八项党建特色制

度"基础上,建立"党工团青"组织联动、"党员示范岗"等机制;开设"华中大讲堂""微党课、微话题","三会一课"有形式、有内容;叫响"一名党员(团员、青年)就是一面旗帜",引领全员"为国尽忠,为职尽责,为家尽孝";倡导亮明党员身份,把党的种子撒播到每一块空白区域……

两年来,公路港党建工作红红火火。在公司楼道,可以看到"党建撷英"的许多照片:组织公路港全体党员和入党积极分子瞻仰杨开慧烈士故居,重温入党誓词;联袂长沙市武警支队开展"缅怀先烈,继往开来"祭扫活动;十项党群专题活动出炉……

在这个员工平均年龄不到30岁的公司里,党员帮助客户搬家、流动党员帮助"安全小组"发现和消除隐患等,在雷锋家乡学雷锋的事情司空见惯。

针对中国货运量70%靠公路运输,3000多万"公路上的游牧民族"大多为70后,多数为夫妻档,一辆车就是一生,有的司机"中暑、挨饿、遭贼、车毁人亡"等现实,刘优良围绕"司机之家"建设,强化服务措施,落实"三好"成效——让司机"停好车、配好货、挣好钱"。

通过线下打造温馨之家、线上提供智慧服务、全程进行价值引领。目前,公路港有12000平方米停车场,日均静态停车500辆,能容纳800人住宿,为1900名司机服务;拥有活动场地100多平方米,配置有乒乓球桌、动感单车、踏步机等,供司机在业余时间开展活动。

此外,他们还积极开展"冬天送温暖,夏天送清凉"和心理疏导、医疗互助保障、假期亲子园等活动,组织各类培训23次,安全知识讲座10多次,为7名司机解决涉法维权问题,提倡"有时间做志愿者,有困难找志愿者"。司机小梁感激地说:"有港就有家,公路港是我们司机名副其实的'娘家'"。

"如果说企业是一个发动机,党员队伍就是'机油',没有它的润滑,企业就跑不远、跑不好。实践证明,非公党建不是装门面的花瓶,捆绑手脚的负担,而是促进企业健康发展,保证正确方向的'定海神针'。""传化集团一贯重视党建和重用退役军人,我们既要传承好,更要创新好。"作为一名有着30年党龄的退役军人党员,刘优良成了公司所在地非公企业的"党建达人"。近年来,刘优良先后被评为长沙市开福区"优秀党员""传化集团先进个人",公路港先后被评为长沙市交通运输行业"先进工程"交通物流行业典型,党支部被开福区委评为"优秀党支部",被集团党委评为"五星党支部"等。

为爱奔走：跋涉在公益慈善的征途上

首届"金牌志（义）工""学雷锋优秀志愿者""优秀共产党员"……一个个荣誉"熠熠生辉"。

屈原乡村图书馆、震区爱心图书馆、海西乡村图书馆，在东中西部捐建三所图书馆，发起关爱老兵、留守儿童活动……一件件公益义举令人感佩。

最让刘优良难忘的是2008年5月12日汶川大地震发生时，他在厦门环岛路迎接火炬，第一时间想过去救人。因毕业在即，老师劝阻，没有成行，只能在后方做一些募捐工作。

6月29日，在毕业典礼刚刚结束之际，刘优良作为一名志愿者，迫不及待赶往灾区。"路过家门而不入"，让家人多了几分担心。火车上，人潮涌动，水泄不通，一天没来得及吃饭的志愿者，想泡碗方便面，都很难挤过去。

志在千里送问候，愿祈大爱佑中华。灾区的日日夜夜，至今犹在眼前。"与其说是我们过去帮助灾区群众，不如说是我们在接受心灵洗礼。那种关爱路上的被关爱，那种苦难中的乐观，那种陌生中的信任，那种复杂环境下的单纯……历久弥珍，既照亮了灾区，也照亮了自己！"刘优良感慨万千。

谈起未竟之事，就是对图书馆的后续维护和长年开放，让刘优良放心不下。然而，这并未影响他依旧奔波在"为爱而来"的征途上。

开福区沙坪街道双塘村58岁村民李刚年，10年前因车祸丧失劳动能力，一家三口靠政府"低保"生活。刘优良带领公司党群工作人员，踏着泥泞小路，提着崭新棉袄和生活用品，为李刚年等60名"低保户"送去了温暖。

"万企联万村2018龙山夏季招聘会"在脱贫攻坚主战场——湘西龙山举行，公路港不仅与龙山县茨岩塘镇小米村达成产业扶贫意向，而且第一时间资助了5名贫困儿童。

读书，写作，军旅，公益……一路走来，冷暖自知。刘优良凭着戎马书生特有的"蛮劲"，不断践行着初心梦想。

"虽然脱下军装，告别了火红军旗，但对军队的魂牵梦绕却始终不会淡化，党员的责任担当始终不会减弱。只要始终保持一股特有的精气神，敢亮剑、讲团结、守纪律、能吃苦，就一定能成为'香饽饽'"。"左手温文尔雅，右手剑气如虹"，刘优良时常梦回号角连营。

昨日军营历练维护社会稳定，今日护航货运书写传化新篇。

追梦，遇见最美的自己
中国优秀退役军人奋斗纪实

一直以来，我国物流行业存在诸多"散小乱"等问题，传化人敏锐地捕捉到民本需求与时代元素，提出以共享理念、平台模式、数字化技术来打造物流供应链服务平台，服务中国制造，服务百万企业，朝着做"中国物流大脑"的征途艰苦跋涉。"追梦路上，绝不是遍地鲜花，只有掌声与欢笑，肯定会遇到许多险阻与磨难，还有坎坷与暗流，要拿出披荆斩棘的能力与努力。追梦路上，要坚持学有所获所悟、敢于工作当担、引领幸福员工建设……"爱好文学创作的他，还写下诗歌《传化梦》，在主题党日上与大家分享了他的感悟。他将继续着他的追梦之旅，不负这精彩的时代，不负这壮丽的事业。

《传化梦》

作者：刘优良
黎民的苦与天下的安
足以忧劳一生
——摘自刘优良诗集《军旅星空》

3000多万货车司机
3000多万双亲的牵肠挂肚
3000多万妻儿的倚门期盼
3000多万家庭的酸甜苦辣
3000多万民生的公共福祉
3000多万
这样的一支草根产业大军
是中国物流的血脉
撑起了中国梦的一部分

3000多万
是一个怎样的概念
相当于沙特、秘鲁、马来西亚
委内瑞拉等各国的人口
而我只能与这庞大群体中的
极少的个体相逢
握个手，抽根烟
寒暄几句，问问他们的冷暖

面对他们，尽心尽力
我们的服务是
用万物智联的理念与技术
让 3000 多万
停好车，配好货，挣好钱
我们的使命是
让 3000 多万
车安，心安，人安
我们的愿景是
让 3000 多万
更体面，更有尊严

（文中照片为主人公提供）

开心"霸王花"的别样青春
——记海军南海舰队海军陆战队退役军人，北京大学心理学专业硕士研究生宋玺

"千秋邈矣独留我，百战归来再读书"。

千百年来，中国人素有读书传统。当今时代，脱下军装回归校园，用读书提升自己、梳理人生、沉淀智慧者亦不乏其人。

一个时代有一个时代的标志，一个时代有一个时代的问题。

对于宋玺，作为一名思政工作者，我更关注的是这位90后的昔日学霸、军中"霸王花"，如何在"团结、紧张、严肃、活泼"的军营文化和"自由、开放、包容、创新"的大学氛围——两种不同环境语境中，结合融合、相得益彰、快乐成长。

青 春 淬 炼

1994年3月，宋玺出生在山西一个普通的军人家庭。从小伴着军号声长大，潜移默化中，她也像父亲一样热爱着军营。

1999年，刚刚懂事的宋玺跟随转业的父亲离开了部队大院，但对军营的向往却并没有远离。

"其实高考时,我就想报考军校,妈妈说部队太苦,不适合女孩子。""2012年考入北大后,每当看到军旅题材的影视作品,我就热血沸腾,最喜欢毛主席的'飒爽英姿五尺枪,曙光初照演兵场。中华儿女多奇志,不爱红装爱武装'。真的特想感受一下那种战旗飞扬、征战沙场的气势。"

2015年,宋玺说服家人,如愿来到被誉为"两栖霸王花"的海军陆战队女子两栖侦察队。

全副武装五公里越野、擒拿格斗、实弹射击……"只要练不死,就往死里练",宋玺对自己的苛刻有点玩命,丝毫不逊于男兵。

半月板旧伤复发疼痛不已,有时走路都冒虚汗。"既然选择了,就不能轻言放弃,咬牙坚持是我当时唯一的信念,一层层的手茧都是练出来的!"

让宋玺最难忘的是海训。

没有诗和远方的畅想,没有海边漫步的惬意,唯有荒岛上"野外生存"的机智和勇敢。不仅要应对突如其来的"敌情",还要自己动手用几个土豆、几两大米做饭充饥……

模拟直升机空降滑索训练危险系数最大,就是身系保险绳,从六层楼高的地方滑下来。初次训练,宋玺蹬出去的一刻,保险绳没有及时松开,身体重重地砸了回去,她忍受着钻心疼痛坚持完成了训练。

千淘万漉虽辛苦,吹尽狂沙始到金。宋玺以全优成绩成为海军陆战队一名侦察队员。2016年底,她又被挑选参加第25批亚丁湾护航编队,成为唯一的90后女陆战队员,赴索马里护航。

虽然担负的是支援任务,但面对巨浪的颠簸和漫长的煎熬,面对与海盗的遭遇战、殊死战,生死常在一瞬间,宋玺同样临危不惧,越战越勇。

"最自豪的是,看到被解救的外国船员高举中国国旗,激动地大声喊:'Thank you,China'!"

战斗的经历,至今历历在目。

战地黄花分外香。艰苦紧张的军营生活,在宋玺眼中却处处都有快乐的影子。在基地、在军舰,她不仅为大家唱歌、讲笑话、表演节目,还发挥心理学专长为战友们排除心理问题。

青春有苦乐做伴。宋玺的乐观开朗,使她成为战友眼中的"开心果",影响和带动身边的战友在快乐中训练、在训练中快乐。

青 春 蓄 电

2017年12月，完成了军旅梦想的宋玺脱下军装回到燕园。

依然的短发、依然的阳光、依然的挺拔。不同的是，"退役军人大学生"已成为她的新身份；更不同的是，她能否既保持军人的好习惯，又重塑刻苦学习的好品质，实现再次转型。

刚刚入学不久，宋玺在微信朋友圈写道："开学四天，浓缩了我四年本科的学习劲头。"她用行动印证着军人最为可贵的品质——自律。

光环照耀下最需要的是清醒。随着宋玺参加了习近平总书记在北大召开的座谈会，各种社会活动邀请纷至沓来。她最初不好意思拒绝，后来选择性参加，现在大部分选择拒绝。

"我现在最需要做的是学习和积淀，荣誉是鞭策也是压力！"宋玺坦言。

现在，除了正常的上课、做作业，宋玺还要履行院团委副书记职责，去心理咨询室值班，做新生军事理论课助教……

"其实做自己喜欢的事，追求自己认为有意义的生活，本身就是快乐的！"

"如果我的故事能够传递一些正能量，能对同龄人或学弟学妹有一点激励和引导，我觉得挺开心！"宋玺觉得，累点也值得。

"她善于学习，能歌善舞，兴趣广泛，就像'万花筒'一样招人喜欢！"同室学友这样评价宋玺。

青 春 无 悔

谈起军营和校园对自己的历练和影响，宋玺深有感慨。

"其实，纪律严明和自由民主、整齐划一和开放创新不是一对天生的矛盾体，还是要具体问题具体分析，结合好了，事半功倍。"

"老师和同学们说我从部队回来后，歌唱得更好了，像《红海行动》插曲《红旗飘飘》，还有《我爱你中国》等。我认为主要是由于我亲身经历了部队生活，有了更加真实的感受，歌唱时投入的情感就更深入、更真诚。"宋玺快人快语。

"都说当兵后悔两年，不当兵后悔一辈子，你怎么看？"

"我当初没有后悔自己的选择，现在也不后悔当初的选择。当兵的好处有很多，像'眼中有事、心中有人'，像'责任担当、意志顽强'等，对我

的改变特别大……比如在宿舍，收衣服时我都会自觉地把其他同学的帮着收了，这在以前是没有过的！"

"不过，如果硬要说有什么后悔的话，就是当兵时没有保护好皮肤，你看，我脸上出现了晒斑，皮肤也粗糙了呵！"

"你对自己的性格定位是什么？"

"我是个爱逗的人、随意的人，喜欢轻松、高兴，努力做自己喜欢的事情，即使活不出太多精彩，感觉踏实就好，尽力就好！"

"所以，有时候我也爱吃爱玩、有点懒，只是现在每当我有所放松时，总会想起当兵的日子，想起总书记的嘱托。"

"对于那些渴望成功的退役战友，想说点什么？"

"每个人情况不一样，还是要审视内心，自己到底追求什么样的生活。人生规划不要太着急，但大方向一定要正确，努力朝着那个方向，走着走着，就会豁然开朗，柳暗花明。"

宋玺的直言，既有铿锵玫瑰的刚强，亦有可爱女孩的真实。

青春逢盛世，奋斗正当时。

"广大青年要成为实现中华民族伟大复兴的生力军，肩负起国家和民族的希望。"

"人的一生只有一次青春。现在，青春是用来奋斗的；将来，青春是用来回忆的。"

"爱国、励志、求真、力行。"

习近平总书记的一系列谆谆教诲，宋玺一直牢记在心，并努力践行。

"我们这一代青年有幸生活在新时代，拥有广阔的人生舞台，可以追逐更多的青春梦想……要努力做一个幸福快乐的人，同时也让更多人因自己而更加幸福快乐！"

越努力、越幸运。未来任重道远，为了青春无悔，来自红色革命老区、长治久安之地的宋玺，聆听着"团结起来、振兴中华"的历史回响，在经历血与火的洗礼后，沐浴"守正创新、引领时代"的责任熏陶，决心和同学们一道"立鸿鹄志、做奋斗者"，继续用辛勤的汗水书写青春新篇章

祝福宋玺！多彩青春，精彩人生！

（文中照片为主人公提供）

情到深处是责任

——记武警黑龙江总队退役军人,"一号哨位"
微信公众号创始人**周晓辉**

"对一件事情热爱到了极致,就不仅是兴趣,更多的是一种责任!"

在与周晓辉畅谈2个多小时后,深夜3点,我打开电脑写下了这句话。

周晓辉,男,来自新疆生产建设兵团,武警退役士兵、中国人民大学在读博士、自由创业者……是什么原因,让一名有着20多年军旅生涯的老兵,对一名仅有2年军旅阅历的小兵如此关注和欣赏?

2018年7月30日下午2点半,带着好奇,笔者约好友马长青,准时来到了人民大学学生"创客空间"。

坐在对面的晓辉,虽然经历了714天的"摸爬滚打",但学子的秀气和才气依然未减,一副黑框眼镜后透射出睿智的目光,眉宇流露出一丝稳重和坚强。

2011年10月,考入中国人民大学第三年,征兵的号角再次吹响了他"远征"的梦想。"如果这次不去,以后就很难再有机会了!"之后,他和众多新兵一起来到了黑龙江天寒地冻的山沟里,由一名青年学生转身成为懵懵懂懂的"新兵蛋子"。

没有沙场点兵的气势恢宏,没有青春远行的诗意浪漫……有的只是"稍息、立正""卧倒、起立","有的是 500 个小时的夜岗、300 公里的野营拉练、400 多次的打扫厕所、抗洪前线 20 天的抢险战斗、吃掉的 4000 多个馒头和若干碗米饭……"他说这组数据就是他军旅生活的全部。

他经历了一个兵的淬炼,也保持了一个兵的本色,更收获了一个兵的荣耀——荣立抗洪抢险三等功。值得庆幸的是,这些生命中的大事,他都记录了下来。2015 年 9 月,《我还青春一次远征——一个大学生士兵的军旅日记》由人民武警出版社出版,见证了他的梦想和成长。

审视今天,"读博深造,为继续站好'一号哨位'加油充电,责任更重了!"

退役后,晓辉选择了一边继续读书,一边着手创业。他相信苏格拉底说的,未经审视的生活是不值得过的!

"新时代,如何更好地引领军人和公众?真实的军队和军人到底是什么样子的?是刻板、单一,还是生动、有趣?或兼而有之!"言谈中,让人印象最深的还是他强烈的责任意识。

2014 年 8 月 31 日,晓辉和一起当兵的同学桂从路创办了"一号哨位"微信公众号。讲述军人故事、传播军旅文化、沟通军营内外……可以说,这正是他浓厚的家国情怀+传播学的知识背景+敏锐的生活洞察力和细腻的文字能力的充分展现。

在这个虚拟的军旅"社群"里,晓辉和他的同事们除了推送优质的军旅生活感悟原创文章,他还把重点放在研究探讨和推动解决社群成员的焦点、难点、痛点问题上,引起了越来越多的关注,也争取到了更多的支持,启发了他更开阔的思路。

交流中,他拿出自己设计的"哨位日历",专为军人定制,既方便实用,更便于记录成长、感悟成长、推动成长!诸如此类的产品,他们还在研发和计划中。

一分汗水一分收获。2016 年,"一号哨位"被评为"2015 最具影响力新媒体"。

展望明天,"始终围绕社群成员的刚需,拓展'哨位图书馆',开展'慢递业务'……把'哨位'做成贴心的服务平台,我们有这个信心,也有这个责任!"

现在,周晓辉已经适应了创业者的心态和身份,公众平台正在"互联网+"的理念下,沿着"优质文化传播、适当盈利做强、引领时代风尚"的思路稳步发展,继续扩大影响力。

唯新不立、唯快不破。面对日新月异的科技发展和群体差异化的需求，晓辉感到，"一号哨位"内容还不够"新"、发布还不够"快"、沟通还不够"顺"。

"哨位"只是刚刚开始……

（文中照片为主人公提供）

从守护祖国蓝天到守护红色历史

——记空军指挥学院退役军人,北京鲁迅博物馆
(北京新文化运动纪念馆)办公室主任马海亭

"我们走得再远都不能忘记来时的路"。

如何激活我们的红色遗产,让昨天的历史照亮未来的征程?

2018年4月23日,《人民日报》刊发了《百年红楼承载百年梦想》一文,引发热议,很多人慕名到北大红楼参观学习。

文章的作者是退役不久的空军军官、北京鲁迅博物馆(北京新文化运动纪念馆)党办负责人马海亭。他多次被表彰为海淀区"十大明星志愿者""西城区新街口工委区域化党建先进工作者""西城区区域党员之星""北京榜样"等。

从守护祖国蓝天到守护红色历史,爱国主义情怀在马海亭心中始终激荡澎湃,只不过是以不同的方式放射着新的光芒。

梦圆蓝天卫士

经常听人说,中国历史,百年看上海,千年看北京,三千年看陕西,五千年看山西。

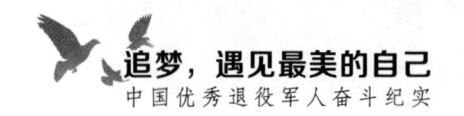

山西运城之东，是著名的帝舜故里——垣曲县。

1970年5月，马海亭出生在这里，家庭的贫困不仅没有消磨他向上进取的意志，反而激发了他学习的动力，特别是对历史的探寻。因为爷爷是一名抗战老战士、叔叔是一名军医，使他幼小的心灵里播下了从军报国的种子。

从小学到中学，马海亭一直保持着"学霸"的成绩。1989年9月，他从山西省重点中学——康杰中学顺利考入空军工程学院。

1993年7月，经过4年无线电通信专业的系统学习，马海亭渴望离战机近些、更近些。他被分配到唐山某部，成为空军航空兵的一员，担负起培训新飞行员的机务保障工作任务。

从见习无线电师到助理工程师，再到政治指导员，马海亭兢兢业业、严谨细致，为守护祖国的蓝天，坚守着自己的"战位"。无论是自己维护"战鹰"，还是带领战友一起团结奋战，都切实做到了"零差错"，让飞行员驾驶着他和战友们精心维护的"战鹰"翱翔蓝天。从这个部队毕业的飞行员就像种子一样，播撒到了空军各个部队，守护着祖国的领空安全，有的如今已成长为旅长了。每当谈起此事，马海亭无比自豪和骄傲。

"那时，虽然是基层干部，但责任还是非常重大的，特别是在机务维修第一线，要随时做好应对各类突发情况的准备。长期的战备，养成了'枕戈待旦''随时待命'的习惯。直到现在，只要单位有任务，无论是周末还是深夜，都是随叫随到！"

工作之余，马海亭不断学习，先后被选送到上海空军政治学院、解放军长沙政治学院培训，并在2001年9月考上空军指挥学院军队政治工作学专业硕士研究生，两年半后以优异的成绩留校任职。

25年军营历练，马海亭3次荣立三等功，多次被表彰为"学雷锋先进个人""优秀团干部""优秀共产党员"和"优秀党务工作者"等。

探寻红色历史

2014年，在研究生管理大队学员队政委岗位上工作5个年头后，马海亭服从组织安排，退役来到了文物单位。

"其实，也没有刻意选择，但阴差阳错的机缘，让我既感到出乎意料，也深感意外惊喜。因为在中学历史课上，因五四运动这一重大事件，我对北大红楼、鲁迅博物馆等印象深刻。没想到，多年后这里成了我工作的地方，有机会更深入地了解了我们党和国家的红色历史，并深深为之骄傲和自豪，也感到了沉甸甸的责任。"谈起退役之初，马海亭坦言一时的失落和茫然。

从一摞摞厚厚的书籍和历史资料、单位总结等看起，短短半年多的时间，马海亭白天、晚上、假期加班加点，不知疲倦地翻阅了几十万字的文字和图片资料，走访了部分老同志、老专家，自己学着做讲解员等，为转换角色、进入工作打下了坚实基础。

"马主任边学习、边熟悉情况、边理清思路，提出了整理博物馆大事记、开展主题党日活动、增加互动实践环节等建议，非常具有针对性。退役军人的政治站位和勤勉敬业，真是不一般！"共事不久的领导和同事对马海亭评价高度一致。

"其实，越深入学习，越领悟深刻，那时连做梦都梦到百年前红楼发生的历史场景，也更加激发了我对党建工作、文物收藏、学术研究、陈列展示、社会教育等工作的探寻和思考……"

传承鲁迅精神

"其实地上本没有路，走的人多了，也便成了路。"

"真正的勇士，敢于直面惨淡的人生。"

"横眉冷对千夫指，俯首甘为孺子牛。"

……

曾经反复背记的鲁迅名言，如今就伴随在身边。在中华人民共和国成立后最早建立的社会科学类人物博物馆工作，让马海亭深感被巨大的精神财富包围着，特别是毛泽东工作过的阅览室、新文化运动重要人物的专题陈列，还有鲁迅卧室兼书房的"老虎尾巴"等，时刻激励着他学习和传播红色基因的激情。

毛泽东曾评价："鲁迅的方向，就是中华民族新文化的方向。"习近平总书记在文艺工作座谈会上的讲话中，多次提到要学习鲁迅先生。

人民呼唤鲁迅精神，时代需要鲁迅精神。在社会主义市场经济建设和改革开放的新时代，依然要大力弘扬中华优秀传统文化。

由于从小家庭条件不是很好，是众亲朋好友从牙缝中挤出来钱和其他物资供他完成学业，顺利考上大学，马海亭始终没有忘记这份沉甸甸的爱。无论是在基层还是在机关，无论是在部队还是在地方，他都在力所能及地带头

做好事、献爱心。上军校期间，他组织成立学雷锋小组，到学校附近一户烈士家中照顾老人，力所能及干农活，一干就是3年。利用所学的无线电知识，自购维修工具和元器件，寒暑假走乡串户为乡亲们义务修理电器；任连队指导员，他经常带领官兵到驻地敬老院开展帮扶活动；任学员队政委，他发挥研究生知识密集优势，组织"知识扶盲、文化助残"活动，将学员编成10个小组，承担10名残疾人子女学习辅导任务，有2名考上大学，2人参军入伍。所在学员队2009年7月被评为"全国扶残助残先进集体"，他本人光荣出席了在北京召开的第四次全国自强模范暨扶残助残先进集体和个人表彰大会，受到党和国家领导人亲切接见。他始终把这个光荣称号记在心间，决心把这个光荣传统不断传承下去。转业到地方后，他积极组织党员，与驻地社区、企业开展区域化党建活动，长期帮扶1名因患病而生活困难的社区市民，利用业余时间免费辅导2名初中生，以实际行动回报社会，用爱心助力中华文明传承。

在鲁迅博物馆工作不久，为进一步规范党建工作，马海亭和同事一道奋战3个月，成功组织了党委换届选举，赢得上级高度称赞。

4年来，马海亭在完成本职工作的同时，参与接待了一批又一批前来参观的各界人士。为大家全面深入讲解了五四运动发生的起因、过程、取得的重大胜利和伟大历史意义。

"有位来自青海玉树杂多县的藏族中学生在参观后由衷地说，'能从家乡来到北大红楼，很不容易，我们就是县里一万多名学生的眼睛和翅膀，在这里感染的红色魅力，一定要传递回去'。"

"通过观众眼中的崇敬之情，我更加认识到自身肩负着传播革命传统和红色基因的责任。"

"作为新一代鲁迅博物馆、北大红楼的'守护者'，我们将积极探索博物馆建设发展新路子，让红色历史重新焕发出青春和活力，让更多的海内外观众走进鲁迅博物馆，走进北大红楼，感受那段激情燃烧的历史，从中汲取不竭动力，这是我工作最大的成就感！"

马海亭爽朗的声音，坚定的信心，激励着他和他的同事们，为"百年梦想"贡献着文物工作者的智慧和汗水。

（文中照片为主人公提供）

从武警战士到北大 EMBA

——记原武警 8684 部队退役军人，北京大学
国家发展研究院 EMBA2018 级马长青

从 2006 年到 2018 年，12 年时间，马长青从一名退役士兵成长为北京大学国家发展研究院 EMBA，我没有惊奇。令我感到惊奇的反倒是他的外貌和体形，退伍 12 年来几乎没有变化，依然那么清新文雅、健壮精神，倒是多了几分沉稳和干练，这其中的奥秘是什么呢？

马长青，是一位有着理想追求的文艺青年，2004 年 12 月，他从曲阜师范大学携笔从戎，来到嵩山脚下的原武警 8684 部队。千年古刹少林寺近在咫尺，为官兵习武报国平添了浓厚的氛围。入伍之初相对瘦弱的马长青，从"一二一"的队列训练到擒拿格斗的"杀敌本领"，无不刻苦训练，不拿第一不罢休。

2005 年 3 月，马长青随部队来到深圳执行任务。从大山深处到改革开放的前沿，场景的变换给这支英雄的部队带来了考验，部队管理异常严格，24 小时实行"战场纪律"。马长青严格要求自己，不仅和战友查获大案要案多起，还利用业余时间主持单位里的警营广播，将战友执勤的点点滴滴写成文章发表在部队小报上，被部队和深圳海关表彰为"执勤标兵"。

8 月的深圳，骄阳似火，马长青所在部队承担了阅兵的分列式和方队任务。

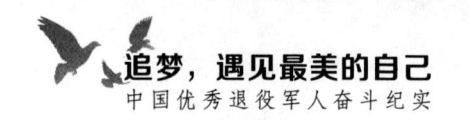

作为方队成员，他和战友们在集训的一个多月里，无论骄阳似火还是暴雨如骤都坚持训练。在阅兵当天，马长青和战友身着常服，顶着烈日和 40 多摄氏度度的高温圆满完成了任务。

2005 年底，凭着过硬的素质，马长青入伍 11 个月便被任命为班长，担负新训任务。白天训练新兵，晚上向老班长请教训练经验，为了给新兵做好表率和示范，他还给自己加大训练量，每晚熄灯之后在操场冲刺五公里。

训练场上能吃苦，学习写作走在前。新训工作结束后，马长青被选调师机关从事新闻报道工作。《是梦想更是一种责任》《开渠引得活水来》等文章，先后在《解放军报》《人民武警报》等发表，深入不同连队、采访不同官兵……丰富着他的军旅生活。

700 多个日日夜夜，无论是野营行军拉练、山区扑火抢险，还是沿海缉私巡游于港澳之侧、处突维稳战斗于大江南北，他都保持了军人本色。

上马杀贼，下马读书。圆了自己的"从军梦"后，马长青带着两枚三等功奖章和两个优秀士兵证章回到母校，继续完成学业。2008 年 7 月，北京奥运会前的一天，他只身来到北京，再次踏上寻梦新征程。

十年来，马长青从事过金融、医疗和商业航天等行业，面临的环境也更加新奇，充满诱惑和未知。然而，军旅生涯磨炼的意志和自律，已成为他战胜前进道路上各种磨难的"法宝"。多年来，他一边勤奋工作，一边坚持学习和健身，直到现在五公里成绩还能保持在 20 分钟左右，经常参加一些"半马""全马"的跑步活动。与此同时，沉潜心底已久的"北大梦"再次"萌芽"。2017 年 9 月，马长青报考了北京大学国家发展研究院 EMBA 项目，经过一系列笔试、面试等环节，终于在 2018 年 3 月收到了录取通知书。开学之际，恰逢北京大学成立 120 周年校庆，马长青以一名"北大人"的身份漫步校园，感到从未有过的平和与宁静，内心也充满了一种无言的力量。

北漂十载，梦想终圆。响在耳畔的是习近平总书记的话，年轻人要"立鸿鹄志，做奋斗者；知行合一，做实干家"；还有他父亲的话，"读书人因优秀而北大，不要妄想顶着北大的光环获取什么，而是应该让自己更加优秀，因为'北大人'不仅是一份荣誉，更多的是一种责任和鞭策"。

青春不负梦想，梦想亦不负追梦之人！军营捶打、社会历练，一名士兵已经有了新的开端，相信他会走得更远。

矢志初心，自会精彩！

（文中照片为主人公提供，《中华英才》2018 年第 21 期摘要刊发）

从优秀士官到优秀村干部
——记空军指挥学院退役军人，山西省新绛县政府
机关事务管理服务中心科员常永峰

他，是一名教师，教语文、教数学、教艺术……

他，是一名战士，瞄准手、火炮手、驾驶员……

他，是一名村干部，整治村容、健全党务、发展生产……

在汗水洒遍的地方，也开满了幸福之花。他先后荣立"三等功"一次，多次被表彰为"优秀士官""优秀村村干部"等。

他，就是空军指挥学院退役军人、山西省新绛县政府机关事务管理服务中心科员常永峰。

三年中专：把全能老师作为学习目标

在黄河的第二大支流——汾河下游临汾盆地西南边缘，有座历史悠久的古城——新绛，北靠吕梁山，南依峨眉岭，汾、浍二河穿境而过。千百年来，古老的黄河文化孕育着生活着这里的一代代人。

1982年5月，常永峰出生在这里的谷脚镇南王马村。有两个姐姐的他，虽然从小受到家人百般呵护，却没有消磨他自立自强的志向。他和姐姐们一样，

养羊、喂猪、种地……

贫困的生活，使得常永峰暗暗下定决心，一定要好好学习，改变家庭的境况，也改变自己的命运。

1997年，凭着优异的成绩，常永峰从城镇中学考入湖北省洪湖师范学校普师班学习。

读中专的三年里，常永峰刻苦学习所有知识，因为老家的乡村小学，老师是没有分工的，常常是一人负责教几门课。为此，他不仅力争将书本知识融会贯通，还利用课余时间请教有特长的老师教他吹笛子、演节目……

2000年6月毕业回到家乡，常永峰来到龙泉村小学做起了"全能老师"。

"当时，我带的是一年级学生。其实，无论是教语文、数学、还是艺术，都不感觉累。比较辛苦的是每天早上，我要从家里跑五六里到学校，带学生们跑操……"回忆起曾经仅有四个月的教师生涯，常永峰充满了幸福感。

八年军旅：把荣誉看得比生命还重

"男儿何不带吴钩，收取关山五十州"。

2000年12月，自幼崇拜军人，向往的英雄的常永峰参军入伍。

"1998年，我在湖北上学，亲身经历了那场世纪大洪水，目睹了解放军抗击洪水的壮举，我被深深地震撼了！谁无父母，谁无妻儿？面对险情，战士们奋不顾身，用血肉之躯筑起一道道坚不可摧的钢铁长堤，堤在人在，堤毁人亡！那一刻，我更加坚定了投笔从戎、参军报国的坚定决心。"

"当初，家人强烈反对。毕竟我已经当了老师，后来我还是说服了家人……"就这样，常永峰来到北京卫戍区的一个炮兵团。

学生出身的常永峰，不够"皮实"。冬天的顺义，寒风凛冽，爬战术，他胳膊肘结痂；练操炮，他两只手冻得又红又肿……

"印象最深的是，我从小就害怕蜘蛛，一次打靶时，我集中精力瞄准，突然一只蜘蛛趴在我脸上。我咬紧牙关挺了过去，从此却再也不害怕蜘蛛了！"像很多退役战友一样，常永峰对自己的兵之初充满了美好回忆。

入伍第一年，常永峰被选调参加预提骨干集训；第二年，他当上副班长，并负责带新兵；第三年，他转为士官，当上了班长。曾被评为"优秀学员"，获得嘉奖，还和团政委王振飞参加警卫第三师纪念抗日战争胜利60周年座谈会等重大活动。

常永峰把荣誉看得比生命还重，荣誉也馈赠给他军政兼优的素质和品质。

紧张的训练之余，常永峰也积极参与各种思想政治活动。2002年11月，在团里举行的"警卫战士忠于党"演讲比赛中，他力战群雄，荣获三等奖，前两名都是军官。2004年12月，他加入中国共产党。

好兵到哪里都受欢迎。2006年，常永峰调到空军指挥学院干休所驾驶班。凡是他保障过的干部、战士，对他的评价都是："他开的车干净整洁，坐他的车放心！"

六年村干部：把百姓高高举过头顶

八载春夏秋冬，人生中最宝贵的青春年华，伴着汗水和泪水尽情地挥洒在了热血军营，常永峰无怨无悔！

2018年底，回到老家后，常永峰在化工厂打工、在货运部做物流……试了几个岗位的工作，他并不甘心军旅生涯培养的他，就此打工糊口，过完一生。

2009年春节后，看到招聘村干部的信息后，常永峰毫不犹豫地报了名，并积极做好迎接笔试和面试的准备。

期间，海泉学校的董事长了解到常永峰的经历后，求贤若渴地打来了关心的电话："到我们学校来吧，做初中部办公室主任……"

5月12日，带着感激之情，常永峰来到了这家挺有规模的私立学校。

"我的办公室还有套间，条件确实不错，一个月1800多元，年底还有绩效奖……"然而，面对相对优厚的待遇，常永峰仅工作了四个月就接到了被聘录为村干部的通知。

于是，如同当年投笔从戎一样，常永峰再次投笔从政，尽管工资每月只有900元，但他依然义无反顾投身到了新农村建设的广阔天地。

三泉镇瑞林村，常住人口300多人，村委没有办公场地，村民没有活动场地，广播站设在村里的关帝庙……

常永峰走马上任村党支部副书记，他协助村党支部书记兼村委会主任，开始了"白手起家"和"艰苦创业"。

"那时，条件真的很苦，永峰同志年轻，想干事、能干事，不怕吃苦，穿着训练服带领我们从整治村容村貌下手，从自己带头干下手，从推进新农合百姓看得见的实惠下手。村务工作渐渐有了生机……"一位村民谈到对常永峰的印象，赞不绝口。

三年后，常永峰来到万安镇杜庄村，同样任党支部副书记。农村生、农村长的他，对乡村的热爱发自肺腑。

"有了前三年的工作经历，我边工作边总结，对进一步健全党务、推进村务公开、发展村集体产业等，有了越来越深入的思考和认识，做工作的招法也越来越多！"

"老百姓的工作说难做也难做，说好做也好做，关键看你是否掏出真心、付出真情，是否扑下身子，真干实干！"谈起当村干部的感悟，常永峰感慨颇多。

村里有位一位60多岁的老人，儿子是智障者，孙子辍学。常永峰不仅经常提供物资上的资助，更是想方设法帮助老人的孙子申请减免学费、联系工作单位，解决了关键的家庭收入问题。

"一软一硬"是杜庄村特有的两种资源，就是油桃和金刚石。常永峰和支部一班人积极搞好加工生产、做宣传、跑推销，让老百姓的"腰包"越来越鼓。

六年寒来暑往，青春正艳的时光，常永峰沾着乡村泥土芬芳的身影，留在了九原山下峨眉岭上。

时常听到有人抱怨基层工作艰苦而乏味，而常永峰却坚信艰难困苦，玉汝于成。

2015年，常永峰考入县人社局；2016年，通过公开选调，他进入县政府机关工作。

变换的是岗位，不变是的情怀。

发送通知、撰写材料、会务接待、清洁卫生、端茶倒水……

"时时有事不见事"，看不出什么成绩来，但常永峰依然干劲十足。"提笔能写、遇事能办、开口能说。""拼命三郎"对自己的要求越来越高。

盛年不重来，一日难再晨。

虽无缘年轻干部选拔，难免暗自神伤，但生命里有过当兵的历史，一辈子都不后悔！

因为无论哪个舞台，鉴证的不仅是你现在的精彩，也有你未来的璀璨。

常永峰，永攀高峰！

（文中照片为主人公提供）

坚定梦想
播撒爱心

"雷锋精神"扛旗人

——记原沈阳军区工程兵第十团退役军人，
邓州编外雷锋团团长宋清梅、政委姚德奇

雷锋，一个平凡而又伟大的名字；

《雷锋日记》，一部家喻户晓的作品；

雷锋事迹，一个可歌可泣的感人故事；

"雷锋精神"，一面全心全意为人民服务的旗帜，激励一代又一代人奋斗和成长；

一群雷锋和"雷锋团"的战友，用近60年的缘分，半个多世纪的践行，长年累月的传播，自觉自发架起了一座"知雷锋光辉业绩，学雷锋崇高精神，走雷锋成长道路，做雷锋精神传人，播雷锋精神种子，树时代文明新风"的桥梁。

他们，就是邓州编外雷锋团扛旗人，原沈阳军区工程兵第十团退役军人，邓州编外雷锋团团长宋清梅、政委姚德奇。

缘 起 雷 锋

历史文化名城、兵家必争之地邓州，北依伏牛，南连荆襄，西纳汉水，东接宛洛，有豫、鄂、陕"三省雄关"之称。

范仲淹任邓州知州时在花洲书院写成千古名篇《岳阳楼记》，其名句"先天下之忧而忧，后天下之乐而乐"至今传唱不绝。

1960年8月，传承先贤家国情怀的560名邓州儿女入伍来到原沈阳军区工程兵工兵第十团，恰好和早入伍8个月的雷锋成为战友。

"我们这些新兵在全团军人大会上听过雷锋的忆苦思甜报告、学习毛主席著作的经验介绍。有32人和雷锋同在一个连队，一起生活、学习和工作，一部分同志和雷锋有着亲切的交往和接触，得到过雷锋的帮助和关心。这段特殊难忘的经历和无瑕无私的战友情缘，铺垫了我们美好的人生征程。从那时起，我们就把雷锋作为学习的榜样！"宋清梅动情地回忆。

"新兵下连后，我被分配到运输连，有幸和雷锋同在一个连队。当时全连住在一幢大桶子房内，我和雷锋住的是上下铺，从此成为要好的战友，在一起生活、学习、工作、训练近两年时间……"姚德奇的述说饱含深情。

雷锋牺牲后，1963年3月5日，毛主席号召"向雷锋同志学习"。在雷锋精神激励下，这批邓州籍战士努力学习、刻苦训练，有64人提干，并走上排、连、营、团领导岗位，宋清梅成为该团第九任团长，姚德奇任团政治处主任；有313人入党，216人当班长。

"命运使我们成为雷锋的战友，这是我们一生的骄傲！1964-1985年，我们这些同志相继离开部队，回到家乡，大家共同的心声就是，作为雷锋团走出来的官兵，一定要为雷锋争光，绝不给雷锋抹黑，要像雷锋那样做人做事……"宋清梅、姚德奇等雷锋团退役战友，退役不褪色、转岗不转志，一如既往学雷锋、做好事，赢得了越来越多的赞扬和关注。

1992年初，时任南阳军分区政治部主任李来征提出"五个一工程"，一是建立一个组织——邓州编外雷锋团；二是每年搞一次大型的学雷锋活动；三是建立一个学习雷锋的展览馆；四是拍一部电视片；五是编一本学雷锋事迹的书。

在各级领导关心支持下，"五个一工程"稳步推进，宋清梅、姚德奇分别成为邓州编外雷锋团首任团长和政委。

践行雷锋精神

学习雷锋好榜样，说到更要做到。

宋清梅、姚德奇结合实际，将学雷锋活动细化为四个主要方面：一是听党话，跟党走，为党为国分忧；二是扎扎实实工作，全心全意为民服务；三

是清正廉洁自律，当好人民公仆；四是当村民领头雁，带乡亲奔小康。

宋清梅在邓州文明办副主任岗位上一干就是15年，兢兢业业、无怨无悔，他不向组织讨价还价、不计名利得失、不放松自我要求，始终带着激情尽职尽责。

1991年，姚德奇任邓州市第一任房管局局长，他精打细算，勤俭节约，利用旧物，带领全局干部职工用双手和汗水"白手起家"。任局长和书记的10多年间，手中掌握着几千万的资产和几百万的资金，没有发生违规违纪问题。

一花独放不是春，百花盛开春满园。

副团职干部严文雷，因企业改制转轨，他从化肥厂副书记岗位上退下来，儿女们也都下岗，自谋职业。全家靠他每月500元的工资过日子，生活很困难。有人找他一起上访，他不但拒绝来人要求，而且劝说他们，化解了矛盾。

张三明在部队就是学雷锋标兵，退役后四次调动工作，处处都是先进。在乡政府工作，他包队驻村，带领村民修路，调整产业结构，使村民很快富起来。在市自来水公司安装队，他深入一线，带头实干苦干，使城南多年用不上自来水的市民用上了甘甜的自来水。在市园林绿化处工作的八年时间，他总是起早贪黑，一年四季闲不住，被群众赞誉为"园林骆驼"。熟悉他的人既称赞又心疼地说："张三明的工作，美化了城市，瘦了自己，亏了妻子，他把一颗心献给了事业。"

高集乡杨庄村党支部书记高国建，1968年退役回乡，当上了村支书。他带领乡亲们架桥、修路、植树造林、搞水利配套设施、创办村企业。全村400多户人家有320户住上了楼房，人均收入翻了三番。杨庄村被市里评为小康村，村党支部被评为文明村先进党支部，他个人多次被评为优秀党员、先进党支部书记。

2000年3月14日，高国建因劳累过度突发心脏病，倒在地头，离开了人世。

"在邓州，关于编外雷锋团学雷锋做好事的话题，三天三夜也说不完，已经成为这个城市一张特殊的亮丽名片！"社会各界的评价高度一致。

传播雷锋精神

时代在发展，环境在变化，如何让雷锋精神薪火相传、生生不息？这是宋清梅和姚德奇，以及广大编外雷锋团成员们思考最多的问题。

"任何事物的发展道理都是相通的，只有不断发展，吸纳新成员，培育新种子，给团队注入新鲜血液，才能让团队永葆勃勃生机……"姚德奇有自己的见解。

制定《邓州编外雷锋团章程》，对团队的性质、宗旨、组织领导、加入团队应具备的条件等，都做了详细的规定。

成立房管营、交警营、电力营、教育营、四个大学生雷锋营等 20 个营，10 个直属连、排（队）、雷锋艺术团、学雷锋研究会。截至目前，编外雷锋团成员已达 13000 余人。

坚持"开好一个会、上好一堂课、组织一次参观、读好三本书、开展四个纪念日活动"，即开好入团会、上好雷锋课、参观邓州编外雷锋团展览馆，读好《编外雷锋团》《他们从雷锋身边走来》《雷锋精神传承地》三本书，在 3 月 5 日毛主席给雷锋题词日、6 月 26 日授称"时代楷模"日、8 月 15 日雷锋牺牲日、12 月 18 日雷锋诞辰日，分别确定主题纪念活动，引导和教育新成员知雷锋，爱雷锋，学雷锋，当种子，做传人。

2013 年，邓州编外雷锋团官方网站上线，使更多的人足不出户便能了解、学习、感知雷锋精神。万余名新老成员中利用微信、微博、微吧开展学雷锋故事分享。

吧友营积极通过组织网络学习传递雷锋精神，副营长金胜利从网上得知，邓州市龙堰乡唐坡村 22 岁村民吴英刚生完孩子，患了白血病，需要做骨髓移植手术，便发起救助活动。《解放军报》原副总编陶克将军以"雷惠民"的名义寄来 8000 元善款，共收到各界捐款近 12 万元。

春华秋实，硕果累累。

邓州编外雷锋团创建至今，先后被表彰为全国"学雷锋志愿服务先进集体""离退休干部先进党支部"，2014 年被中宣部授予"时代楷模"荣誉称号……

走进新时代，习近平总书记在不同场合多次讲到学雷锋，他特别强调："雷锋精神是永恒的，是社会主义核心价值观的生动体现，要把雷锋精神世世代代传承下去，要让雷锋精神在祖国大地蔚然成风。"

学雷锋永无止境，只有起点，没有终点，永远在路上。

"我们要以创新的思维，创新的方法，创新的举措，把雷锋精神融入一切工作中，用雷锋精神助力中华民族伟大复兴，把学雷锋这面大旗一扛到底！"宋清梅、姚德奇虽年过七旬，依然志向不减、干劲满满！

"弹指一挥数十年，不忘初心永向前，生命不息永奋斗，雷锋精神长相伴。"

邓州编外雷锋团，神州大地美名传！

（文中照片为主人公提供）

从"传奇女兵"到妇产医院"领头羊"

——记原解放军106医院退役军人，东营博爱妇产科医院、临沂和美家妇产医院、烟台家美妇产医院院长李红

责任面前，她当仁不让、勇挑重担；
事业面前，她求真务实，无私奉献；
困难面前，她安然若素，敢为人先；
金钱面前，她两袖清风，廉洁自律；
成绩面前，她却说这得益于国家的教育和部队的培养。
她是山东省妇产领域的权威专家，救过很多产妇的命；
她是精力过人的管理奇才，身兼三家妇产医院院长。
她，就是李红——原解放军106医院退役军人，东营博爱妇产科医院、临沂和美家妇产医院、烟台家美妇产医院院长。

文武兼备，传奇女班长巾帼不让须眉

父亲是聊城地委干部，母亲是聊城长途汽车站书记，也许是从小受家庭环境的熏陶，作为一名女孩子，李红却不爱红装爱武装，"做一名军人"成了她儿时的理想。

1979年，高中一毕业，李红毅然参军。

新兵连里，李红徒手爬电线杆，矫健的身影，娴熟的动作，每次都比别人快，"大比武"常拿第一；野外作业，胆子超大，敢独自一人来回穿梭大片坟冢；话务、报务，心细如丝、记忆力超强，把一项项指令演绎成"红色电波"，飞向万里山河……

仅半年，凭着胆子大、业务强，李红直接被破格提拔为通信班班长，也因此成了师里的"名人"。

"脑瓜儿聪明"是她给首长和战友们的第二印象。

入伍第二年，师里有一名文书报考军校，脱产学习很久却在临考前3个月出了问题，无法参加军校统考。报考名额何其珍贵，但时间这么短，谁能后补参考？

已经成为连队"文化教员"的李红，便被推荐了上去。短暂冲刺后，她不负众望，一次通过考试。

"阴差阳错，自己虽然考过了，但没读成。"受了委屈，天性乐观的李红并没有自怨自艾，一如既往地刻苦训练、钻研业务。

1982年，李红再次通过了军校统考，拿到了原济南军区军医学校的录取通知。

"报到那天的场景，让人难忘。新生列队，护理专业女生三排、男生一排；司药专业女生二排、男生二排；唯独'军医'，全军区就10个女生考取，我是其中之一。"回首往事，李红记忆犹新，"家里没有人当过医生，我是第一个，对于如何当好大夫，我完全没有概念。"

在军校学习期间，在40多门专业课里，聪慧好学的李红长期"霸占"多门第一。同时，作为学员队里唯一的一位女班长，她代表学校参加全军运动会，获得院校组800米冠军，荣立二等功1次；参加原济南军区5项全能比武，获得第二名，荣立三等功1次。

"专业学习、带队伍、军事比武，她样样走在前面。真是无所不能！"时至今日，提起李红，老战友们仍佩服不已。

"哪里有什么全科天才，背后的辛苦付出是少不了的。我始终在想，作为军人，军事素质不过硬哪行？"提起往事，李红深有感触。

德艺双馨，30年行医保持零事故无纠纷

1985年，军校毕业后，李红主动放弃了济南的大军区医院，而是选择了

位于博山的 67 军野战医院，后来又调往解放军 106 医院。

当妇产科主任第一年的大年初一，李红至今难忘，"以往每逢大年初一，医疗风险就会格外高，我也经历了难忘的一天！"

那天一早，她和团队成功救治了一位大出血的产妇，那位产妇血流不止，止血点都难以找到；中午，又一位外出演习的战友妻子生产，由于子宫是全腹膜后，属于罕见的解剖畸形，加之胎盘早剥，她果断选择非常规手术刀位开刀，最终保住了大人和孩子。

然而，这些还都不是最难的手术。曾经有一位身高只有 1.2 米且驼背的产妇，她跑遍了全城，所有医院都拒收，因为她不能平躺，麻醉师也不能给她做正常的麻醉，只能在局麻下做手术，手术难度太大了。

"当我们收下这个病人后，我也非常着急，这个病人要侧躺，还要局麻。这样，我给她做了全部违背手术常规的手术。"李红说。当时产妇的腹部打开以后，子宫下段暴露不出来，病人还要侧着，要违背手术常规从子宫底切开，提着孩子的脚倒着出来。

最后，手术非常成功，这个产妇产下一名八斤多重的婴儿，病人家属激动地跪下来直磕头，而且向媒体求助一定要"感谢李红主任"。

2005 年，时值解放军第 106 医院整编，人人忙着找出路时，李红和她的团队却"跟没事人似的"。医院宣布撤编时，她正在全神贯注抢救大出血病人，出色地完成了最后一台手术。

在医院撤编过渡的半年时间里，科室一切照旧，就连关门的一刹那，各种陈设都是整整齐齐，一丝不苟。这样的场景，让当地卫生系统的领导大为震惊："这个科室的主任在哪里？一定要找到她！"

天性倔强、要强的李红，体谅国家安置军转干部的难处，主动选择了自主择业。

盛名之下，脱下军装的李红被众多专业妇产医院争相邀请，而她又做出了一个不同寻常的决定：选择了博山万杰医院这个以治疗肿瘤成名的综合性医院。这无疑将是一个充满艰苦和挑战的选择。

没有金刚钻，不揽瓷器活。事实证明，在部队培养的过硬管理素质让她在一个肿瘤医院依然能将妇产科做得风生水起，有声有色。在这个时时会接触肿瘤晚期病患、时时会遇到生命终止的医院里，李红硬是开辟了另一片完全不同的天地，创造了迎接新生命的家园。

在她的努力下，博山万杰医院的妇产科专业，逐步走入社会大众的视线，受到各界一致好评。

2007年，撤编后的106医院因妇产科不规范，在被责令关门整顿之际，重情重义的李红再次毅然决然地回到医院，继续担任妇产科主任、学科带头人。越来越多的病人慕名来院，经她抢救的病人已数不过来，妇产科"起死回生"。

因管理出色，李红被任命为业务院长。同年，因在妇产科领域的影响力，她被济南市市中区评为市中英才，享受政府津贴。

责任在肩，困难面前没有比人更高的山

2011年，李红在东营创办的博爱妇产科医院，如今已成为当地家喻户晓的品牌妇产医院。

2015年，李红开始担任临沂和美家妇产医院院长，并陆续主编了《分娩前后——孕妈妈围产期全程指导》《分娩前后最想知道的400个问题》《科学坐月子》《新编科学坐月子》《资深专家＋金牌月嫂教您坐月子》5部专著。

2015年，济南市转业干部管理服务中心将李红院长典型事迹汇编在《择业泉城谱新篇》一书中，记录了她顺应时代潮流、锐意开拓进取的军人风采。

2016年，李红又创办了烟台家美妇产医院。李红不忘初心，一直坚持做公益事业，造福百姓，坚持以反哺之心感恩百姓，回馈社会，强惠民举措，彰显社会责任担当。良好的口碑，扎实的技术服务，让烟台家美妇产医院迅速在烟台打响了品牌。

短短两年多时间里，1000多位孕妇在这里顺利产子。如今，家美妇产医院被烟台市卫计局、区卫计局授予"党建工作示范单位"，成为行业内党建学习观摩示范点；被芝罘区卫计局和区卫计局授予"2017年度医疗服务'零投诉'先进单位""2017年度安全生产工作先进单位"等荣誉称号。

责任在肩，天生行动派的她，自认为"这世界，就没有比人更高的山"！

"建设政府放心，百姓满意的高服务水平的现代化妇产科专业医院"是李红的奋斗目标，也是她给老百姓的品质承诺；"大爱无疆"是李红的座右铭；"尊重生命的价值，为他人，为事业，为社会"是李红的人生观、事业观。

作为一个医疗管理型专家，李红与时俱进，不断探索现代医院管理的更高境界。她说，在今后的人生道路上，在体现人生价值的同时，要用更饱满的热情、更强烈的责任感来回报党、回报军队、回报社会，并以此为终身的信仰。

追梦，遇见最美的自己
中国优秀退役军人奋斗纪实

  几十年的军旅和行医生涯，李红以医者博爱仁心的职业操守和军人敢为人先的气魄、精益求精的精神赢得了职工的信赖和社会的认可，在妇产专科领域筑起了一座丰碑！

  （文中照片为主人公提供，《中华英才》2019年第15期摘要刊发）

你挺身而出的样子,最美
——记武警西藏总队拉萨支队退役军人,
湖北省阳新县青年尹文杰

有一种身份片刻未曾相忘,有一种责任须臾未曾懈怠。

他,守卫高原明珠,五年风雨无悔;

他,参加演习负伤,导致八级伤残;

他,深夜勇斗歹徒,身体被刺五刀;

退役不褪色!

向英雄致敬!

愿早日康复!

280多万网民为他点赞,为他心疼,为他祝福……

连日来,一个英雄的名字,从红色土地传遍神州大地,他就是武警西藏总队拉萨支队退役军人尹文杰。

红色土地孕育"红色少年"

长江中游南岸,幕阜山脉北麓,有一座素有"百湖之县""鱼米之乡"美誉的小县城——阳新。

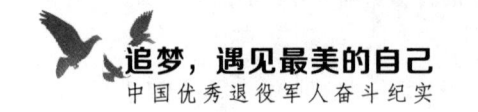

"小小阳新、万众一心,要粮有粮、要兵有兵",是对阳新人民对新中国建设做出巨大贡献的高度概括。在中国历次革命战争中,一批又一批的阳新儿女,前赴后继,抛头颅,洒热血,以大无畏的精神捐躯赴国难,20多万阳新儿女在硝烟炮火中牺牲,阳新是名副其实的"烈士之乡"。

革命前辈的鲜血染红了这里的每一寸土地,他们的精神激励着后人,形成了民风淳朴、崇尚德贤、好学上进、奋发图强的优良传统。

1992年9月,尹文杰出生在阳新县兴国镇彭山村。小小年纪,他就积极向善、热心助人。四五岁时,他开始跟随母亲四处打工,漂泊的生活锻炼了他自立自强的性格。有时妈妈在餐馆端盘子、洗碗,他就跟着一起擦桌子、扫地;有时看到妈妈累了,他就劝妈妈坐下来休息,自己去找活干。

童年时光,没有太多的玩具,没有去过几次游乐场,唯有生活的艰辛,让尹文杰比同龄人过早地体会了人间的冷暖,也使他暗暗立下志向,不向命运屈服、不向困难低头,要努力学习,要好好工作,要改变自己,要改变家庭!

高原军营磨砺过硬素质

高中毕业后,为了生计,尹文杰先到福建等地打工,尝遍了生活的酸甜苦辣。闲暇之余,他脑海里始终回放的还是那身绿军装。

"其实,我从小就崇拜军人,特别喜欢看军事题材的电视剧,加上身体素质也不错,很早就萌发了当兵的念头。"

"我从没去过高原,更没有去过西藏,但在电视上看到西藏非常美,非常神秘,再说我也希望到最艰苦的地方磨炼自己。"

"军人在我心目中,就是英雄,我希望自己能够变成英雄。"尹文杰的愿望朴素而真诚。

2013年9月,尹文杰把父母的期望和自己的愿望打进背囊,踏上了迈向军营的高原之旅。

缺氧不缺精神,海拔高士气更高。短暂的新鲜感过后,尹文杰一方面适应气候环境的变化,一方面刻苦训练,努力实现向合格军人的转变。他自加压力、严格要求,俯卧撑训练时,在身下放张报纸,汗水不打湿报纸不休息;为提高五公里速度,他在小腿上绑沙袋练……"拼命三郎"的绰号在中队人人皆知。

2017年6月30日,在支队第二季度魔鬼周红蓝对抗演习中,尹文杰担负扮演蓝军任务。演习中,其他战友均被"敌军"捕获,只剩他一人没被发现。

此刻，他正潜伏在居民楼三楼楼顶。当跃至另外一栋居民楼时发生意外，导致小腿粉碎性骨折。

从新兵到老兵，从战士到副班长，甚至担任文书兼军械员，尹文杰干一行爱一行钻一行，成为干部眼中的"好兵"，战友眼中的"榜样"。五年军旅，他被表彰为"优秀士兵"，两次荣获支队嘉奖。

雪域高原为尹文杰的荣誉作证，他以实际行动书写了精忠报国的华丽篇章。

时至今日，他经常梦回吹角连营。顶着刺骨的夜风，走在换哨的山路上；布满血丝的眼，带着高原红的脸……守卫高原明珠的1800多个日日夜夜，时常浮现在他眼前，让他魂牵梦绕、充满力量。

危难之际敢于挺身而出

考验总是不期而至。

2018年9月，尹文杰完成军旅生涯，回到老家阳新。

2019年6月20日凌晨，尹文杰与朋友会完面，起身往双牛湖滨小区的家中走去。上坡路上，两名形迹可疑的年轻男子正对着路边的轿车一辆一辆窥视，期间还不断拉扯车门。

经过观察，尹文杰确认二人在实施盗窃，他捡了根木棒，快步走上前去，大声呵斥："站住，干什么的？"

两名盗贼听到喊声后，立即转身向小区门口跑，尹文杰迅即追赶。在小区左侧建设银行对面副食店，他将其中一名高个子盗贼制服。正在尹文杰准备报警之时，另一名矮个子同伙突然骑着踏板车，手拿匕首冲向尹文杰背后，始料不及的尹文杰被刺两刀。

随后，尹文杰放开高个子盗贼，转去擒拿矮个子盗贼，没想到被放开的高个子盗贼也身带匕首，他看到尹文杰在制服同伙，便立即抽出匕首向其胸部刺去，尹文杰又身中三刀。

此刻，已经身中五刀的尹文杰仍然试图抓住两名盗贼。然而，胸前早已被鲜血染红的他，渐渐失去了力气，两名盗贼趁机逃脱。

尹文杰忍受着疼痛，拨打了报警电话。随后，他被赶来的警察送至人民医院治疗。经诊断，尹文杰身上中的五刀分布在左腿左侧、胸部最左侧、肺部以及心脏附近，其中最严重的是刺穿了肺部的一刀，距离心脏只差毫厘。

危难之际显身手，无私无畏真英雄。面对接踵而来的赞誉，尹文杰诚恳地说："我只是做了一名退役军人应该做的事。相信只要是当过兵的人，无论是谁遇到这种事情，都会挺身而出的！"

一个有希望的民族不能没有英雄，一个有前途的国家不能没有先锋。

尹文杰，一位红色土地上孕育、高原军营磨砺、退役不褪色的90后退役军人，用自己的壮举和鲜血，践行了永远做最可爱的人的铮铮誓言。

尹文杰，你挺身而出的样子，最美！

（文中照片为主人公提供）

"孝星"男保姆一年少挣100多万很幸福

——记陆军某部退役军人，北京金助友养老服务有限公司总经理王志强

探索养老模式28年，使数万名老人无忧养老；创办养老公司，照顾着6000多位老人，近半是战场归来的老英雄，全都免单……

这是2018年，"北京榜样"6月第二周发布的人物介绍。

为了老人居家养老，他白手起家创办养老服务公司，不仅为政府解决养老难题提供了"样本"，而且先后输送数十万保姆大军；他为千余位老人逐一建立健康档案，打造了一个老年人"家外之家"的幸福乐园，很多老人亲切地称他"干儿子"。

一封封感谢信、一面面锦旗、一句句"谢谢"……国务院颁发给他的是"全国孝亲敬老之星"奖牌，他最喜欢的是"我是老人的儿子"。

他，就是陆军某部退役军人、北京金助友养老服务有限公司党支部书记、总经理王志强。

四年行伍磨砺坚守初心

"先生，先生，你到底要上哪里去？

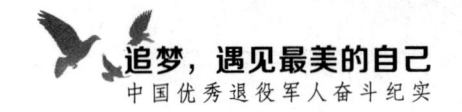

追梦，遇见最美的自己
中国优秀退役军人奋斗纪实

你这样的匆忙，你可有什么事？

我要看还有没有我的家乡在；

我要走了，我要回到望天湖边去……"

这是学者闻一多笔下的《故乡》，也是王志强的家乡——湖北省黄冈市浠水县。

1965年1月，王志强在这里出生，而且和闻一多先生在同一个乡镇——巴河镇。秉承先生爱国爱家的精神风骨，王志强从小厚道实在、乐于助人。

在那个缺衣少食的年代，王志强兄弟五人，排行老二的他，常常穿哥哥的旧衣服，有了好吃的先让给弟弟们。

穷人的孩子懂事早。1982年10月，为了省下钱给弟弟们上学，正准备读高中的他决定不上了，去当兵。

"那时，人生也就这两条出路，干好了能有出息！"王志强带着对军营的向往和期待，来到了驻守在"九朝古都"洛阳的一个炮兵团。

冬天的中原大地，寒风刺骨。气候和水土的适应，对农村孩子来说都是小事，关键是战术训练、火炮油机和雷达操作等，冷冰冰的铁疙瘩，摸上去就凉透全身。

学习、训练，王志强事事不甘落后，养猪、种菜、烧煤炉、值日……凡是有活都抢着干。

从通信员、发电员、饲养员、炊事员到报道员，王志强"哪里需要哪里搬"，干一行爱一行钻一行。

干通信员，干部战士有事都愿意"麻烦他"；干发电员，连队从没因停电影响正常运转；干饲养员，连队每半个月出栏一头猪，事迹上了军区报纸；干炊事员，伙食满意度不断提升；干报道员，"豆腐块"频见报端。特别是他主持宣传股工作的半年多，战士当作干部用，上传下达、放电影、挂横幅……他忙得不亦乐乎。

"这小子真是棵好苗子"，就在官兵认为王志强提干"板上钉钉"时，因为军改，他被宣布退役。

"虽然没有在部队实现更大理想，但军营历练却使我加深了对人生的认识，奠定和升华了我感恩、自强的人生观和价值观！"王志强对过往的行伍生活并不后悔。

退役前一次探家，王志强不仅给双亲带了礼，还为湾里村20多位老人每人带了一份礼。归队之前办了家宴，请村老人做客。让人意想不到的是，这

不经意的第一次，却成了他的习惯，他还与老人们打上了一生的"交道"。

20元北漂寻找人生舞台

"家乡依然在那里"，但王志强却陷入了一时的迷茫……

"晃荡"了两年，等待分配两年，王志强也思考了两年。

改革开放的春风，已经"春"满大地。面对县广播电台送上门的"铁饭碗"，王志强却认为"这不是我想要的生活"，"我要出去闯一闯"。

1990年3月，王志强怀揣20元钱来到了首都天安门。

走下火车，身上只有7块钱。王志强找到一家餐馆，要先解决吃住问题。

"老板，您可以先不给钱，管我吃住就行，您看我干得怎么样，您再给工钱！"王志强先入为主的直率打动了老板。

锅碗瓢盆刷洗得铮亮、地板拖洗后像新的、物品摆放得有棱有角……站稳脚跟后，王志强为了多挣钱，又来到建筑工地搬砖、和混凝土，每天挣10元钱，让他很满足。

为了省下住宿钱，他在废弃的厕所架了张床铺，算是自己的"家"。有时晚上回来，来不及脱衣服，躺下就睡着了。

半年后，王志强在公主坟街边开始摆摊："叔叔、阿姨，不买可以看看啊……"

不带笑脸不出门、不带称呼不开口。一来二往，周边百姓都认识了这个带点乡音的"九头鸟"，也都越来越喜欢这个整天笑呵呵的外地青年了。

王志强高兴的是："那时，能日进百元，比当干部都强哩！"

人若努力，好运自来。

年底前的一天，一位常到地摊买东西的大妈找到他："孩子，你王大爷得了结核脑膜炎，你到我家照顾一下行吗？我们家孩子在外地工作，我80多岁了，医院、家里来回折腾，实在受不了！我每天给你20元钱。"

"这不就是当男保姆吗？比我现在干的更低层了！"王志强"从来都没想过伺候人这个活！"

在大妈再三祈求下，抱着试试看的心态，王志强来到王大爷家，看到满墙的显赫战功，王志强震惊了："这是一位参加过解放战争和抗美援朝战争的老英雄啊！"

"不能让英雄流血再流泪！"王志强想起了当兵的初心，"崇尚英雄，

现在英雄不就在身边吗！"

　　王志强收起摊位，走进医院。翻身、按摩、擦洗屁股……倾真情、用真心，就不会感觉到那么累。

　　然而，让王志强感到累的是，有时老人不理解："你走吧，你干不了，我就这样了！"因为病情严重时，老人手脚扑腾，护士都没辙。

　　交人先交心。在老人清醒时，王志强就和老人聊天，聊老人小时候、聊打仗的事、聊中华人民共和国成立后的好日子。王志强越聊越发现，这些老人都是一生经验、满腹故事啊，自己学到了太多书本和社会上学不到的知识。

　　3个多月不知不觉过去了，而王志强却连床都没沾过，一个圆板凳支撑他，困了就趴在病床边眯会儿眼。深夜还要"查铺"、盖被子，最后脚肿得连鞋都脱不下来。

　　在医院的精心治疗和王志强的细心照料下，王大爷康复得很快，赢得很多病友点赞："你命真好，有个这么孝顺的儿子！"

　　"他是我雇的男保姆，当过兵，还是党员！"王大爷笑得很灿烂，还专门让老伴给王志强带来好吃的。

　　王大爷出院了，王志强却没有失业。

　　在陪床期间，王志强发现同一个楼层，就有好几位老红军、老八路、抗战老兵需要照顾，护士们根本忙不过来。他就忙了东床、忙西床……

　　"你为国家尽忠，我替儿女尽孝！"

　　看到病床上老人们期待的眼神，调查到潜在市场的迫切需求，以及低端劳动力就业的巨大压力，联想到30多年的独生子女政策、"421"家庭结构，人口老龄化问题将日趋严重。组织更多没有事做的人，一起来做养老服务，是一举多得的好事实事，王志强的念头愈发坚定。

　　万事开头难，"草根"创业难上加难。无资金、无场地、无人脉、无政策支持，面对"四无"难题，王志强情急之下给一位老首长写了封信，表达了自己的想法。

　　一向爱兵如子的这位老首长，被王志强的做法和想法感动，安排秘书找到他，联系介绍了西城区月坛街道办。

　　天赐良机。原有的一家服务中心，有证有房无人干。王志强兴奋得每天3点多起来张贴广告、打扫卫生，8点多就守在电话旁等"业务"。

　　重打锣鼓另开张，王志强迎来了北漂的"春天"。由于工作出色，1995年，他被任命为月坛助友家务中心法人经理，2004年改制后，更名为金助友家政服务公司。

坚定梦想　播撒爱心

照顾居家老人，王志强更关爱自己的父母。1999年，他把年过花甲且患病的父亲接到京城治疗，日夜守护父亲。

王志强也常把母亲接到北京住段时间，避开南方苦夏，并带母亲游览名胜古迹。已为人父母的他常想：父母把孩子拉扯大不容易，对衣食住行不会计较，感受到孝心的温暖才是最重要的！

6000老人一半英雄免单

给信任就是给机会，有机会就要卖力干。

走近养老这个行业，王志强才发现，仅有爱心、能吃苦、不怕脏是不够的，因为老人大多体弱多病，不可预知的潜在风险大，而市场上的保姆队伍大都文化素质偏低、技能差，难以满足雇主方方面面的需求。

"一丁点的事没想到，就可能会出大事"。在军营练就的责任感，让王志强一头扎进了家庭养老行当，先后应聘到3个家庭服务社当男保姆，照料护理10多位瘫痪在床的男性老人。

"一花独放不是春，百花齐放春满园"。自己积累了足够的实践经验后，王志强下功夫提高保姆的服务水准、职业素质和人文素养。

组建志愿服务队、成立保姆合唱团和舞蹈队、培养入党积极分子、评选百名孝星……汶川地震组织保姆捐款、绣国旗，清明祭奠先人，包车拉着保姆去爬长城……

"家政服务处于社会的低端，容易让人看不起，我们必须更多地给员工以关爱，提升她们的自尊！"来自农民工、服务农民工，王志强是这样说的，也是这样做的。

蔡春香，一位普通小时工。一次，在去用户家的路上被一辆豪车撞断左小腿。司机发现受伤的是一个小保姆，4个多小时不管不问。王志强赶到事发地，立即将蔡春香送往医院，并付给生活费用。

之后，王志强不仅自己花钱请来律师，还跑到多个部门争取合法权益，肇事司机全额付了医疗费，赔偿12万多元。

人心换人心，黄土变成金。王志强的义举口耳相传，名气越来越大，很多进京务工的保姆慕名上门，"仅干20多年的铁杆员工就有600多人"，有的50多岁了仍不愿意离开这个大家庭。

一项项实实在在的举措，一件件感人肺腑的实事，强化着保姆爱老、敬

老、孝老的思想和行动自觉。公司慢慢走上正轨，用户也从一开始的10几家增长为几百家、上千家，成为北京市社区服务热线96156特约单位、北京市失能老人照护服务定点服务商、北京市为老服务示范先进单位，还获得了"首都文明单位""全国敬老文明号"等殊荣。

公司有了盈利，王志强始终没有忘记那些为国家做出贡献的老英雄。"要为他们安享晚年创造条件，尽一切努力不收取他们的费用！"

话好说，事难做。既无房也无车的他，一年少挣了100多万元，到底为什么？

起初，连王志强的儿子也不理解，放着到手的钱不挣，你开公司干什么？

儿子退役后，王志强劝他来公司实习一段时间。经过半年深入体验，儿子渐渐明白了父亲的良苦用心和大爱情怀，更多的家政人员也认识到了自己工作的"重大意义"。

一天，空巢老人周大爷家的保姆小李打来电话："王经理，你快来，周大爷爷拉不出大便7天了，痛得身子直抖，我害怕呀！"

王志强赶紧带上开塞露和导管赶了过去，进门之后，他一边做按摩、一边热敷肛门，当看到老人大便干硬、插不进导管，王志强就用手把肛门口的大便一坨坨抠出来，帮助老人解决了苦痛。

从这以后，王志强成为周大爷家的常客，边和老人聊天边抢着干家务，时间长了，周大爷逢人便说："这是我的儿啊！"

有一次，南沙沟有位老人临终时，儿女们见老人嘴唇微微在动，就贴在老人耳边："爸，你还有什么要嘱咐的吗？"

当他们弄明白老人要见王志强后，赶紧打电话。

"看到6年多来风趣幽默，跟我志趣相投的'忘年交'一动不动躺在床上，我眼泪止不住流下来了，我上前摸着老人的手说，爷爷，志强来看你了。老人用力紧握了一下我的手，断续地说志强，好人、好人……"

老人走得安详无憾。

聊起从"草根"到"老总"的成长故事，王志强坦言，是军人的本色底蕴让他逢山开路、遇河架桥，一直走到了现在。

"做养老服务是个孝心活儿，没有军旅生涯历练出来的血性担当和耐心细心，真的坚持不下来！"话由嘴出，言及心声。

2006年，在政府支持下，王志强推动"居家养老政府购买补贴试点"，作为"九养"政策服务商，他更多地突出了社会公益性。同时，投资3万余元，建起保姆免费电话厅，装了8部电话，每月充值2000多元。

"温暖孤老心、共度除夕夜"，"共话中秋节、月饼送保姆"等活动不断，王志强每年都从利润中拿出一部分资金，营造"家园文化"氛围。

保姆眼中的"娘家人"、老人眼中的"亲孝子"。

近30年来，公司100多名员工被评为北京市"孝星"，一名员工培养成了正式党员，经他们精心照顾的几万名老人，上至退休的党、国家和军队领导人，下至平民百姓，都过上了幸福的晚年生活。

有的老人过年过节把包好的饺子送到公司，有的把藏了几十年的好酒硬塞到王志强手上，有的甚至要把一生的积蓄交给他扩大规模……

"暖男管家""空巢密友"等是老人们给他起的雅号。

"北京市群众心目中的好党员""中华孝星大道五十佳""北京榜样""全国孝星"是政府对他的褒奖。

从"一个男人的世界"退役，又到"一个女人的世界"上岗。重要的不是你所站立的位置，而是你前进的方向。

凭着一颗不变的"孝心"，王志强影响带动了身边一群人。

"'金助友'是我们的"小家"，社会是我们的'大家'。虽然不是最大的，却是最好、最温馨的！"一位保姆自豪地说。

随着家政服务日益走俏，家政公司纷纷涌现，竞争愈演愈烈。如何保持领先地位，是王志强思考最多的问题。

为此，王志强不停学习、反复研究，创新服务模式："家政服务包罗万象，要把事情做好做精，必须有深厚的专业知识和真挚情感。"

于是，王志强决定不求广而求专，只做居家养老服务。他把服务项目细化，由单纯的住家保姆服务发展到众多钟点小时工上门跑腿代劳、买菜做饭、清洁卫生、聊天、日常护理、陪医送药、哄老人开心等项目。

百善孝为先。孝道是中华文化的瑰宝，是人伦道德的基石，在中华民族几千年文明的历史长河中，始终闪耀着不灭的光芒。

如今，"金助友"的业务空间在扩大，"金助友"的服务层次在提升；"金助友"的亲情服务成了"品牌服务"，"金助友"的姐妹们成了"品牌员工"；"金助友"在四川广元、湖北黄冈、甘肃天水、山西洪洞等地建立了培训基地。

"盼望着，盼望着，年终于来了。

在这举国同庆的美好时刻，

耳边又响起了那首熟悉的歌，

感恩的心！感谢有您！

感谢您一路的支持！

陪着'金助友'一起成长！"

"上为国家分忧、下为百姓造福"。"虽然没有上战场，但在服务老人的战场上，一定要打胜仗，对得起当兵的历史！"

在"以居家养老服务推动社会和谐"的漫漫征途上，王志强和他的保姆大军必将一往无前、捷报频传。

（文中照片为主人公提供，《中华英才》2019年第03-04期摘要刊发）

曾失足"高墙"的明星"国学老师"
——记武警湖南总队退役军人，河南省国学文化教育基地道意和学校副校长王栩

当年身着戎装，手握钢枪看守犯人，何等威武，
今日误入传销，移位高墙阴阳两重，何等狼狈。

很多人说他的这段经历是人生污点，不可告人，他却不屑其好意陈白，始终认为这是一笔无形财富，少这一步将会脚下无阶、门前无路。同时，这段经历也使他认识到人生多有弯路需谨慎而行，让他感悟到顺逆皆是常然，事事自当感恩奋进；迈步人生长途，当如履薄冰、如临深渊。

他，就是武警湖南总队退役军人、中国首部反渎职系列剧《权力轨道》检察官主角饰演者、河南省国学文化教育基地道意和学校副校长、新国风礼乐文化创始人王栩。

是单亲家庭，就该受到特殊照顾？

1982年农历八月的一天，在河南省新乡市原阳县一个普通农民家庭，王栩呱呱坠地。

父亲是一名退役军人，担任村主任，原本幸福和睦的家庭在王栩11岁时

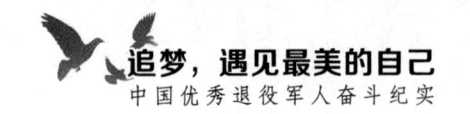

却发生逆转。父亲因公殉职，生活从此变得黯淡无光。这给小小年纪的他上了人生重要一课——如何面对重大挫折。

单亲家庭的孩子懂事早。在伙伴们嬉笑打闹时，不善言谈的王栩已经开始帮助母亲做家务，打水、烧饭、种地、喂鸡……品味着生活的酸甜苦辣。

1999年底，初中毕业的王栩在伯父帮助下，实现了梦寐以求的从军梦想。

第一次出远门、第一次坐火车……王栩带着好奇和希望来到了湘西偏南之地——武警怀化支队。

干部骨干对王栩格外关心和照顾，而他对自己却特别苛刻，训练起来很卖力——用拳头做俯卧撑，五公里、鸭子步总比别人距离多一些……"特别能吃苦、特别爱训练"是老兵们对他的评价。

由于从小营养不良，身体缺钙，王栩剧烈训练后晚上睡觉时小腿经常抽筋。"每次抽筋时，就使劲跺脚，一会就恢复过来了。有一天夜里抽筋比较厉害，跺了很多次都没恢复过来。为了不影响其他战友休息，也就这样睡下了。第二天依旧抽着筋，我没有向班长请假，依然坚持完成了当天所有训练科目。晚上的鸭子步绕靶场一周，彻底让抽着筋的左腿吃不消了，接着肿胀发炎，继而不能再参加任何训练。云南籍战友刘振德用祖传药酒每天晚上给我擦一次，几天下来都无济于事，反而还在加重，后来走路也要靠战友搀扶。一天中午，刘振德再次带上药酒为我动了'大刑'，使劲揉搓了20多分钟，伴随着我撕裂的惨叫，腿上发出'咔叭'一声，抽着的筋归位了。后来，历时两个月才完全恢复。"战友情深，一直温暖着王栩。

为了追上中队训练进度，周末、节日他"加班加点"。围着县城练长跑、对着沙袋打拳击……入伍第二年，他的军事技能赶超了除班长外的所有战友。

中队驻地在麻阳苗族自治县，"中国民间文化艺术之乡"的底蕴和火热的军营文化，熏陶和启迪着这位多才多艺的"闷葫芦"。

唱歌、朗诵、表演双节棍……王栩渐渐开朗起来。

上了贼船，就当一名合格的海盗？

2001年底，王栩退役后，被战友邀请到广东干"押运"、当保安，到了之后才知道是搞"网络销售"。

在顺德、番禺等地，王栩和其他一群青年被反复"上课""洗脑"。

坚定梦想　播撒爱心

"当时不知道什么是传销，做了半年才知道不是什么好事。情绪相当低落，后来这个传销组织被公安端窝了，我们一帮'追梦青年'被关进收容所……"

回忆起这"一周"如同人间炼狱似的经历，王栩不由感叹："原来在中队，看守别人，现在却被别人看守。真是人生如戏，风水轮转！"

2003年3月，接到母亲"重病"消息，王栩匆忙回乡探望，见到母亲才知，原来她早已知晓儿子在外做传销的事，故意设局将儿子"拽回"自己身边。

既然回乡寻梦，鱼与熊掌岂能兼得？

从南方穿着单衣回到家乡，气温如同一盆"冷水"，将王栩浇个通透，也使他更加清醒地思考：人生的路到底该怎么走？

痛定思痛，王栩想到了小时候，除了"当兵梦"，还有"演员梦"。

这个没有学历的农村娃、思想单纯的"傻大兵"，凭着一腔热情和"试一试"的心态，来到河南电视台参加海选。

"河山只在我梦萦，祖国已多年未亲近，可是不管怎样，也改变不了我的中国心……"王栩用手语表演《我的中国心》，阳刚十足的气势、生动到位的表演，震撼了评委和观众。《东方今报》等媒体纷纷报道，一颗"新星"冉冉升起。

签约电视台后，为王栩量身定制的短片、影视剧纷至沓来。河南省电视台一位导演也找到他："小伙子很有天赋，跟我学表演吧！"

自己刻苦学习、名师悉心指点，王栩一边拍戏一边总结提高，演技与日俱升。他先后参与河南卫视《武林风》武侠梦工厂，获优秀奖；参加河南电视台《守望之星》选拔赛总决赛，获最佳上镜奖，参加《超级偶像》进入前六强。继而进入影视圈，拍摄中国首部反渎职系列剧《权力轨道》，饰演检察官，还参演警匪剧《生死瞬间》、央视剧《大河儿女》、电影《苹果树下的爱情》等。

王栩塑造的影视剧角色，让他的"演员梦"梦想成真，人生大放光彩。

"明星"光环的照耀，让王栩开始飘飘然，男一号"大腕"架子越摆越大。"德不配位"的"傲气"让"琉璃光"离他越来越远。

"其实，那时心智不够成熟，既做演员，也做婚礼司仪，一门心思要出名、多挣钱。由于个人修养不够，两者都做，却都没做好。"

既然幡然醒悟，就该将国学传承到底！

追梦，遇见最美的自己
中国优秀退役军人奋斗纪实

"2013年，偶然接触了优秀传统文化，深入学习后发现其博大精深，是社会和谐、天下大同的本源，是家庭和睦、人心向善的根基……"

"这正是我30多年历经坎坷，要追寻的精神家园啊！"王栩遂立志弘扬中华传统文化，复兴中华礼，并拜师张洪泉先生，全身心学习和传播国学文化。

河南省国学文化教育基地道意和学校副校长，新国风礼乐文化创始人，全国传统文化论坛和道德讲堂主持人、讲师，二月二全球华人拜祖大典主持人，中国首届书画名家拜祖大典主持人，中原首届恭拜孔子幕后解说主持人，全国十佳孝贤第十四、十五届事迹报告会主持人，全国大学生夏令营讲师等，一个又一个的头衔见证着他在国学文化传播道路上的足迹。

王栩主持中华传统婚礼、开笔礼、成童礼、成人礼、寿礼等100多场，使很多家庭受到传统礼乐的教化而和睦幸福，让很多叛逆的孩子明白孝道与感恩，孝亲尊师，心系祖国，奋发图强，成为家族的骄傲、国家的栋梁。

2017年，一次"家和万事兴"论坛上，王栩为九对夫妇主持了一场夫妻感恩礼，其中有一对结婚十几年却彼此"交战"八九年的夫妻。从结婚时就收藏起来的结婚证又翻出来，因为两人铁了心要把结婚证换成离婚证。

作为主持人的王栩，帮他们捋清了对方给予自己和家庭的恩情。

相互感恩，方可携手到老。感恩礼后，他们深刻明白了中国的夫妇之道——恩爱。恩在前、爱在后。找回了初心，随即转念，要不离不弃、恩爱百年。

2018年4月25日，王栩受邀到安徽阜阳一所中学为全校师生讲一堂中华孝道课。课程中穿插了中华生日礼，让孩子们明白：自己的生日就是母亲的受难日，感念亲恩，十月怀胎，生养之情。

为母亲行叩拜大礼时，其中有一个孩子，跪在母亲面前，深深忏悔，哭了许久："感觉自己太叛逆，太不懂事，让妈妈伤心，太对不起妈妈了。"

吃饭的时候，这所学校的校长告诉王栩："这是一个叛逆到无药可救，学校无计可施，准备放弃的孩子。没想到，通过这次孝道课，他竟然会有如此大的转化！"

"习近平主席强调，要把中华优秀传统文化传播到五湖四海。我们国学爱好者，就是要用中华优秀传统文化讲好中国故事，为中华民族的伟大复兴做出自己的贡献……"

王栩目光坚定、信心满满。

（文中照片为主人公提供）

无影灯下追梦人

——记原武警8684部队退役军人，
郑州人民医院骨科主任**田明波**

"医生，求求您，一定要保住我这只胳膊，我不想截肢，求求您了！"

面对患者祈求的眼神和家属苦苦的哀求，田明波从未感受到如此巨大的压力，"伤情如此重，就诊时间延误太长，让手术有了太大的不确定性，截肢当然简单，风险也会小很多，尝试保肢风险巨大，花费也比较高，如果没有成功，对患者不仅是经济上的损失，心理上也会产生巨大的落差和变化，对自己不仅是技术上的考验，更是个人能力的一次考验。"田明波说。这是2008年10月刚从部队转业不久的田明波经历的一场刻骨铭心的手术。患者是一名信阳年轻人，因车祸导致左上肢离断，伤情十分严重，急救车送到两家医院，都建议立即截肢。

当他们带着最后一线希望来到田明波所在医院时，距离受伤已经过去一天多了，已经丧失了最佳的手术时机。通过认真检查、会诊和思考，田明波决定搏一把，在经过七个小时候的紧张手术后，患者的胳膊终于保住了，后来，又经过二次手术，进行功能重建和康复，恢复得比较好了。"但当时是冒着巨大风险的，如果能够保住这条胳膊，不仅给患者一个重新回归社会和生活的机会，也会让这个家不因此而倒下来。作为一名医生，我不能在困难面前

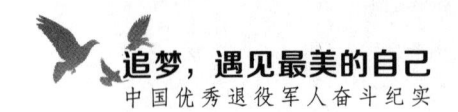

追梦，遇见最美的自己
中国优秀退役军人奋斗纪实

退缩，不能怕影响自己而选择放弃，尽管不在部队了，但是部队教会我勇往直前的精神已经深深浸在骨髓里了。"直到今天回忆此事，田明波仍心有余悸。

田明波，郑州人民医院骨科主任，专业学科带头人，业务核心骨干力量，先后主持完成多项省市科研课题，拥有骨科专业专利2项。

转业10年，田明波从一名普通军医成长到今天，单位变了、环境变了、角色变了……唯一没有变的是，他追求"救死扶伤、助力健康"的梦想，最难忘的是部队对他的磨砺和影响。

田明波从小就有"从军梦"，但总是阴差阳错与部队擦肩而过。1998年大学毕业，已经入党的他被学校推荐为省委组织部100名优秀大学生基层干部，然而当部队招兵的时候，他却毫不犹豫地"携笔从戎"。

入伍一年多的训练，让这个柔弱书生"脱胎换骨"，基层的磨砺让他更懂得军人的不易，即使在和平年代，这仍然是一群默默奉献的最可爱的人。

他说对自己影响最深的有两件事：一是在他刚入伍集训的日子里，1998年长江发生了有史以来最大洪水，在人民生命财产受到威胁的时候，人民子弟兵冲在了最前面，他集训所在的工兵营首当其冲，一夜之间奔赴抗洪第一线。

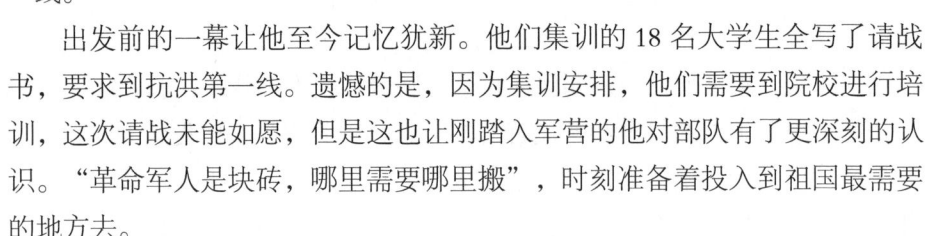

出发前的一幕让他至今记忆犹新。他们集训的18名大学生全写了请战书，要求到抗洪第一线。遗憾的是，因为集训安排，他们需要到院校进行培训，这次请战未能如愿，但是这也让刚踏入军营的他对部队有了更深刻的认识。"革命军人是块砖，哪里需要哪里搬"，时刻准备着投入到祖国最需要的地方去。

第二件事就是自己跟随部队千里机动到南方执行执勤任务，由于从北方到南方，环境的改变、生活习惯的不同，很多战士水土不服，一开始病号较多。作为军医，他成了最繁忙的人。白天看病治疗，晚上还要到各个执勤点开展防病知识宣传。

短短三个月，他发现自己竟然瘦了一大圈。"那一年和广大官兵结下了深厚的友谊，到现在还经常收到当年很多战士的微信和电话，这样的经历让我更体会到自己工作的重要性，即便是在和平年代，处在一线部队最基层，也有发挥作用的时候和地方！"田明波自豪地说。

医疗卫生、健康保障与人们的生活息息相关。特别是医学的发展快如奔马，知识的更替日新月异。田明波时刻注重充电学习、回炉淬火。

在离开校园六年之后，他踏上了考研征程。尽管困难很大，但他毅然决

然地报了名。在领导支持下，他"三更灯火五更鸡"，终于拿到了第一军医大学的录取通知书。他因此成了这支部队有史以来第一个考上研究生的人。面对战友的祝贺，他深知，这只是一个新的起点而已。

"铁打的营盘流水的兵"，时光匆匆，眨眼之间转业已十年！人生似乎就是一个轮回，从地方入伍，再回到地方，看似又回到了起点，但这20年里，生命里有了当兵的历史，一切又都与众不同。

尽管现在很忙碌，手术一台接着一台，有时从早上七点半做到晚上十点多。但是他看到患者痊愈出院，面露微笑的时候，所有的苦累都烟消云散了！

他多次动情地说："每当夜深人静，感到疲惫的时候，想想曾经火热的军营，再高强度的手术都能轻松应对，内心就充满激情、充满力量！"

无论面临多大的医学难题，田明波心中只有一个念头，那就是战胜它、治愈它。"田主任身上有一股不服输的劲头，做什么事都很认真，这可能和他当过兵有关系吧，现在，他除了完成常规手术之外，还带领我们致力于当前专业前沿技术的研究和应用，在复杂创伤救治、神经损伤修复、骨头坏死等医界难题方面颇有建树。"一位同事介绍道。

作为一名医生，田明波始终认为"预防疾病比治疗疾病更重要"！因此，他经常进行社会科普宣讲，并多次受邀到河南电视台、河南广播电台和郑州广播电视台等媒体"做客"，进行公益科教知识宣讲；定期到洛宁、卢氏等豫西革命老区和山区进行义诊服务，为精准脱贫做出自己应有的贡献。对此，他说自己来自农村，知道农村的不易，很多人担心因病致贫，得不到及时的治疗，他就是希望通过自己的微薄之力，为老乡们做些力所能及的事情。

八一建军节，医院征集退役军人感言，田明波这样写道："十年部队生活，给了我生命中最深的记忆，培养了我不屈不挠、顽强拼搏、敢打硬仗、敢于胜利的精神品质，教会了我服从意识、集体意识、大局意识，这使我在工作中受益匪浅，一日为兵，终生战斗！"

无影灯下，田明波辛苦并快乐着……

（文中照片为主人公提供）

从"上校政委"到"民工"
——记原北京军区退役军人，自由撰稿人杨鸿

青春选择战场，不看有没有硝烟，只看是否需要奉献。

一位从军28年的上校政委，1次二等功、4次三等功荣立者，退役后第一件事情却是隐姓埋名来到工地做"小工"，120多个日日夜夜与工友朝夕相处，一起上工，一起流汗，一起吃饭和住宿，一起喝辛辣的白酒，一起急切地等待被拖欠已久的工资，品尝着打工的艰辛和底层生活的酸甜苦辣。

他，就是原北京军区退役军人、原河北省涿州市人民武装部政委、自由撰稿人杨鸿。

"三雅之地"孕育作家梦想

素有"川西咽喉"之称的雅安，是四川省历史文化名城，两汉文化底蕴丰厚，留下了"翼王悲剧地、红军胜利场"的壮丽诗篇，并称"三雅"的雅雨、雅鱼、雅女更是驰名中外。

1970年3月，杨鸿在这里出生。父母希望他胸怀鸿鹄志向，清雅多才，便为他取了这个名字。

一方水土养一方人。虽然那个年代生活拮据，上有一哥一姐，下有一个弟弟，排行中间的杨鸿和哥哥、姐姐、弟弟手足情深，和睦谦让，学习上也格外勤奋，尤其对家乡的历史故事表现出浓厚的兴趣。

"我那时不仅喜欢听老人们讲传奇故事，而且特别喜欢看《西游记》《儿童文学》《少年文艺》等书籍杂志，常常爱不释手。有时也写写记记，把所思所悟记录下来……"童年时的生活点滴，杨鸿记忆犹新。

1985年，为了潜心圆自己的"作家梦"，杨鸿完成学业后就回到农村，后来学过铁匠、做过修理工、开过车，却始终没有放弃读书学习，而且还自费订阅了《星星诗刊》和《中国青年报》。白天再苦再累，晚上都要看几页书，写几页感悟。16岁那年，他的诗歌作品开始陆续在家乡的报纸杂志上发表。

此刻，"作家梦"在他心中已然萌芽、扎根。

"京畿重地"抒写报国情怀

1989年3月，19岁的杨鸿选择参军入伍。第一轮就差点被一位"关系兵"挤掉，后来历经曲折，最终在不靠"关系"的情况下，他如愿穿上了军装，也使他坚定了"要通过奋斗改变命运""要向不正之风宣战"的信念。

在河北保定拒马源头的某部新兵连，和许多新兵一样，杨鸿吃苦耐劳、勤学苦练。新兵训练结束，6项共同科目考核总成绩全连第一；他和许多新兵不一样，在迈好兵之初第一步的同时，憨厚、实在、勤奋的他还忙里偷闲坚持写作。新兵下连不久，他被调到团机关任报道员。

"临近春节，战士母亲叮嘱孩子——部队工作要紧，莫为家事分心；军营处处庆佳节，基层官兵欢乐多……"等热气腾腾的军营生活新闻，经过杨鸿的手和笔，登上了全国全军的报刊。

凭着浓厚的兴趣、细腻的情感，杨鸿在新闻宣传岗位上干得风生水起。1993年12月，他被集团军破格提干。之后，从团到师，再到军区新闻干事，他在为部队建设发展鼓与呼的征途上，不畏艰辛、不知疲倦。许多重大事件留下了他和战友们的足迹。

1999年和2009年，杨鸿两次参加国庆首都阅兵指挥部工作和阅兵的采访报道；汶川地震、奥运会安保、舟曲泥石流救援等急难险重的现场，他也是第一时间肩负起了新闻宣传工作。

2012年5月，已经评上正团级干部两年的杨鸿平职交流到京外人民武装部担任党委书记和政治委员。从机关干部到基层主官，他积极调整心态，认

追梦，遇见最美的自己
中国优秀退役军人奋斗纪实

真钻研学习，尽快熟悉情况后，确立了"一个目标""两项工程""三个改变"的工作思路，即狠抓人民武装系统多年来的积弊陋习整治，着力打造一个"不一样"的人民武装部目标——尤其征兵工作要求绝不允许向应征对象收一分钱、收一份礼和吃一顿饭等；实施"强军固基"和"军旅荣光"工程——推出国防教育和拥军优属新机制，成立全国首支"国防活动志愿者"队伍，在当地网站开办"涿州国防"板块，开通"涿州国防"微信公众号，成立两家"帮战友"就业创业服务中心，在当地媒体推出《寻找最美退伍兵》和《寻找最美军属》专栏，为退伍兵解甲归来举办欢迎大会、招聘大会等；致力于推动"三个改变"——改变兵役机关形象和作风，改变对军人、军属和退役军人的服务状态，改变当前军人荣誉和地位下降的现状等。

正人先正己，正己方能正人。杨鸿以扎实的行动和持续的韧劲，整合和带领当地社会爱国拥军力量，开展了一系列国防教育和拥军优属工作新举措，形成了"涿州国防现象"，赢得了各界广泛赞誉。参军时欢送、服役时优抚、退役时欢迎、退役后扶持的全程服务，在当地形成风气。2016年，他被评选为河北省"最美双拥人物"。

2016年春节前夕，父亲突患脑出血去世，请假回老家料理完老人的后事，杨鸿又含泪告别了老母亲，赶回单位为当地军属召开春节团拜会和发放光荣军属牌、年画、春联等慰问品。带着忠孝不能两全的歉疚，他给父亲写了一封寄不出的军人家书，在中国军网发表后，各大网站纷纷转发，深深的家国情怀感动了千万人。

2017年3月，已经被确定退役的杨鸿，把入伍以来获得的荣誉证书打包封存，制订了一份《离别清单》。在军旅倒计时之际，他抓紧做还未来得及做完的事：组织"2017春风行动"，为家乡功臣送喜报，为第二批爱军门店授牌，到中学进行最后一次国防教育征兵宣传……

离队前夕，杨鸿接受邀请，来到原北京军区善后办组织的团以上干部理论集训班，畅谈了自己的心路历程，言语中饱含着初心使命。

"繁忙工地"磨砺筋骨皮肉

转业时，杨鸿放弃了国家安置，选择了自主择业。如何走好脱下军装第一步，在第二战场打胜仗？他为此苦思冥想。

为了体验底层生活，积蓄创业能量，杨鸿隐瞒了退役军人身份，来到了

坚定梦想　播撒爱心

固安一家建筑工地。这里没有一个人认识他，他也不认识一个人。

8月的固安，天气酷热。杨鸿和工友们穿着短袖短裤，搬砖、扫地、装卸钢管和跳板等，一天下来，衣服被汗水湿透好几次，特别是中午的工地宿舍热得像蒸笼。后来，秋风萧瑟，落叶纷飞；再后来，雪粒飘洒，寒风刺骨，他就在这座谁也不认识的异乡工地，埋头劳作，潜心体验，无拘无束、无怨无悔地挥洒着汗水，度过了离别军旅后的第一个夏末、深秋和初冬。

经过每日粗活、累活和脏活的摔打磨砺，虽说体重减少了几公斤，但体力得到提升，身体也更加壮实，杨鸿由长期从事政治工作的"文官"，成为既能写写画画，又能肩挑背扛的"蛮汉子"。

在近距离观察和思考眼前社会的同时，杨鸿也收获了更多真情，增添了更多牵挂。

68岁的山东工友老宋，已年老体弱，虽早已心生归意，但因为包工头每年都要扣押一部分工钱，他只好硬着头皮继续干下去，不知何时才能给他彻底结清工资，让他舒心回乡。

安徽的一位退伍兵工友，因常年在外打工，没有时间教育孩子，儿子从小就痴迷网络和游戏，以致成年后一事无成，甚至还要在家"啃老"，让这位年过五旬的退伍兵工友不得不继续在异乡只身打拼……

2017年8月31日至12月31日，历时4个月122天。《一位退役上校的民工日记》杨鸿写到了第125篇。

"任何时代和社会，都会存在这样那样的问题。关键是我们不能只做问题的发现者和提出者，更不能一味去吐槽和埋怨，而是要去做问题的解决者，用一己之力，去朝着美好的方向而努力改变！"

杨鸿的心声坦率而直白，"虽已告别军旅，走出体制，身份地位不同往日，但我的军魂不变，初心不改，依旧是推动社会前行的一份坚强力量。"

经过"卧底"沉淀，杨鸿把自己打碎了重新来过，对未来有了更足的底气。他说今后不管身处何种境遇，遇到何种困难，不管是顺利还是坎坷，他都会一如既往地坚守自己的品格和理想。

创建一个旨在普及全民国防教育的野战营、建立一个帮助广大退役战友就业创业的基金，一直有着使命情怀的杨鸿已然有了新的梦想。

精力旺盛、不按套路出牌的杨鸿，必定会演绎更加精彩的人生故事。

（文中照片为主人公提供）

为了草原最美的季节：大海"改变"大漠20年
——记武警内蒙古总队退役军人，鄂尔多斯杭锦旗武装部职工、杭锦旗锡尼镇阿斯尔嘎查第一书记兼工作队队长孙大海

见证改革开放成就，共筑强国强军梦想。

近日，由武警部队政治工作部组织的"巨变·我守卫的热土"网络新媒体主题采访宣传活动组，来到鄂尔多斯，走近一位退役老兵。

他，20年种植沙柳，倾心打造"绿色利剑"，守护荒漠中的那抹绿色。

他，20年修筑穿沙公路，奋力连接"通天大道"，硬生生将沙漠拦腰劈断。

他，就是武警内蒙古总队退役军人，鄂尔多斯杭锦旗武装部职工、杭锦旗锡尼镇阿斯尔嘎查第一书记兼工作队队长孙大海。

一位用大海滋润大漠，有责任心、忍辱负重、意志坚定、敢于吃苦、嫉恶如仇、善恶分明的新时代"孙大圣"。

勤工俭学"憨小子"：
攀登高峰别故乡，盼望踏上从军路

1982年，孙大海出生在素有"晋陕豫交界的小天津和旱码头"之称的运城市稷山县一个普通乡村。然而,他并没有感受到"小天津"的繁华,体验到的却是生活的艰辛。

兄弟俩,一块烧饼掰成两半;一件衣服,哥哥穿了弟弟接着穿;睡觉也是躺在一床被窝里。

上了初中的孙大海,已经开始"勤工俭学"。跟着大哥哥们卖煤球、帮助别人搬运纸箱……小小年纪就饱尝了生存的不易。

1998年12月,高中在读的孙大海,为了改变自己的人生,也改变家庭的面貌,入伍来到武警鄂尔多斯支队。

此刻,中国八大沙漠之一的库布齐沙漠和四大沙地之一的毛乌素沙地盘踞的鄂尔多斯北部、西南部,全国正在深入实施退耕还林、退牧还草、"三北"防护林、天然林保护、水土流失等国家重点生态项目,热火朝天。特别是1997年在"死亡之海"开始修建的"穿沙公路",已经进入攻坚阶段。

从内地到边疆,"天苍苍,野茫茫,风吹草低见牛羊"。对内蒙古的印象,孙大海一直停留在诗词里。

然而,脚下的荒沙地和他想象中不太一样,这里的沙子细腻绵软,一脚踩下去就会下陷,而沙漠里成片的植被更令他感到惊讶。

这里沙漠占据了48%的土地面积,砒岩裸露区和干旱硬梁区又占了48%的全国生态最为脆弱的地区,是鄂尔多斯几代人挥之不去的切肤之痛。

"刚到部队,吃的是沙拌饭、睡的是沙铺盖。一年365天,300天都在刮风沙。在外面训练完,回到房间,衣服口袋里装了半袋沙;进城一趟,100多公里要走4个半小时;整个杭锦旗就两栋大楼;冬天零下30多摄氏度,穿着粘靴,还感觉冷……"当初的情景,历历在目。

除了自然环境的恶劣,让孙大海起初"吃不消"的还有高强度的军事训练。农村孩子,耐力好、能吃苦,从新兵到副班长再到班长,憨厚朴实的他一步步成长为中队骨干。

2000年7月,入伍第二年,孙大海入党,年底转士官,决定了他要继续在这里奋斗下去。

"我们当时只要有空,就会去种树,少则三五天,多则十多天。几个馒头、一壶水,一干就是一整天,有时来不及回去,就支个帐篷住一晚上。"

苍凉的大漠、肆虐的风沙,没有吓倒孙大海和他的战友们,反而激发了大家战天斗地的勇气和信心。有时,平均一天一人能种300多棵旱柳或700多棵沙柳。

日复一日、年复一年。从下队第五天到当兵第五年，孙大海和他的战友们一边站岗执勤，一边修路种树，就像大漠中的骆驼一样坚韧皮实，硬是在寸草不生的荒滩上建起一条条绿色"长城"。

115公里的"穿沙公路"建成了，两边长满沙柳的黑色油路从锡尼镇出发，犹如"绿色利剑"，直插库布齐沙漠腹地，成为一条"通天大道"。

种树修路"老虎茧"：
黄沙吹老了岁月，吹不老我的信念

2003年12月，孙大海退役，选择留在驻地，成为杭锦旗武装部的一名职工。儿行千里母担忧。

"当完兵，怎么还不回来了？"面对孙大海的"执着"，父母起初并不理解。

"那段时间，我天天给父母做'思想工作'。既报喜不报忧，说在这里找到了好工作；也讲'苦地方，累地方，建功立业好地方'，这里正在进行'西部大开发'，为了下一代有个好的生活环境，这里需要我。父母终于理解，并支持我继续在这里好好干！"部队对孙大海的教育起了关键作用。

"其实，蒙古族千百年来积淀下来的文化精神深深吸引了我，蒙古马驰骋于风霜雨雪，蒙古人民热情豪爽，留住了我心！我们做事要像蒙古马那样吃苦耐劳、一往无前，为人要像蒙古人民那样直率坦诚、乐观向上。"

稳定了后方、稳住了心神。孙大海毅然决然走向了大漠。

为了能够精确挖出适合种植树木的树坑，孙大海不停地寻找、不停地挖坑，手上留下了厚厚的老茧，蜕了生、生了变厚、厚了变硬，人称"老虎茧"。

有时在沙漠里一天干下来，水壶里的水早喝光了，就近找些甘草根嚼着解渴。

如今，风吹日晒，辛苦劳作，中等身材、皮肤黝黑的孙大海，"老"了很多，但种树治沙的经验更老道了。他拿起铁锹，只要挖三五下，就能精准挖出一个沙柳坑。

"将沙柳从根部砍下来，铡成50厘米一节，用于苗栽。先把干沙撩开，把湿沙挖出来，挖出50厘米的坑，将沙柳头朝上插到坑里，再将湿沙回填踩实……"这套规定动作，孙大海熟练得就像"立正、稍息"。

"治沙能人""树就像他的孩子""没有文凭的林业专家"等，孙大海的名声不胫而走，口耳相传。他早已记不清自己种了多少树，也不知道有多

少官兵像他一样为了给"第二故乡"添一点绿而呕心沥血。

但孙大海知道，只有让裸露的黄沙一点点变为绿水青山，才能为各族群众带来"金山银山"。

不仅如此，军训学生、参加抢险救灾、学习驾驶气垫船、练习操作无人机等，孙大海处处发挥退役军人"勇上一线、勇打头阵"和"刻苦学习、善于钻研"的精气神，成为武装部领导"信得过、离不开"的"精兵强将"。

2006年，孙大海在"第二故乡"立业后，又成了家，并把弟弟介绍到边疆工作，一起为民族团结做出贡献。

牧民致富"领头羊"：
天边归雁披残霞，乡关在眼前

黄沙遮天蔽日，长风扫天荡地。

汗流浃背、使劲抡着铁锹，不是在种树，就是在修路，不是在修路，就是在养羊，孙大海身上那股不怕累、不服输的劲头感动和影响着他自己，也感动和影响着同事、驻地牧民。

2018年2月，上级要求选派得力人员下去任"驻村书记"。孙大海凭借过硬的条件积极申请，如愿来到了锡尼镇阿斯尔嘎查。

春天植树造林，盛夏浇灌护林，秋冬防火防灾……孙大海念好"植树经"的同时，考虑更多的还有让群众早日找到致富门路。

"我们这里有460户，324户常住人口，主要从事种植、养殖。我们正在着手转方式、战贫困、惠民生，加快传统种植业、畜牧业向现代种植业、畜牧业转变，延伸产业链条……让大伙把日子过得更加红火！"孙大海的"致富经"同样坚定而执着。

共同守卫祖国北疆，共同创造美好生活。以习近平同志为核心的党中央高瞻远瞩、统筹谋划，为内蒙古指明前进方向，也为这位平凡的退役军人、驻村书记指明了方向："这让我既充满信心，又感到责任重大！"

"希望内蒙古各族干部群众守望相助……把内蒙古建成我国北方重要的生态安全屏障、祖国北疆安全稳定的屏障、向北开放的重要桥头堡。"

习近平总书记的重要指示，孙大海牢记在心，他在默默规划着新的愿景。

"要继续发扬'不屈不挠、敢为人先、解放思想、艰苦奋斗'的'穿沙精神'，撸起袖子加油干，让绿进沙退，生机勃发。让鄂尔多斯像它的名字一样美丽

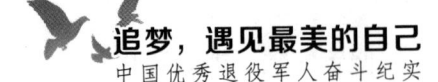

动人，人在绿中，城在林中。天高云淡，牛羊成群……"

正像他手机的铃声那样，"蓝蓝的天上白云飘，白云下面马儿跑……""在草原最美的季节，陪你一起看草原……"

时光如水，深情如一。孙大海一直在改变自己，也在改变荒漠、改变牧民生活的征程上奋勇跋涉。

大海永不干涸，大海永不止步。

（文中照片为主人公提供）

能帮一个算一个

——记原沈阳军区空军航空兵某部退役军人，河北沧州新海市政工程有限公司董事长张金海

"凡事坚持21天，就能养成一个习惯，习惯改变命运！"这是管理学上的一个定律。

"有能力做大事，没能力做小事，始终坚持不懈做好事！"这是一位退役军人的信条。

有责任，也有能力时多做些好事，不仅帮助了别人，也让自己活出了精彩。

他，就是原沈阳军区空军航空兵某部退役军人、河北沧州新海市政工程有限公司董事长张金海。

地勤保障：不能让战机带病起飞

海河平原黑龙港流域最东端的黄骅市，是为纪念牺牲于此的原八路军115师教导六旅副旅长兼冀鲁边军区副司令员黄骅烈士而更名的一座城市，故生活在这里的人们普遍具有更加浓厚的家国情怀。

1964年11月，张金海出生在这里的中捷农场一个普通的工人家庭。从小受到的教育就是爱国爱家爱人民，朴实的理想就是做好事当好人。作为长

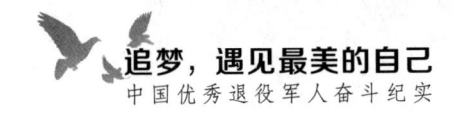

子的他，不仅学习刻苦、生活简朴，而且在照顾三个弟弟、一个妹妹的同时，还主动帮助有困难的左邻右舍，小小年纪就充满爱心。

1982年10月，怀着"保卫祖国，服务人民"的满腔热血，张金海入伍来到吉林四平的航空兵十一师服役。

强有力的政治教育和比学赶帮超氛围，引领和激励着张金海处处以雷锋为榜样，无论是学习训练还是公差勤务，他都忠厚踏实、默默无闻。新兵下连，他便被选送教导队培训，第三年就当上了文书，之后还被挑选赴边境执行重大保障任务。

"当时，我的文化成绩还算不错，被分配的专业是仪表维护，这可是个细致活。那时的战机自动化程度还不高，很多环节需要人工测试，必须细之又细……"又苦又累又烦琐的地勤保障工作，被张金海干得风生水起。

由于多次排除仪表故障，避免了重大事故，张金海被表彰为"军区先进个人"，并荣立三等功。特殊的岗位，磨炼着他的性格、强化着他的责任感。

艰苦创业：人不能被贫困打败

1988年，带着对部队无限的眷恋和感激，张金海依依不舍回到了老家，被分配到中捷染化公司工作。

能吃苦、人缘好，张金海第二年就被任命为分厂厂长，虽然带领的只有30多个人，但随着化工产业市场的每况愈下，他的紧迫感越来越强。在经过几次努力后，效益依然没有明显改观。

树挪死、人挪活。人不能被贫困打败。张金海选择了跳槽和打工，自己的生活条件不断改善，"腰包"越来越鼓，买了房、开上了车，但原来一起的工友还处在原地踏步状态。

一番深思熟虑后，骨子里不安分的张金海决心放弃安逸的生活，哪怕这份工作多么舒服、薪水多么高，他要带领工友一起创业致富，要帮助更多有困难的人。

万事开头难。给别人打工难，自己经商创业更是困难重重。2014年，历经不懈努力，张金海拥有了自己的新海市政工程有限公司。

做生意讲良心，做公益献爱心。修路、修桥、盖楼、建厂……张金海以诚信立业、以质量立足、以行动树威，带领员工既保质保量保时，又确保安全完成工程，口碑和声誉赢得越来越多的市场。

助人为乐：不能让有难的人没人帮

人人都有优点，要互相学习；人人都会有难处，要相互帮助。部队领导的一句话，张金海铭记在心："是党和部队培养了我，现在我有条件了，理应承担社会责任，回报他人！"

帮助60多位下岗职工再就业、定期看望10多位低保户村民、热心参与各类社会公益活动……

2015年，本村村民王金祥遭遇车祸致贫，全家住在低矮潮湿的土坯房子里。张金海知道后，帮其盖起了四间砖瓦房，为其购买了水泥罐车跑运输，使其逐渐摆脱贫困，走上富裕路。

2019年2月15日，张金海向中捷红十字会捐赠5000元助学金，定向资助两名贫困学生，其中一名大学生已受助三年。张金海表示将资助两名学生完成学业，并鼓励他们不要被困难压倒，不向挑战低头，不向命运屈服，发愤图强，逆境成才。

2月22日，张金海在退役军人管理服务中心工作人员陪同下，走访慰问了王肖庄8位70周岁以上老党员，并出资4000余元为他们送去米、面、油等慰问品，向他们致以新春问候和美好祝福。

"赠人玫瑰，手有余香，奉献一点爱心，就会收获一片希望。"这种爱心造就了张金海的昨天，支撑着他的今天，激励着他奔向更加灿烂的明天。

"财富终归是社会的，帮助别人、快乐自己。我们一家都很支持老张的义举善行！"张金海妻子的自豪之情溢于言表。

一分付出，一分收获，张金海付出的点点滴滴，都被这个社会用自己的方式所记住。

当办公室里摆满锦旗和荣誉证书的时候；当他被冠以优秀共产党员、爱心人士等一系列荣誉的时候，所有来自社会的感激，让张金海更有力量在公益慈善的道路上高擎爱心的火炬——活到老，干到老，好事做到老！

诗人说："爱是与生俱来的，在血液里流动，在骨子里结晶，它源源不断地由心而生，永不枯竭。"

张金海，一颗金子般的心，一片永不干涸的海。

（文中照片为主人公提供）

从部队走出来的"抗疫"尖兵

——记原武警8680部队退役军人，河南圆方人力资源管理有限公司项目经理雷彪

河南圆方集团有一位身材挺拔的中年人，走路生风，坐有坐样，站有站相，平时喜欢留寸头，说话简短有力，部署工作三言两语，完成任务干净利索。

参加了2020年抗疫阻击战，有人称这位中年人是从部队走出来的"抗疫"尖兵。

他，就是在部队从事卫生防化专业16年的淮阳籍退役军人，现任河南圆方人力资源管理有限公司项目经理的雷彪。

尽义：当兵为国尽义务

雷彪，1986年6月出生，从小就向往绿色军营，立志长大后一定要成为一名光荣的战士。

2003年12月，高中毕业后经过层层筛选，他如愿成为一名武警战士。

入伍后，雷彪更是拥有一颗不服输且永远向前的心，来到绿色军营第一天就暗下决心，既然来当兵，就知责任大。当兵就要当个好兵，当个有出息的兵，绝不给家乡父老抹黑。

体能训练，五公里越野，长跑下来别人累得气喘吁吁，口干舌燥，面目苍白，心里难受至极，可他在这个时候偏要与自己过不去，非要做百余个俯卧撑、仰卧起坐、下蹲等体能训练。战友劝他别再折腾自己了，可他却说："越是这个时候，越要下苦功夫训练，因为长跑全身每一个毛孔都得到了活动，这样再坚持锻炼，更容易提升自己的体能。"

军体训练，雷彪同样敢于吃苦，从不叫苦，从不喊累。单双杠一至五练习，手被磨破了，他戴上手套。脱手套时，血泡生疼生疼的，可他从不喊疼；胳膊累肿了，疼得抬不起，拿筷子夹菜时就不听使唤，可他硬是咬牙坚持；投弹训练，教练弹别人投10个，他非要投50个；别人投50个，他非要投100个。

晚上，别人都休息了，他却悄悄加强体能训练，一百个俯卧撑、一百个仰卧起坐、一百个下蹲、一百个蛙跳、一百个单杠引体向上、一百个双杠撑起。这六个"一百"，他每天咬牙坚持，而且必须达到，否则吃饭睡觉就不香。

军体拳训练，他更加认真与较真，别人打一遍，可他非要再打一遍。有时，为掌握一个标准动作，他反复练习，直到动作标准为止。三大步伐训练，练习站姿，他靠墙跟一站就是一两个小时，眼睛不眨，一动不动。有时，为给自己加码，他还将大檐帽反着顶在头上；练习正步，为达到踢腿有力，小腿绑上沙袋，头顶上倒放着大檐帽，一步一动训练，无论是踢腿的高度、角度还是速度，都是依照标准进行，一场训练下来，腰酸背疼不说，汗水打湿衣背，衣服可拧出水来。轻武器射击训练，瞄靶时别人趴在地上半个小时要站起来休息一下，可他非坚持45分钟。

功夫不负有心人。新兵连，雷彪五公里越野比赛成绩全连前三名，军体比赛全连第二，射击比赛全连第四，投弹投远投准全连第三。实弹射击5发子弹他能打45环以上好成绩，手榴弹投掷时，他投得既远又准。

因此，2007年4月，雷彪顺利当上班长，2009年5月光荣入党。从军16年，他所带的兵先后有50余名入党提干，有5名考上军校。他说："从军16年，无怨无悔。我把青春献给了亲爱的连队，保家卫国我尽了义务。"

退役：退伍退役不褪色

2019年12月，雷彪从部队光荣退出现役。从军16载，他先后参加过藏区维稳、疆区维稳、上海世博会安保、广州亚运会安保、郑州上合峰会、青岛上合峰会、上海世博会等多项重大任务，多次被评为维稳安保先进个人、

优秀士官、优秀共产党员,并多次荣获嘉奖、荣立三等功等。

有理想的人从来就是一位奋斗者,有志向的人从来就是一位勇敢者。

雷彪,退役在家休整不到半个月,就带着自己的荣誉与梦想,再次奋战在前行的路上。他先后应聘几家单位,但都不是他想去的地方,都不是他的栖息地。

2019年12月16日,他再次打起精神去应聘,当他来到河南圆方集团应聘时,经实际了解发现圆方人力资源部门是他值得期许的地方,是值得他奋斗与奉献的地方,因为圆方集团实力强大、管理正规、内设机构合理,更重要的是圆方集团还成立了非公党建学院,而自己正好也是一名党员,更适合在此落脚发展。

负责招收员工的圆方集团人力资源管理有限公司的负责人,觉得雷彪是一名退役军人,是一名党员,又获得了那么多的荣誉,军事素质与个人修养肯定值得点赞。

双方随即签订用工合同。第二天,雷彪即前来报到上班。

到了单位以后,他仍像一个小学生一样,不懂的地方勤问,不会的地方大胆请教。

正是因为他有甘当小学生的心态,所以大家都很乐意接触他、帮助他。

他跟记者说:"老师都是从学生开始的,而学生则是未来的老师。"

业余时间,雷彪更是拿起管理方面的书籍不停地翻阅,带着管理书籍不断地啃读,吸取书中营养成分,掌握书中精华内容,并自觉将其运用到实际工作之中。

不久,雷彪的管理能力和水平就上来了,加上从部队学习掌握的那些经验做法,他很快适应了地方工作。

又经过一段时间考察,圆方集团党组书记薛荣发现雷彪具有与众不同的管理能力、组织能力、协调能力、指挥能力、应变能力,所以决定把雷彪放在圆方人力资源管理有限公司国企事业部项目经理这一重要岗位上进行历练。

实践证明,雷彪在这个工作岗位上任职游刃有余,凡是上级领导交办的事,他总是高标准严要求地做好做优,凡是甲方单位需要办理的事,他总是办得圆满无缺。

后来,他又结合工作实际创新出"雷式"管理法,做到了员工工资发放准确率100%,企业社保缴纳正确率100%,客户满意度100%。

接受记者采访时他说:"军人无论是否退役,都要始终保持一种拼劲闯劲干劲。在部队知道自己为啥要当兵，当兵的职责使命是什么；退役回到地方，同样还要继续保持部队不怕吃苦、敢于拼搏的良好作风，以自身良好形象和过硬素质为军人加分，为军旗添彩，为公司出力流汗。"

薛荣这样评价道："雷彪身上既具有典型豫东人的憨厚朴实，又具有军人吃苦耐劳的素质，同时还具有一般人不具备的机智与勇敢。"

圆方集团的总经理李圆方则说："在部队能获得一系列荣誉，又是一名党员骨干，其各方面素质绝对不会差。从雷彪身上足以看出军人的素养任何时候都值得点赞。"

圆方人力公司的祁淑敏总经理用这样一句话评价雷彪："军人的优点，雷彪全具备；军人的特点，雷彪全具备。我为部队能培养出这么优秀人才而感动骄傲自豪。"

一向谦虚的雷彪在自己的工作岗位上一如既往地努力拼搏着，一向谦和的雷彪在本职工作岗位上始终如一地奋斗着，"圆方是我家，何时何地都爱它"！

抗疫：专业派上好用场

2020年的春节，一场新冠肺炎疫情火速蔓延，打破了所有人的生活节奏，打破了所有人的计划规划。

雷彪与其他人一样感到无比纠结，其情绪很快被爱人程芝娜察觉到。

程芝娜安抚说："我知道你从部队刚回到地方，作为一名曾经的军人总想在这次疫情中奉献点什么，毕竟你学的专业是防化，而目前正好能派上用场。"程芝娜似乎猜对了丈夫的心思。雷彪说："是呀！当兵服现役那是保家卫国，如今部队把我培养成了一名合格的防化战士，入了党，还给了我一系列荣誉。虽说回到地方，但我全身还流淌着军人的血液呀！如若能为这次疫情防控阻击战奉献一些，将是无上光荣！"

席卷全球的新冠肺炎疫情牵动亿万人的心。圆方集团有6万名员工，服务着126家医院，1.6万名圆方人奋战在抗疫一线，圆方集团党委书记、总裁薛荣，虽然年过六十，当她看到严峻的疫情时，大年初一便连忙写下请战书交给郑州大学第一附属医院，想当一名志愿者，但因年龄关系被医院婉拒。

然而，薛荣却成为圆方集团第一个请战人，接着她把儿子李圆方送进郑州大学第一附属医院成为隔离区的一名志愿者。

后来，薛荣又紧跟着在集团内部发起了"战胜疫情，我是党员让我上"的接龙活动，员工们纷纷要求走进抗疫一线。

雷彪获悉后也迅速写下去湖北的请战书，其理由更充分："我曾是一名防化兵，对如何应对病毒我懂！"

而圆方集团领导考虑到雷彪家中孩子尚小，一个不到4岁，一个才19个月，家中还有老人需要照料，不想让他参加这次具有挑战性的工作。

可雷彪却把电话打到圆方集团人力公司总经理祁淑敏那里说："我是一名退役军人，关键时刻只能前行，绝不后退；我是一名党员，危急关头我只能勇挑重担，绝不推让；我曾是一名防化战士，紧急时刻能用得上，绝对安全。"

圆方集团领导见他态度如此坚决果断，理由如此充足充实，也就答应了他的请求。就这样，他成为"第三支圆方党员突击队"的一员。

2月12日，雷彪在"第三支圆方党员突击队"支援湖北十堰市人民医院出征仪式上作为代表发言，他说："作为一名退役军人，国家危难之时，我从容担当，义不容辞！我发挥作用理所当然！哪里需要到哪里去，坚决做到退役绝不褪色！作为一名曾长期从事卫生防化的军人，我有着丰富的防护经验与防控知识，绝对能保障每一名突击队员的安全，请大家一定放心！"

台下迅速响起雷鸣般的掌声。这掌声既是对雷彪为人处世的肯定，更是对雷彪过硬专业的褒奖。

随后，圆方集团领导为每一个突击队员佩戴好"我是共产党员"的胸牌。

在薛荣带领下，大家面对党旗重温入党誓词，后又随着薛荣眼含热泪高喊："圆方党员突击队，我们出发！"

10多名党员突击队员，带着自己所需物资，带着1500斤84消毒液，1500斤医用酒精等爱心捐赠与大家一一告别。

经过长途跋涉，最终依照规定时间到达十堰市。在当地人员的帮助下，车上所有物资很快被卸下。接着，雷彪就为大家上了如何做好病毒防控的第一课。

夜深了，但人并不安静。远处病房里不断传来病人小声的呻吟声，而此时薛荣与雷彪等人正商量支援人员的分工与接替。

第二天上班，依照明确分工开始上岗，而上岗前雷彪用自己的专业知识培训队员如何消毒以及正确佩戴口罩。

时间一分一秒地过去，事情一件一件地落实。

2月14日，十堰市人民医院院方重症区发现一例新冠肺炎患者，原来的

两位保洁员属于一类接触人员，必须隔离处理，这就需要党员突击队派两名队员马上顶岗。

全面负责指挥的薛荣冷静少许，当大家的目光相互对视之后，人人都明白了意思，于是大家都争着要去重症室接岗。

最后，薛书记选择了具有16年防化经验的雷彪与另外一名平时工作细致的名叫海贝的女同志。

薛荣最为担心的不是谁去与谁不去的问题，而是缺少防护服。当两人进入重症区，很快发来信息，他们俩准时穿上了防护服。此时，薛荣一颗始终悬挂的心才落下。

而在河南带着两个孩子的程芝娜却始终对丈夫牵挂着、思念着。

为了不让爱人牵挂，步入重症区的雷彪每天尽量抽空与爱人视频。一端甜甜地叫着爸，一端幸福地答应着。

期间，程芝娜还向雷彪发来牵肠挂肚的百字短信，内容字字情深义厚，句句感人肺腑。

就在记者采访即将结束时，从湖北又传来好消息。3月3日《人民武警报》以《"一声到，一生到！"——某部退役防化老兵雷彪抗击疫情速写》为题，对雷彪进行了专题报道。

这就是从部队走出来的"抗疫"尖兵——雷彪。

他正用实际行动践行着一名共产党员的初心与使命！

他正用与病毒果敢较量的行动践行着圆方人的誓言！

注：本文作者张然，原陆军某部退役军人，先后在《人民日报》《解放军报》《中国国防报》《中国青年报》，原济南军区《前卫报》《河南日报》等发表作品千余篇，曾荣立二等功一次，三等功三次，多次被评为优秀共产党员。现供职于淮阳区电视台。文中照片为作者提供。

艺海泛舟

再谱华章

从金戈铁马到"诗和远方"，他从未停止思考和写作

——记解放军原总后勤部《后勤》杂志社退役军人，北京市文化和旅游局二级巡视员马文

由中共中央党校出版社出版的新书——《共产党员的力量》成为新时代中国共产党党员的基本遵循和行动指南，为广大党员干部提供了一部学习领会党的基础理论知识，深刻领会习近平新时代中国特色社会主义思想，提升共产党员先锋模范作用的生动教材。人民网、光明网、"学习强国"等广泛报道，北京市委党校向全市党员推荐了该书。

面对"火爆"场景，该书作者马文却谦逊地说，虽任多职，转战军地，"主阵一地""造福一方"的机会不是很多，不能做大事时，可以做点小事，做不了小事，就做点自己喜欢的实事，发挥语言的作用和思想的力量，像蜡烛一样，"点亮一圈""照亮一片"，这也许是人生一大乐事。

他，就是解放军原总后勤部《后勤》杂志社退役军人、北京市文化和旅游局二级巡视员马文。他曾兼任过北京市文化局工会主席、北京市群众艺术馆馆长。他还是山西省作家协会会员、中国散文家协会会员、中国军事写作学会会员。

三关之首"育英才"

山西西北边陲,偏头关与宁武关、雁门关合称"中华三关",这里有一座小县城,城临偏头关,为明代长城外三关之首,以关名县,故叫偏关县,为黄河入晋第一县,是长城和黄河握手的第一景。偏关八景,名不虚传,更为历代文人墨客所称道。

马文就出生在明长城脚下一个美丽的山村。村中有一条河,背靠着堡角山,这个山把大半个村落围了起来,形成一个城堡,顾名思义堡角山,这个堡子最高处有一座烽火台,在烽火台上有一个三脚架,下面还有一个铁锤埋在土里,四周有一条绵延不断的明长城,据说有很高的军事价值。背靠着这座大山,小村培育了一代又一代有志青年,马文就是其中之一。

马文的父亲是一位教师,母亲初中毕业。从小受到纯朴民风的熏陶和书香门第的家庭教育,家国情怀深入骨髓。父母从小就对他寄予厚望,遂起名"马文",正是"马蹄声碎行万里,文章激扬跃九州"。他的亲身经历也正好印证了这两句藏头诗。

马文从小就学习上心、追求上进,而且吃苦耐劳、干活卖力,倍受老师和邻居们喜欢。他的小学是在村里读的,那时陪伴他的是"煤油灯"和"磨道"。

上初中前,马文没有见过电灯,煤油灯是他们那一代人的照明工具,也逼着他们向那明亮的有电灯的城市奋斗。家里的粮食是在母亲带领下,用石头磨一点一点磨出来的,磨道里帮助母亲推磨,是他小时候常有的事,就这样磨炼出了坚强的意志。在这种条件和环境下,他完成了小学和初中学业,同时,也磨炼出了坚强的毅力和吃苦的精神。父亲的教师身份和一言一行,对他的成长起到了潜移默化的作用。高考落榜后,他毅然参军入伍。

战火淬炼"笔杆子"

1982年11月,马文入伍来到河北省邯郸市的某集团军某团服役。

凭着一腔热血和勤学苦练,度过两年士兵生活后,他考入了石家庄陆军学校,进入军官的摇篮,迈开了军旅生涯新的一步。他如饥似渴,一边品味着科学知识的甘甜,一边锻炼着军事指挥能力。

1986年7月,马文毕业,分配到某团任排长。10月,经过两个月临战训练,

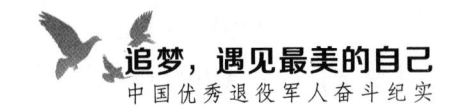

他被调到后勤处任战勤参谋,开赴南疆火线,担负起后勤机关值班,指导汽车连、修理所和卫生队的训练工作。

一年半的"猫耳洞"战地生活,马文不仅经受了生与死、血与火、苦与累的考验,更淬炼了他的思维方式和文字功底。他先后撰写了《浅谈山岳丛林地防御作战营连战勤保障方法》《局部作战临战阶段后勤心理训练之我见》等几十篇文章。所提问题,绝非平时坐在办公室想出来的理论,而是从实战的经验和教训总结出来的,对未来战争有很强的参考价值。他还根据老山前线防御作战后勤保障特点,研究探讨了营连后勤保障三种方法:"交叉保障法、一条龙保障法、分段接力保障法"。南疆作战实践证明,这三种方法使后勤保障顺利开展。为此,他被表彰为"优秀后勤指挥干部",并提前晋升为副连职参谋。

2005 年,马文从山西省军区某师后勤部长岗位调到解放军原后勤指挥学院任职,面对"急转弯"和别人眼中的"闲差",他却头脑清醒,"完成领导交办的,干点自己想干的,思考未来该干的,绝不虚度光阴!"他边学边干,无论执教、带学员队,还是任组织处处长,在每个岗位上他都干得风生水起。

2009 年,马文被任命为解放军原总后勤部《后勤》杂志社副社长,依然深耕在文字的田野上,乐而忘我。

从士兵到大校,1 次二等功,4 次三等功,还有诸多的嘉奖,是对马文 32 年军旅激情岁月的生动诠释。

久久为功"三部曲"

生活是创作的源泉。认识生活、认识社会、认识人生的智慧和能力,随着马文工作变动而积累。积累多了就会提升,提升到一定程度就爆发出火花。

2009 年,马文出版了《青年干部能力建设读本》,同年,该书被解放军原总政治部、原总后勤部分别评为中国人民解放军政治理论研究优秀成果奖。全书概括出青年干部必备的"政治能力、励志能力、能参善谋能力、公文写作能力、修养能力、竞争上岗能力",这"六大能力",成为很多青年干部工作中的"指路明灯",倍受欢迎。

2014 年 5 月,马文出版了《基层党员干部践行群众路线方法》。全书对"呼声——干部和群众矛盾凸显;寻根——党和群众路线生死相依;问计——

党的领导人和人民群众鱼水情深；询策——'三为民'践行新时期群众路线"进行了全面阐述，受到广大读者和基层党员干部喜爱。

2018年底，历经4年思考酝酿和写作修改，马文用《共产党员的力量》向党的十九大献礼。全书从"思想的力量——深化伟大思想学习是新时代党员干部的精神动力；党性的力量——坚持中国共产党领导是新时代党员干部的政治信仰；方法的力量——坚持党的群众路线思想是新时代党员干部的工作遵循；行动的力量——践行'四讲四有'新标准是新时代共产党员的终身追求"四个部分进行了全面论述。

对于为什么用这么长的时间和精力出版这本书，马文坦言："特殊的时间节点，总要做些特殊的思考。中国共产党一路走来，是什么'力量'让我们从小到大、从弱到强，一步步发展壮大，是我一直在思考和追寻的问题。但愿这本书的出版，能够为提升共产党员的力量，增添一点力量，注入一份活力，也能为新时代加强党的建设做点贡献……"

以上三本书被马文称作人生思考的"三部曲"。这"三部曲"与他的工作经历关系不大，但与他的思想有极大关系。其共同点是，思想性和操作性高度统一，既可作为思想理论著作，置之案头、开卷有益，也可作为实践指南，对症寻药、扶正祛邪。

"书本知识的得来，关键在于学习。实践能力的发挥，关键在于运用。阅读这本书，不在读，而在做，照着书中思想的力量、党性的力量、方法的力量、行动的力量去领会，去创造性地开展工作……"马文道出自己的心声。

人生五十知天命。几丝白发，见证着岁月的沧桑，沉淀着人生的睿智。"人生的价值在于不断超越自我"。2014年，本可以在部队退休，马文却主动转业，投身到文化和旅游事业大潮中，继续思考和写作。

对于如何面对繁忙的工作和紧张的写作，马文有自己的见解，工作必须尽己所能，高标准干好；写作充实业余时间。两者互补，相辅相成，相得益彰。本职工作完成得漂亮，才能展示更多才华；把文章写好了，才能更好地在岗位上创造性地开展工作。

凡是过往，皆为序章。今天的奋斗将成为明天的荣光。谈起未来，马文厚厚的眼镜片背后透射出的目光炯炯有神，新的创作规划，已在孕育之中。我们祝福马文有更多的精品力作奉献给读者。

（文中照片为主人公提供）

最是思情可话忆

——火箭军文工团退役军人，中华全国总工会文工团副团长陈思思创作《思情话忆》的心路历程

以歌抒情、以文传意。

在《思歌雅集》出版不久后，《思情话忆》首发式于2020年1月9日在中国国际展览中心隆重举行，这是陈思思献给21世纪20年代的新年礼赞，也是她多年来在歌唱与写作生涯上取得的丰硕成果。

"我的人生，你的世界。找到自己，世界才会找到你！"这是她朋友圈的感言。她说，这也是她的感恩！

打开刚刚快闪到手的《思情话忆》，散发出浓郁书香味，读来犹如品茗听琴。我边读边思。通读"梦起""梦寻""梦圆""思情"四个篇章，她以细腻而真实、丰富而深情的笔触，讲述了关于友情、关于亲情、关于人生、关于艺术、关于善良、关于美丽、关于担当、关于努力的追寻和坚守。

我仿佛看到了当年陈思思，从湖南常德沅水河畔，那个湘西北一个古朴宁静小城一步步走来的足迹，经过军营的历练、舞台的磨炼，成长为一名优秀歌唱家的成长故事和心路历程。

思思坦言，在经典和时尚中游走，如何传承经典又不失时尚，是她一直思考的问题。对传统民歌进行创造性转化和创新性发展，在民歌中加入新的元素，唱响新时代民歌，是她孜孜以求的艺术高峰。

回首来路，是为了砥砺初心。一切向前走，不能忘记走过的路；走得再远、走到再光辉的未来，也不能忘记走过的过去，不能忘记为什么出发。

因为，梦起初心，源于苦难；立于信念，成于奋斗。初心的力量诠释着一个人的人生观、价值观、事业观和幸福观。《思情话忆》也是思思提醒自己，要永远保持对祖国的赤子之心，对人民的敬畏之心，对事业的进取之心。

我边思边忆。一个多月前，我和思思在清华大学同窗共读，她的开朗热心、真实自然和谦逊好学给我留下深刻印象。记得举行"再启新征程"文艺汇演时，由于她有演出任务，无法参加，于是选择了以视频方式向老师和同学们表达敬意、表示感激。全然没有"明星""大腕"的高傲和架子。

"世间哀愁，无止无休，离散诀别我来一一从头。我愿上苍，在我之后，让天下骨肉相守……"思思倾情演唱的《满月》，不仅唱出了历史沧桑，而且彰显了人间大爱。每每让我沉浸其中，回味无穷。

陈思思的艺术之路走得精彩而成功，她的歌声充满激情与张力，她的文笔充满洒脱与灵性，实为难得。

她曾开玩笑说她唱得比说得好。但阅读此书，你会感到，她写得和唱得一样好。

"愿所有努力的我们，都能被世界温柔以待。"本书的初衷，亦是陈思思的心声。

思言思语思人生，话情话忆话未来。

祝陈思思的艺术之路越走越宽广，为广大人民群众奉献更多更好的文艺作品，为新时代中国特色社会主义文艺事业繁荣发展做出更大贡献。

（文中照片为主人公提供）

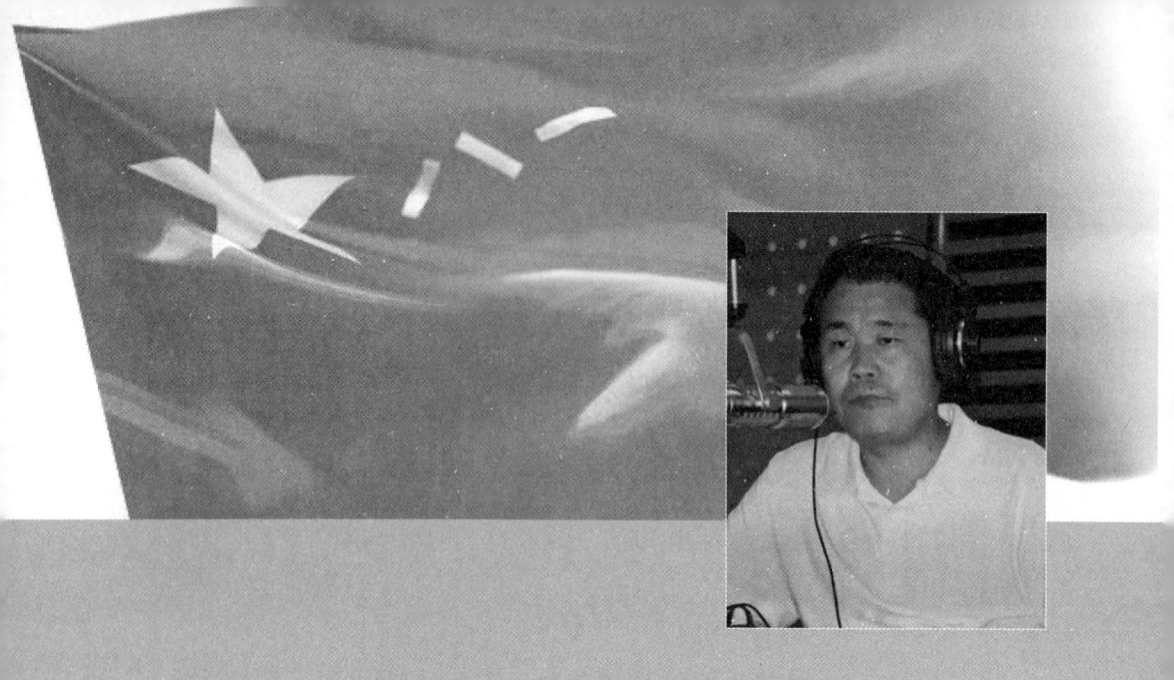

从特种侦察兵到著名艺术家

——记陆军某部退役军人，
河北省音乐家协会副主席**郝立轩**

文运同国运相牵，文脉同国脉相连。党的十八大以来，习近平总书记对发展繁荣社会主义文艺工作发表了系列重要讲话，形成习近平新时代文艺思想科学理论体系。习近平总书记指出，"广大文艺工作者要坚持以人民为中心的创作导向""做有信仰、有情怀、有担当的新时代文艺工作者""要创作有筋骨、有道德、有温度的文艺作品"。退役军人、艺术家郝立轩，胸中始终装着祖国、心里始终装着人民，从《喊黄河》到《中华好家风》，从《天下百姓》到《天下归心》等，他在坚守艺术理想中，为祖国和人民放歌立言；在追求实现自我价值中，为筑就中华民族伟大复兴时代的文艺高峰做出自己贡献。

"你用黄皮肤的旗帜昭示如斯的真理：山躺下去是河，河站起来是山！流动才有希望，停滞意味自亡！……"

时光穿越到1993年除夕凌晨两点，一位文学青年三十而立之际，好像被涛声惊醒，创作灵感倾泻而出，半梦半醒却字如泉涌，没有层次却错落有致。长诗《喊黄河》，如新生婴儿呱呱坠地，成为文坛沉寂十多年后复苏的标志性事件。

| 艺海泛舟　再谱华章 |

从 20 世纪 90 年代初朱军在《东西南北中》的深情朗诵，到《百年话剧进校园中华诵》；从《中外朗诵经典诗文选》发布，到"夏青杯"朗诵大赛响彻大江南北；从《美丽中国朗诵经典》问世，到《全民阅读阶梯文库》中小学优秀读物；从大中专院校经典范文进教材，到世界 120 个国家汉语读书竞赛总冠军……近 30 年呐喊，30 年回声，《喊黄河》唤醒国人，震撼世界，走向永恒。

让人百听不厌的作品还有王宏伟、王喆演唱的《天山红》；张也演唱的 CCTV《杂技盛典》主题曲《欢聚》；阎维文、郁钧剑、王丽达演唱的《梦想有一天》；等等，这些作品受到老百姓的欢迎和青睐，可谓家喻户晓，全民 k 歌下载传唱率屡创新高。如此多的佳作、如此高的声誉、如此好的效果，不同的是演唱者、朗诵者、作曲者，背后却是同一个人——退役军人郝立轩。

他"每创作完一个好的作品，几乎都大病一场、消瘦几斤"，是用青春和生命为祖国和人民创作的著名艺术家，是中国音乐家协会会员、中国音乐文学学会常务理事、河北省音乐家协会副主席，发表各类作品 600 余万字。荣获中宣部第十一届、十三届精神文明"五个一工程"奖，以及"星光奖""金鹰奖""飞天奖"等 100 余项，被授予河北省"五个一"文化工作十佳个人，唐山市为其记一等功、优秀共产党员等。他的事迹被央视拍摄成节目——《郝立轩：用苦难点亮人生》。

郝立轩，1963 年出生在唐山市玉田县一个普通农民家庭。母亲早逝，父亲长年在外打工，他和爷爷奶奶相依为命。

穷人家的孩子早当家。六七岁时，他就学着扫地、做饭、下地干活。每次从水井提水时，奶奶都在后面拽着他的衣服，生怕不小心掉到水井里。14 岁那年，郝立轩经历了悲惨的唐山大地震，是解放军叔叔把他从废墟中救了出来，给他上了人生重要一课——如何面对苦难！

从此，聪颖好学的他，学习上更加勤奋刻苦，生活中更加感恩进取。

铁马冰河入梦来——创作热情从军营点燃

1979 年冬季的一天，16 岁的郝立轩，高中未毕业便和其他青年一样，怀着朴素的"从军梦"和"见世面"的想法，唱着"毛主席的战士，最听党的话，哪里需要哪里去，哪里艰苦哪安家……"，来到了位于燕山深处的驻承德丰宁某部捕俘技术标兵连。

这是一支英雄部队,"毛主席打沙袋"照片背后的故事就发生在这里。人民军队从无到有、从弱到强发展壮大的厚重历史滋养着这位"文艺青年"。

从学生到军人,从平原到大山,第一次出远门,短暂的好奇和新鲜感过后,便是艰苦紧张的新兵生活。天寒地冻,队列、体能、战术训练、养猪、种菜、施工生产,"两眼一睁、忙到熄灯"。这一切,不仅没有难倒从小吃苦长大的郝立轩,而且还点燃了他的写作热情。其实,入伍前就经常到处借书看的他,早已养成了"嗜书如命"和"练练笔头"的习惯。

侦察兵的生活是异常艰苦的,摸爬滚打是家常便饭。连长看着这个膀大腰圆的小伙子打心里喜欢,就将全连扛机枪的重体力活儿交给了他。在一次野营拉练中,他全副武装扛着30来斤的机枪翻山越岭跋涉了120多公里的路程,不仅没有掉队还第一批抵达了会师地。在战友们累得入酣之时,他竟到一边兴致勃勃地写黑板报去了。

训练、生活之余,他常常独自一人躲到摩托车库,坐在挎斗里,写下所思所悟。为了方便他写作,班长还把他安排在通铺的最边上,借助走廊门窗透过的灯光阅读"爬格子"。

那年,他还不满17岁。

功夫不负有心人。郝立轩编排的故事《无名的小星》,由三名战士历时两个多月,创作成绘画,在全军幻灯片会演中被评为一等奖。他有感而发的小诗《冬姑娘》刊发在《战友文艺》创刊号上,成为他在军营的第一篇作品。

训练创作两不误。新训结束时,擒拿格斗、战术队列都是优秀,而且还被授予"特等射手"。正当郝立轩摩拳擦掌,准备征战沙场,立志成为一名光荣的特种侦察兵时,部队政治部却破例将他调到了文化科,担任图书馆管理员。

板凳要坐十年冷——勤奋练就艺术定力

成千上万册图书需要分类、整理、登记造册,头绪繁杂、任务繁重。郝立轩没有苦恼和怨言,因为在他脑海里,"毛主席当年就是图书馆管理员",内心不禁多了几分自豪,犹如鱼儿入海。在"白加黑""五加二"中边做好工作,边抓紧点滴时间与先贤智者对话。特别是丁玲、黎汝青等一批文学名家走进军营的故事,渐渐为他打开了走向了军旅文学的创作之门。

"樱桃好吃树难栽,不下功夫花不开"。老家的俗话让郝立轩深知,写

文章不是一般活，没有知识的底蕴和对生活的感悟，是写不来，也写不好的。

热爱是最好的老师。没有领导要求，没有他人督促，全凭一腔兴趣，郝立轩耐下心来看书、写作，忙得不亦乐乎。孤灯下、菜地旁，他坐在小板凳上、田埂上，写了一张又一张，撕了一页又一页。独自坐着思考、对着镜子朗诵，首长来了他却浑然不知。

时任副师长、军旅作家薛克扬说："几年军旅生涯能够锻炼出一个铁腿，却很难锻炼出一个知识分子啊！"发现郝立轩的天赋后，薛克扬几乎每天晚上都过来，两个人、两包烟，聊文学、聊人生……成为他的启蒙老师。多年后，郝立轩在《支撑文学的拐杖》中表达了对薛克扬知遇之恩的感激之情。

就这样，郝立轩在学习中写作、在写作中思考、在思考中积淀。1981年，18岁的他发表了处女作《标志》，不久被中央人民广播电台《文学之窗》选播。之后，长诗《东方神韵》、剧本《加快的心律》、散文《读避暑山庄》等陆续发表。

小有名气的郝立轩，因数理化成绩较低，与军校擦肩而过。他在《战友报》用整版的《告别》，抒发了对奠定他人生基础的军营的眷恋，把背影悄悄地留下，开始向往更加遥远的诗和远方。

历经磨难梦成真——不下商海下文海

1984年，郝立轩退伍后被分配到市民政局下属的纸制品印刷厂，成了一名普通排字工人。文学不受尊重，身边90%以上的同事是不识字的残疾人，面对这样的环境，他无法全身心写作，无法顺畅沟通交流，这对一位作家而言是何等压抑和痛苦！

这时，一些退役战友看到他清苦的生活，劝他走出文海，走向商海。凭他的本事，肯定能过上潇洒的好日子。

为此，郝立轩迷惘过、动摇过，难道在印刷厂做一辈子工人？每当夜深人静时，他叩问内心：到底要怎样活下去？

"苦难是最好的老师""坚持一定能战胜磨难""不做金钱奴隶，要为时代代言"……

好似苍穹深处传来的回声，郝立轩最终选择了边工作边创作。他和一位识字的聋哑师傅罗继生开始用写纸条的方式交流。一来二去，他渐渐走进了残疾人世界，原来每位残疾人都和正常人一样，拥有丰富的内心世界。

越是走近，越是了解；越是了解，越是珍爱。在参加残疾人同事婚礼，与残疾人同事朝夕相处的过程中，写作的冲动不断敲打着他的心房，一个又一个不眠之夜，一篇又一篇工人题材的作品见诸报端。

郝立轩的文学成就，引起有关部门重视。1986年，他被调到市总工会。1995年，中日韩青少年运动会在唐山召开，郝立轩创作的《跨世纪的风》成功入选会歌，风靡一时。

1996年，郝立轩在唐山市首批公务员招录中，以总分第一的成绩来到市委宣传部工作，结束了以工代干的人生旅途，开始了真正意义上的文旅生涯。为此，他写下了这样的座右铭："在不断的尝试当中，可以不断否定自我，塑我毁我，乐变求新"。

等闲识得东风面——从"高原"迈向"高峰"

"文艺是铸造灵魂的工程，文艺工作者是灵魂的工程师。"郝立轩深知自己肩负的责任。

歌唱祖国、礼赞英雄从来都是文艺创作者的永恒主题，也是最动人的篇章。2009年，为歌颂汶川地震灾区群众守望相助、战胜困难的人间大爱，郝立轩结合奔赴灾区抢险救灾的切身感受，回忆当年自己的遭遇。他三天三夜未走出书房，"吟安一个字，捻断数茎须"。

冥思苦想、废寝忘食，痛苦后的结晶《我的祝福你听见了吗》，作为贺岁金曲，通过歌唱家的演唱，一夜之间红遍大街小巷，抚慰着人们的心灵。

"守望着你一生，青丝变白发"。"只有经历过地震劫难的人才能发出如此的声音"。人们歌唱着、传颂着……

人民需要艺术，艺术来自人民。创作室再美，闻不到泥土的芳香；艺术馆再大，听不见季风的歌唱。离开了人民，艺术家什么也不是。

2012年，历过12年酝酿、提炼和推敲，几次深入西柏坡、延安、井冈山等老区，与老百姓同吃同住，郝立轩数易其稿，最终完成了《天下百姓》："剩下一粒米，为你熬成粥。仅存一件老棉衣，给我拿来披肩头。驷马三跪拜，报答舐犊情；燕子行千里，回归家门口。见不得你吃苦，容不下你忧愁，老百姓的事再小也要挂心头。"

这一拳头作品，荣登CCTV党的十八大特别节目《领航中国》，每天10遍滚动播放。

呼唤清风，不忘人民。他和创作《常回家看看》的著名曲作家戚建波合作的《老百姓的官》再次踏着时代的鼓点，走进了人民的心田，作为主旋律作品向党的十九大献礼。

好的作品从哪里来？今天需要什么样的作品？河北省委宣传部、河北省文联、中国音乐文学学会主办了郝立轩歌词作品学术研讨会。

赞誉声中最需要的是清醒，批评声中最需要的是虚心。郝立轩深知自己所处的方位，他感慨地说："真正的文艺战士要永远引领时代，而不是跟进时代。""如果你觉得生活亏待了你，那是你没有真正走进生活。""越是舒适安逸的生活，越产生不了优秀的作品和作家……"

他是这么说的，也是这么做的。面对腐败堕落、虐待老人、歧视弱者等问题，是做观望者、抱怨者、悲观者，还是拿起手中的纸和笔，敢于发出理性之光、正义之光、善良之光，郝立轩毅然决然地选择了后者。他不仅严肃拒绝重金买断作品版权，开发各种商品及艺术产品的不良行为，而且坚决抵制猎艳媚俗、低级趣味的合作请求。他始终追求艺术常青，不热衷造星；始终远离浮躁，不急功近利。

进入新时代，文艺复兴迎来了新的春天。在习近平新时代中国特色社会主义思想指导下，他创作的灵感在脑海中也越来越由模糊到清晰，由清晰到迸发——人讲精气神，国讲正清和。只有家风正，才能国风清。《中华好家风》《做个好人并不难》等歌词应时而生。

"你也这样说我也这样说，没有好家风日子咋红火，我也这样说你也这样说，国风不清明哪有万民乐，家风连国风，国风兴家风，温良恭俭让，是否还记得……"由刘和刚携妻子战扬联袂演唱的《中华好家风》，在央视滚动播出。

由此衍生出的"中华好家风"大讲堂、故事会等栏目，产生了"蝴蝶效应"，一批有筋骨、有温度的时代最强音，向"灰色文化""口水歌"宣战。

优秀的文化产品是全人类的精神家园。从《喊黄河》宣示中华文化的自信，到《天下归心》的即将问世，人类对美好生活的追求无法阻挡，人类命运共同体不可取代。文艺作品在人类发展进步中，彰显着越来越重要的价值引导力和精神推动力。

真情是创作的根源，时间是检验文艺作品的标准。这些带着时代记忆与文化符号的经典之作，体现了中国精神、中国风格、中国形象，真切表达了郝立轩感恩励志、宽广博爱的情怀，至今"叫得响、传得开、留得住"，而

每一首耳熟能详、脍炙人口的作品,也都真实记录了这位文坛名家的坚实足印。

立我轩辕、志在歌者。改革开放40年,郝立轩坚守创作38年,从绿色军营到五彩社会,他始终认为"无论多么大的磨难,永远都要踩在脚下;无论多么大的诱惑,永远都阻止不了他创作"。

一生当过兵,终身都受用。文字传心声,创作担重任。至今,郝立轩创作了42首歌曲,20首被收录经典曲库。2019年9月20日,刚刚从邢台"首届红色音乐节"归来的郝立轩,对试唱的《抗战民谣》充满信心。这是他针对少数人娱乐至上、戏谑历史,注入的又一股正能量。

人生有始终,创作无止境。伟大的时代召唤伟大的作品,伟大的作品需要伟大的书写者。期待郝立轩的《江海河三部曲》走进人民、走向世界,期待他为祖国和人民创作出更多精品佳作!

(文中照片为主人公提供)

废画三千，只为一幅：半世纪执着追求"三艺"高峰

——记原北京军区装备部退役军人，北京市中国书画协会副主席、石景山区美术家协会主席孙开桐

工农学兵，改行不改"专业"，他痴恋笔墨半世纪，追求艺术升华；能书能画能写诗，"三艺兼修"，他被业界赞誉为著名军旅书画家。

用好作品讲好中国故事、传播好中国声音、阐释中国精神、展现中国风貌，他练习的作品不计其数，为各界创作并赠送书画作品近千幅。

淳朴的本色和丰厚的底蕴，使其作品具有广泛意义上的审美境界，被收录《国际名人书画大观》《世界优秀专家人才名典》《中国当代书画家大辞典》，中央电视台、人民日报等50多家媒体报道。

宽厚丰实的学养、优雅淡定的气质，成就了他的艺术人生和艺术高度，给人以巨大的精神力量和情感震撼。

他，就是原北京军区装甲兵某部退役军人，北京市中国书画协会副主席、石景山区美术家协会主席孙开桐。

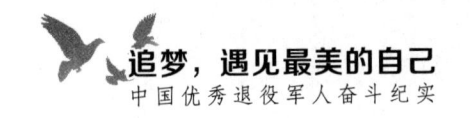

师承祖父：写字要像锄地一样

考古学家在"三国五邑之地、文化昌明之邦"的滕州发现了距今7300年的北辛文化遗址，这里成为中华民族最早的文明发源地之一。

这里名人辈出、人文荟萃。古有"科圣"墨子、"工匠祖师"鲁班、造车鼻祖奚仲、招贤纳士的孟尝君、勇于自荐的毛遂，现代有"电学"创始人、书画家王学仲等知名人士。

这里人杰地灵，物产丰富；荆水荡漾，民风淳朴，"一城历史半城河"和"腾飞之城、上善之州"的人文精神，孕育着生活在这里的人们。

1963年，两岁的孙开桐随父母从福建回到老家滕州。从记事起，他便与书画结缘，喜欢写字涂画，钟爱至极。五岁时，他便跟随书画家祖父习文练字，从此支撑起了一个少年的梦想。

那是个饥寒交加的年代，也是个激情燃烧的年代。

虽然有时吃不饱，穿不暖，但拿起纸笔练字、画画，孙开桐却似乎忘掉了饥饿和寒冷。经历着轰轰烈烈的"文革"，他的童年却多了一份与众不同的快乐。

"隔代亲、格外亲"。爷爷十分喜爱孙开桐，更是施教有方："书法要先练一家，一家学精了，然后再练多家。写字要像锄地一样，要一下一下锄。写到不变了，有自己模式了，就算写出来了。书法的最高境界是画字，用心画字。"

当时的孙开桐虽然似懂非懂，但在练习中却不断对照琢磨。日复一日，他的字一天天不同起来。

"小学一年级，班里40多名同学，开桐年龄最小，字写得最好，有时老师就让他当'老师'，在黑板上写一笔，我们在下面写一笔。大家戏称他'小先生'，一直代课到小学毕业。"一位当年的同学这样回忆儿时光阴。

孙开桐读初一时，爷爷带着他步行两三公里，到邻村一位画传统山水的老人那里学画。在老人手把手指导下，孙开桐学到了小斧披等中国山水画基本画法。看着灵性十足的他，老人谆谆教导："掌握了绘画基础知识后，要到田野中去写生，拜大自然为老师。"

一边写字画画，一边解决生计。孙开桐姊妹5人，窘困的生活可想而知。作为长子，踌躇满志的他要做家中"老大"。

当时，看到集市上有人卖字画，孙开桐也画了一幅山水中堂，配上书法到集市上卖。6块钱的收入，让他高兴了一天。在生产队干活挣工分一天才一毛钱，这等于两个月的收入啊！

孙开桐把钱如数交给父亲，父亲奖励给他一双鞋、一个背心。从此，做完作业，晚上到家，他就潜心创作，卖画成了家庭的稳定收入来源。

能书会画的名声口耳相传，乡里乡外上门来买的人越来越多，孙开桐和父亲商定一条规矩，凡是结婚的，中堂免费相赠。

书画音乐不分家。音乐能提高文化修养，增加想象力，使书法绘画线条产生节奏感。为此，孙开桐不仅勤于写字画画，还拜师当地音乐家朱敬文先生，学习吹笙、笛子和二胡。

多才多艺的孙开桐成为学校宣传队员。高中毕业后，他被人民公社宣传队选中，每月20元工资。两年的收入，加上卖字画的钱，他家率先盖起了三间大瓦房。

村里人见了孙开桐的父亲，便跷起大拇指："你养了个有出息的儿子啊，将来肯定享清福！"

沙场练兵：好画需从磨砺来

1979年冬天，抱着"保卫祖国"的强烈愿望，孙开桐被作为"文艺兵"特招入伍。陪伴他的则是"王羲之、颜真卿等书法家"。

天津蓟县（现蓟州区）的坦克一师新兵连，并不照顾"书画家"。被子要叠成豆腐块、身上要练出腹肌、"两眼一闭、提高警惕"……

孙开桐收起"书画家"梦想，一头扎进热火朝天的军营生活。一身泥巴、一身汗水，艰难困苦磨炼着这位"文艺青年"的钢铁意志。

青春热血一旦被点燃，便会爆发无穷的力量。无论是在工兵排挖山洞，还是调到机关当公务员，在完成任务之余，孙开桐把所有时间用在了写字画画上。

"当时，干活特别累的时候，想到前途渺茫，也掉过眼泪……"对30多年前的"兵之初"，孙开桐记忆犹新。

1980年5月，领导慧眼识才，孙开桐被调到装甲兵北戴河教导队电影组，负责画幻灯片。

《计划生育好》100多片，"一炮打响"，在军区巡回播放，反响较大。

为了追求艺术上的深造，1983年，孙开桐报考解放军艺术学院美术系。由于工作关系，未能如愿，但这件事却促使他继续坚定地走上了"自学成才"的道路。

"我这个人笨，但勤奋。当时一个烧火间是我的工作室，一边画幻灯片一边学国画。没有窗户，夏天蚊子叮，冬天手冻裂，洗笔水一会就结冰。那几年，不仅打牢了我的基本功，而且锻炼了意志。"孙开桐还拜当地有名的画家张恩杰、黄文庚为师，并有幸被国画大师李可染收为弟子。

那是1983年夏天，李可染在北戴河文化馆举办写生展。看了孙开桐的画，又听张恩杰介绍，当即表示收其为弟子，并写了一幅"长绳系日"的作品，嘱咐他要珍惜光阴，持之以恒，做到"废画三千"，方可成才。

简单的拜师仪式后，孙开桐的艺术大道越走越宽阔。

1986年，孙开桐调到驻北京的装甲兵司令部干休所，负责老干部文化工作，书画爱好与工作有机结合，他的创作渐入佳境。

越努力越幸运。1989年，在组织关心下，孙开桐由志愿兵提干。

1990—1992年，孙开桐进入中央美术学院进修；2003—2005年，他从中国艺术研究院高级研究班毕业。

采他山之石以攻玉，纳百家之长以厚己。学习期间，孙开桐拜卓然、周汝谦、刘牧先生为师，并得到范曾、刘文西、沈鹏、龙瑞、张立辰、周韶华等书画大家指点。

"从诸位恩师身上学到的不仅是技法，还有对书画的重新认识。如何取大师之法，成己之性，还需要对生命有更多的体验和磨炼。"孙开桐的艺术水准"水涨船高"。

艺境互动：书画诗词自升华

"字练烦了画画，画画烦了写字，还可以写诗，书法、画画、赋诗，相互滋补、相得益彰。"

"三艺兼修"不是负担，是释放。孙开桐对此体会深刻。

"书法写到一定程度，在造型造迹上需要画的营养。绘画要达到形神兼备，还有神韵，都要从书法中吸收借用。诗词，是深得其情，有感而发……"

书境：心正而笔正。学习传统书法应花大量时间读古代碑帖，读懂、读透、读通。先从"碑"入手，后习"帖"，得其意趣。创作时，取古人经验为依托，

结合新时代的理解和审美情趣，方可心手合一，气韵生动，迹象绝妙。

孙开桐的书法源于颜真卿《多宝塔》《勤礼碑》，后来延伸到《祭侄稿》。他喜欢颜体的憨厚、大气、正气、霸气、淳朴，像山东大汉。

著名书法家李铎评孙开桐的字："通过这几年修为，去掉了匪气、匠气，有军人气、汉子气，又有文气。"

中国书法家协会、美术家协会副秘书长张旭光说："开桐书法里，有碑帖的味道，又有画的境，线条变化丰富，入纸耐看。"

画境：书而优则画。孙开桐主攻中国画山水，亦涉猎花鸟和动物。他采取两条腿走路，一条腿走传统山水画之路；另一条腿走现代画之路，开创出一片独特的艺术天空。

"'意象'思维的中国画，是心灵感悟的艺术，是用图像图解心灵。先是对物像有所感悟，然后是绘画对感悟的表达；先内求，有了什么感觉；再外求，找到最适合这种感觉的表达方式。"孙开桐的绘画自觉独具匠心。

微山湖上有红荷千顷，气象壮观；微山湖畔有家乡父老，情浓于水。孙开桐画的荷花就不是眼中的荷花，那是他心中的荷花！心中的荷花是微山的山石，是湖中的波涛，是滕州的田野；是远古的圣贤，是历史的英雄，是当代的豪杰，是滕州的一切一切。

孙开桐穿越了传统书画之道作笔墨当下观，作品写心中所有而别开生面。正可谓不染污泥碧叶长，曾经妍华莲子香。微山湖畔多豪杰，荷花已是滕州样。

国家画院著名画家刘牧说："开桐的画里有禅宗和道的气息，越来越讲究中国诗词的意味，笔墨灵动、轻松。在造型上讲究博大、神秘，形成了自己的一种语汇语言，总让人眼前一亮，总有新的表现。"

著名评论家梅墨生说："开桐的画设置大面积的黑，横线竖皴，制造出一种现代的构成感，现代人的理念和语言，给人一种神秘感，给人以视觉上的水墨张力和冲击力，他的画有东方精神。"

诗境：情至而抒怀。书画之余，孙开桐还写诗。《秋思》："秋月青台上，照人生远哀。闭门不忍看，自到案窗来"。《残月》："晨起天边见残月，弯曲弱落惹人思。徘徊搜肠不得句，恍惚总在满圆时"。

"根据不同环境和心境，创作出不同诗词。可以是写作时场景，可以是回忆，也可以是心中所想。诗歌的意境，其实是心境。"

兴之所至，孙开桐也会拿起二胡，来一段《二泉映月》。诗与音乐滋养文气，润泽书画。融做人、音乐与诗词等诸多元素于书画中，使他的字画意境悠远，

赏读起来有味道、耐琢磨。

"三艺兼修"并非易事，多才多能的背后，则是不断的学习、创作、感悟和突破。

赤子情怀：用艺术守望担当

"为什么我的眼里常含泪水？因为我对这土地爱得深沉。"

纵观孙开桐的作品，很大一部分从不同侧面展示出他的风格，洋溢着一位军旅画家深沉的家国情怀。

"艺术家，不只是一个响亮的称号，这个角色承载着沉甸甸的责任和担当。"孙开桐对"艺术为了谁"有深刻思考。

"小时候，这孩子就爱帮'五保户'挑水、背粮、扫雪……"长辈们提起孙开桐，一致赞扬。

2009 年，孙开桐捐资 5 万元，到朋友那里借了 100 吨水泥，发动本村在外面工作的乡贤捐款，把村里一条土路修成了水泥路。

之后，每年他都往老家母校寄钱，作为奖学金，鼓励贫穷但优秀的学生完成学业。

"军营走出来的艺术家，永远不会忘记军营。"

1986 年，孙开桐无偿为部队干部子女教书画，每周一次，跟他学字画的孩子近百人，现在有的大学毕业参加工作，有的上了美术院校。

"原来他们教我拿枪杆子，后来我教他们拿笔杆子。"孙开桐为离休老干部义务教书画达 15 年，成为一段佳话。

这些"老兵学员"没有辜负他的心血，其作品多次参加全军、全国老干部展览，有的还获了奖。老将军杨德千学习书法后，把党的创新理论用书法写了 100 多幅，并举办了个人书法展览。

"为退役军人送一幅字或画，鼓励他们回地方好好干。"这个习惯，孙开桐坚持了 20 多年。

"自强不息""宁静致远"等，都是孙开桐精挑细选的字，意在励志。一位当了企业家的退役战友激动地说："孙老师写给我的字，我一直作为座右铭，鞭策自己！"

2012 年，孙开桐退休，离开部队，但对书画艺术的追求和守望没有停歇。

面对文艺界的"问题"和"偏差"，孙开桐毫不避讳："习近平总书记

在文艺座谈会上的讲话,犹如一剂良药,正对其症。新时代,文艺创作的春天已经到来……"

"人的精力有限,性格所限,能干好一件事,实属不易。既然选择了书画创作,就让书画第一、生命第二吧!"孙开桐对自己的定位历久弥坚。

"人民需要文艺,文艺需要人民。"孙开桐发挥自己的书画特长,服务社会,一向积极主动。向公益组织、四川地震灾区、敬老院等捐赠书画,他风雨无阻。

在家乡举办"故乡情"书画展;为古薛文化遗产保护与发展(北京)论坛暨《薛国沧桑》新书首发式奔走忙碌;为纪念改革开放40周年,牵头承办"盛世中华新时代·石景山区美协会员作品展"……他累并快乐着。

是什么力量,让一个人对一件事执着追求半世纪?

"我对书画的不懈追求,源于人生的历练和对生活的感悟、感怀和感恩,源于要做名副其实的书画家。"

老牛自知夕阳短,不用扬鞭自奋蹄。"我们家老孙不是在创作,就是在思考如何创作,每天晚上11点多还在画室……"孙开桐的夫人直言老公是"画痴"。

60岁时,希望能举办"新作展";70岁时,归零再出发,探索大写意……

在建设社会主义文化强国的征程上,凭借艺术天赋和军人秉性,孙开桐离艺术"高峰"越来越近……

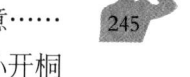

(文中照片为主人公提供)

唱响时代主旋律，当好职工娘家人儿

——记陆军炮兵防空兵学院退役军人，
郑州市总工会宣教部干部陈红松

"从小喝着黄河水儿，养足了精气神儿；说话阔利嘎嘣脆儿，木恁多哩事儿……有事儿没事儿咱喷两句儿，那清是可得劲……"

2015 年的一首贺岁代表作《清是可得劲儿》，不仅唱出了人们幸福、满意、舒坦和高兴的心情，而且蕴含着中原人被黄河水滋养的精气神，更暗含着勉励官员淡泊明志、清正廉洁的寓意——老百姓舒坦了，你才能舒服，成为展示中原文化的首选歌曲。这位秒杀韩国鸟叔的"文艺轻骑兵"，被"粉丝"们亲切地称为"得劲儿哥"。

他，就是陆军炮兵防空兵学院转业军人、郑州总工会宣教部干部陈红松，中宣部十三届精神文明建设"五个一工程奖"获得者（演唱作品《小村人的婚礼》）、河南省音乐家协会会员、郑州市流行音乐家协会会长、中国公益文化事业推广者。

工人文化活动有他、城市形象宣传有他、消防安全教育有他、食品安全活动有他、儿童公益活动依然有他，他像一只不知疲倦的蜜蜂，从一个活动到另一个活动，传承红色基因，讴歌真善美义，孜孜不倦地为时代放歌。

音乐之路缘起戏曲

1975年8月，陈红松出生在九朝古都洛阳。

历史悠久的千年古都，孕育着厚重的中华文明和华夏文化，不仅有"洛阳牡丹甲天下""洛阳水席誉世界""农机长子东方红"等，洛阳戏曲更因其浓厚的乡土气息和地方色彩而广为流传。

陈红松从小受此熏陶，音乐之路也由此开始。

1991年，陈红松凭着说唱天赋，考入"培养艺术家的摇篮"——洛阳文化艺术学校。在戏曲班，他练手眼身法步，学唱念做打功……

喜欢能够化解苦累。有时嗓子眼儿干得冒火，有时躺在床上还在比画手势，日复一日，勤学苦练奠定了陈红松扎实的基本功和声、器、乐等综合能力。

20世纪90年代初，流行音乐崛起，陈红松也深深迷恋上了流行音乐，于是萌生了改流行歌曲念头。

艺校毕业时，陈红松和几位同学成立了一个电声乐队，跑到南方一个城市到歌厅驻唱。没过多久，父亲觉得儿子离家太远，"看不见、管不了"，更担心他在"灯红酒绿"中迷失自己，多次督促他回来参军入伍。

文艺青年投身国防铁军

1994年底，在外面潇洒寻梦不到半年，陈红松入伍来到武警河南消防总队。

从散漫的快乐青年到严肃的标准军人，陈红松一开始非常不适应这种"起床、叠被""立正、稍息""饭前唱歌、睡前点名"的单调生活。

做个逃兵，还是改变自我？经过一个个不眠之夜的纠结和反思，陈红松决定"留下来"。

思路一变天地宽，陈红松开始适应部队、理解部队。严肃紧张是部队遂行任务的需要，但除了直线加方块，除了铁的纪律，业余生活为什么不可以活泼一点？他在训练间隙开始琢磨利用特长丰富战友们的业余生活。

1997年，陈红松成功考取了陆军炮兵防空兵学院（郑州校区）。

"有很长一段时间，我和音乐几乎是隔绝的，特别是在军校，整天都是军事课，我几近崩溃，但也就是那个时候，锻炼了我的意志。使我意识到，部队是个特殊舞台，没有机会唱歌的日子里，体会的是不同的生活，其实也

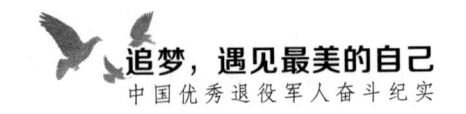

是对音乐深度认知的修行过程。"

随着兵龄增长，忠诚可靠、服务人民、竭诚奉献等政治教育的内容，也逐渐固化为他的人生观、价值观。就这样，陈红松一步步走来，在军队基层文化建设的队伍中，组织各种文化活动，把欢声笑语送到战友身边。

从战士、军校学员再到文化干事，陈红松这一干就是16年。"基层部队文艺工作者都是'万金油'，一专多能，跳舞、演小品、说相声，自不在话下。"

功夫不负有心人。陈红松先后获得解放军原总政治部颁发的解放军优秀文艺战士奖，原总参谋部颁发的优秀演员奖、全军优秀创作奖等。

2006年，部队推荐他到解放军艺术学院深造。这期间陈红松得到了很多高师的指点，使他在音乐创作上有了质的提高。

回顾军旅生涯，陈红松感慨颇多："当兵不仅锻造了我顽强的性格和坚忍的意志，还历练了我不怕苦不怕累、甘于奉献的作风，为我在地方工作打下了坚实的基础。"

"陈导"舞台掌声响起来

2010年，陈红松服从组织安排，脱下军装，转业到郑州市总工会。那个时候，恰逢单位乔迁新址。走进新大楼，面对新工作，陈红松开始了人生新篇章。

"刚到工会还真有点蒙圈儿，工会是干啥的？怎样做好党和政府联系职工的桥梁和纽带？……"一连串问号在陈红松脑海涌现。

"起初也曾经听说过，工会就是吹拉弹唱、打球照相、劳动补助、生产保护，这乍一听好像工会工作跟我的特长有关联，但真正接触后，才发现不是简简单单四句话就能够概括的！"

遇难不退、迎难而上，才是军人真本色。陈红松想起了刚到部队的日子，"这不过是换了一个舞台。不懂，就从最基础的开始做。"

从职工舞蹈大赛到职工技能展示，从劳模宣讲到体育比赛，从活动策划、编创到组织保障……

陈红松边干边学、边学边干。粗略计算，9年来陈红松组织大小活动不下300场次。特别是组织大型活动，站立一上午不喝水、不去厕所都是常事。多少个日日夜夜，多少次协调安排，多少酸甜苦辣已经记不清了。

正因如此，陈红松和广大职工朋友们结下了深厚友谊，收获了无数掌声，大家送他一个亲切的别称——"陈导"。"起初听着有点儿脸红，但是想想，为咱职工当导演，导演咱职工的节目，这个导演当得值！"

走进新时代，"工会要顺应时代要求，要适应社会变化，善于创造科学有效的工作方法，让职工群众真正感受到工会是'职工之家'，工会干部是最可信赖的'娘家人儿'。"

陈红松发挥文艺特长，牢记"以人民为中心的创作导向"，远离浮躁、远离"三俗"，走进职工、走进百姓，坚持不懈创作和演出。

"求木之长者，必固其根本；欲流之远者，必浚其源泉"。创作有筋骨、有道德、有温度的文艺精品，离不开持续的学习。陈红松既学习党的文艺工作思想，也学习优秀的中华传统文化和当今文艺前沿知识，力争融会贯通。

工会形象歌曲《咱是职工的娘家人儿》《中国梦劳动美》，被全国总工会推广学唱。作品《不忘百姓》，获全国纪检歌曲评选一等奖，郑州市纪委拍摄音乐 MV 滚动播放。关爱农民音乐电影《心和兄弟在一起》，在全国公益作品比赛中获一等奖。志愿服务队歌曲《有事儿您吱声》《您用电我用心》，在全国电力系统展演中获一等奖。公益环保情景剧《出门不妨坐公交》、安全行车歌《幸福的方向平安的路》，在全国国资委企业文化展演中夺得金奖。

"是广大职工的感人事迹，让我有了创作的动力，帮助基层工会解决文化活动中遇到的难题，让我开心。职工群众满意了，我就有成就感！"

传递党的声音和关怀，送上生活的欢乐和文明。陈红松不是在歌唱就是在创作。看着他微信朋友圈的动态，忙碌、真实、鲜活、热情，每一条都是满满的正能量。

"唱响时代主旋律，当好职工娘家人儿，为满足职工群众对美好文化生活的需要，贡献自己的才艺。"这是陈红松的心愿，亦是职工群众对他的期盼。

（文中照片为主人公提供）

痴守"黑道"45载的"无名山人"
——记海军东海舰队某支队退役军人，国家一级美术师、书法家庄辉

古城淮安，位于古淮河与京杭大运河的交汇处，有着"运河之都"的美誉，是江淮文化的发源地之一，独特的地理位置及历史文化，使其成为南北交融汇合之地。

这种南北的交融在书法艺术上亦体现得较为明显。书法素有南、北派之分。南派以帖学为主，恬淡秀美，雅逸流畅；北派则以碑见长，雄厚浑强，险峻豪放。帖过易羸弱，碑过易张扬。人杰地灵的淮安便涌现出很多将帖的"秀"与碑的"雄"结合起来的书法大家。庄辉，便是其中一位。

庄辉，海军东海舰队某支队退役军人、国家一级美术师，江苏省淮安市美术馆（书画院）艺委会执行主任。出生在三年自然灾害时期，成长于"文革"时期，学工、学农、当兵、事艺，在这样的时代，一个人要想成就艺术事业，着实不易。但特殊的经历却塑造了他刚毅果敢而又温文尔雅的气质。"心有猛虎，细嗅蔷薇"，也许是对他最贴切的概括。《中国书法》杂志主编朱培尔先生曾赞他"外表秀儒、内心若奔岩，动若惊涛波澜起，静如止水禅境心"。

45年如一日，庄辉将半生经历融进了书法创作之中，其作品既有帖的法度，又有碑的笔意，秀美中不失雄强，潇洒中又显沉稳，厚重中能显灵动，豪放中亦富内蕴，可谓熔古铸今、南北交融的典范。

缘起大字报，"野孩子"爱上书法

庄辉在童年时代，可以说像是一匹野马。

由于历史原因，父亲被批斗，母亲每天要从城市最东头赶往最西边上班，还要顾及家中老小数口人的生活起居，根本无暇照料庄辉，这一下他便被"放了羊"，俨然成了一个有家无人管的野孩子。

小学四年级时，家中好不容易将他从三门楼小学转到了市里最好的小学——长征小学。刚上半年，庄辉家便从城东搬至城西，新家后门一开便是永红小学。为了方便玩耍，他便自己向老师提出了转学申请，然后带着校长开的转学证明独自去永红小学报了到，没想到一切很顺利，永红小学竟然顺利地给他办了入学手续。上了一周，家中大人才得知他独自转学的事情，随后便是一顿痛打。

庄辉的初、高中四年生活是在淮阴中学度过的。当时正值闹学潮，学校不是组织学工就是学农，街上贴满了大字报。无法无天的"野孩子"突然对龙飞凤舞的毛笔字产生了浓厚的兴趣。那时只要见到大人们画板报、写大字报，他都会傻傻地站在一旁看半天，心中也暗暗埋下了种子，将来长大了也要当宣传员！

那时的条件几乎见不到一本像样的书画启蒙教材，也很难请到正规老师，全凭兴趣爱好。庄辉自己从书店买了几本连环画和新魏体字帖，想当然地将毛笔尖剪掉，用秃笔写起魏楷。

庄辉的外祖父张笃之是位老塾师，写得一手好字，与周恩来的外祖父万青选是近邻，两家多有走动。张笃之育有子女6人，庄辉母亲排行第二，6人均未走书法之路。老人的一手好字无人继承，成了张家最大遗憾。彼时发现"野孩子"对书法表露出了浓厚的兴趣，庄辉的母亲异常惊喜，自然也给予了他很大的支持。为了练就手上硬功夫，他特让母亲买了根铁笔杆，整天握在手中练习手腕力量。

高中时，庄辉家搬到了清江市工艺美术厂后园，不远处便是清江市文化馆，这使他有机会看到较专业的老师写字作画。那时他也从亲戚那里得到了一本外祖父留下的柳公权楷书字帖，天天照着葫芦画瓢，每天晚上不达到当天的目标绝不罢休。

在"知青"年代，不管农忙时节有多紧张，庄辉都坚持练字，有时困得睁不开眼，但为了练上几个字，牙齿把嘴唇都咬出血印来；冬天，用玉米秆隔成的防震棚里滴水成冰，手指被冻裂流着血珠子，他忍着疼痛，哈着笔尖上的冰碴，一笔笔地临着"柳公权"；在还没有电风扇的炎热夏季，为防蚊虫叮咬，他穿着长袖衫，把腿放在水桶里，挥着汗水仿着"颜鲁公"……

少年时代的庄辉，凭着从外祖父隔代遗传来的天赋，无师自通地在学习书法的路上乐此不疲。

军中遇伯乐，"野路子"转上正途

1979年，庄辉参军入伍，来到了海军东海舰队某支队。在部队度过了快乐而关键的五年，其骨子里刚强坚毅、乐观积极的一面在"大熔炉"里得到了进一步淬炼。

环境的变换并没有扑灭庄辉练习书法的热情。无论寒冬还是酷暑，他利用一切能利用的方式和时间练习书法。

新兵连里，训练间隙，庄辉将游泳池台阶上的积雪抹去，坐在冰冷的砖头上做日课。

远航途中，波涛汹涌，哪怕军舰单边摇摆20多度，心中发慌，头冒虚汗，他忍着呕吐也要在狭小的文书室练上几笔。

津贴微薄，省吃俭用，庄辉得空便带上馒头和军用水壶，转乘几路公交到上海南京路、福州路的几家艺术书店去淘书购帖……

作为舰上的文书，庄辉还是书法兴趣小组的老师，负责教书法，也经常邀请地方老师登舰授课。由于有书法特长，官兵们结婚或者家中有老人祝寿都请他帮着写字，他也是有求必应。

军舰一年要出海几个月，北起葫芦岛，南至西沙群岛，庄辉随军舰走遍了祖国的海岸线，开阔了眼界，那些与海鸥和巨浪相伴的日子，他丝毫没觉得枯燥无聊反而无比快乐。"看飞鱼跃出海面、海鸥在甲板驻足、千余米深的海水湛蓝平静，心胸十分舒畅。"

大海的壮阔无边，不禁让22岁的庄辉写下了"入深海者见蛟龙，于惊涛处斩恶鲨"的诗句。豪迈的志气充盈着他青年时期的美好时光！

已经在中国美术馆开过个展的庄辉，至今还记得1983年在部队举办第一次个人书法展的经历。

艺海泛舟　再谱华章

"那时候第一次搞展览，没经验，在海军虬江码头军人俱乐部，我把自己最满意的八幅作品直接用糨糊糊在了墙上，展览挺顺利，可展览结束了，作品却一张也没揭下来，就剩了一张展览照片，算是纪念。真傻！"庄辉一边笑着，一边自嘲。

庄辉1974年习字。前十年，虽日日临范，总不甚得法。在沪服役时，一次休息，他到上海南京路上朵云轩淘字帖、购笔墨。手提书法习作、一身海军服的他在店门口格外引人注目，一名中年人路过便与他攀谈。一聊才知，这位中年人就是著名书法家沈觐寿先生的弟子、上海书法家过立人先生。

"过先生看了我的书法，首先肯定了我的书法功夫和潜力，同时一针见血地道出我的书路太野！并问我介不介意他给我做些指导。过先生的谦逊和热情瞬间打动了我。"

能得到过先生的指导自然非常开心，可过先生要求从"点横竖撇捺"的基础笔画重新练起，从根本上改变一手的野性。虽知道自身存在缺点，可要从头开始，对于已经刻苦习练了十年的庄辉来讲还是受到了不小的打击。

对于书法的痴迷很快战胜了苦恼，庄辉决定一切清零，从头开始。1982—1984年近三年时间，过立人老师几乎每周给他写一封信，进行"远程"辅导。由于有之前十年的功底，在伯乐的精心点拨下，从"野路子"转到"正轨"的庄辉，书法技艺突飞猛进。

"今生难忘过老师的指导，可以说没有过老师的指导，就没有我今天的成绩。他是我书法追梦路上的贵人！"庄辉深情地说。

甘坐冷板凳，四十载痴守墨道

庄辉曾出了一部《墨道心迹——庄辉书画文论集》的专著。有朋友第一次见书，没看清"墨"字，大惊：你怎么研究起黑道了？朋友的一句玩笑话，他却非常有感触。"黑道""白道"，这就是书法的视觉特质。计白当黑，黑白相生，"知其白，守其黑"，这正是中国书法艺术的魅力所在！他因之而陶醉和痴恋！

"人生有限，不求面广，只在一专；做馒头不做煎饼，人生只要有一处亮点，有一个高度，就足矣！"庄辉说。专心"做馒头"的他，就甘愿一根筋偏往"黑"道上行，且一条道走到黑！

学艺是很枯燥的，有个"一万小时定律"，是说想成为某个领域的专家

至少需要有一万个小时的积淀和磨炼。

东坡有言:"非人磨墨墨磨人。"练字即"练人"。陈列在中国美术馆展览的一幅18米草书长卷,便是庄辉积蓄了几十年功力,最后仅用了一个半小时一气呵成。

看庄辉习字便发现一个细节,其右手无名指背有半个黄豆粒大小的隆起,原来是常年抵毛笔磨出来的老茧,颇像一个小丘,这也是他"无名山人"别号的由来。

回想走过的历程,个中之辛苦自不待言,但艰苦的环境却磨炼了庄辉坚韧不拔的意志。这许多年来,无论经历什么困难,他从没有放弃过对书法艺术的追求。为了学艺,平时不舍得吃穿,可在买书购文房四宝上,再贵也舍得花钱。

退役后,因一技之长,庄辉如愿被分到清河区(现清江浦区)文化馆,从事书法艺术创作和书法培训工作。1993年,他调任清河中国画院院长;2003年,调入淮安市书画院(现淮安市美术馆)工作。

在经济飞速发展的时代,挣钱似乎才是第一要务,工作这么多年,庄辉身边学书法的人来来往往,但真正坚持下来的没几个。他坦言:"想有成就,就得耐得住寂寞,坐得住冷板凳!"

日子平淡无奇,庄辉边工作边研习书法,在当地也逐渐有了名气。书法技艺想更进一步的想法也逐渐浮现。

"书法到最后拼的是知识和文化,那才是书法的底蕴和根基。"

1990年,女儿出生了,痴迷书法的庄辉给女儿起名"抒书",取意"书者,抒也"。笔飞墨舞,以抒其情。在家人的支持下,他在女儿出生后的第四天便负笈北上,到北京大学首届书法艺术研究班学习。在北大求学的日子,得到了诸多著名教授、书法家的传授与指导,开启了他从研习书法技能转向文化深层次的探寻之路。

2005年,庄辉又赴北京荣宝斋画院中国书画家高级研修班深造。这一年里,他开悟了更多书写的要道,不再拘泥于书本上的法则、法规,意识到书法创作既要守法,更要敢于破法,还要注重情感的表达,看似随意无序实则自然深邃。

庄辉不仅修习书法,还刻苦钻研,溯本求源。庄辉极喜欢颜真卿的书学,他从对颜真卿书学比较研究入手,以史证论,史论结合,撰写了《从北魏〈元项墓志〉试探颜楷之源》等系列论文,成为研究颜楷的重要文献和依据。他撰写的书法论文《颜楷成因探寻》，入编荣宝斋出版社出版的《中国书法史论丛书——晋唐楷书研究》，入选中国艺术研究院中国书法院主办的"渊源与流变——晋唐楷书研究论坛"，他也在论坛上做了学术演讲。

45年的艺术积淀和磨砺，心中犹如蓄势待发的火山就要喷发！那种大胸怀、大气格、大胆识、大境界的追求和混沌苍茫、恬逸空灵的书境时不时在庄辉的脑际隐现，仿佛就要捉住。

思想涅槃，四次进疆终悟大道

就在庄辉渐入佳境的时候，总感觉有一个关节始终无法打通，蓄势待发的火山总是找不到出口，仿佛一个武林高手，技艺炉火纯青却做不到随心所欲。

2005年，庄辉在荣宝斋学习期间，结识了创意大师贝德洛维基先生。

2013年春，已有八年多未谋过面的贝德专程从北京赶来看望庄辉。贝德认为，庄辉如今的书艺一定会大有突破，欣赏了近几年的作品后，贝德指出庄辉的书境气格不够，并开出了"走出去，打开胸怀，拥抱自然，解脱'法'书，抒发真情"的方子。

2014年8月、10月和12月，庄辉随贝德三赴新疆。

"说实在的，我也知道为艺者当'读万卷书，行千里路'的道理，这之前也没少走天下，可就是感悟不到行路与艺术的真正关系。而经贝德先生这一年的引领，我的心胸豁然开朗。"

2015年，庄辉独身一人四赴新疆。

一天，庄辉在伊犁东恩骐骥书画院交流，成都蜀豫女士向庄辉求写"一"字作品。庄辉感到惊讶，史上大概还没有人以"一"创作作品的！有求就当应，他铺纸研墨，略做思考，便有了创作思路。

一时间，四次来疆的场景逐一在脑海闪过：在万米高空鸟瞰天山，那蜿蜒的山脉如同巨幅狂草，厚重雄壮、浑然天成，不拘一格；在昆仑脚下细看河床，那如同"屋漏痕"般的笔画，自然多变，随心所欲，鬼斧神工；站在高丘上眺望沙漠，那茫茫起伏的沙丘如同书法中的点承起合，轻重适宜，错落有致，细腻活泼。在那一刻，庄辉的心胸仿佛像陈封千年的闸门一下子打开了，迅速落笔，在宣纸右上角划出一个"一"字，为得到视觉平衡，在左下方题上老子语："道生一，一生二，二生三，三生万物"。庄辉感慨，事艺40余载，接大考也！

在乘飞机返回途中,庄辉俯瞰着蜿蜒起伏的天山山脉,心里跳出8个字:昆仑气概,大漠情怀。此后的书写,他的书境一任地放怀,才有了"大气格、大胸怀、大胆识、大境界"。如今,已到耳顺之年的他,书法更讲究"道法自然""清净无为",又多了份沉醉笑看"花开花落"、闲对"云卷云舒"的从容。

"书法是凝固的音乐,几个基本笔画和七个音符是一样的。道家讲,三生万物,简单的笔画能演绎出无穷变幻。坚持学习书法可以修身、养性、怡情、长寿,还可以从字中体味到建筑构造、音乐、舞蹈、美术、哲学、气功、佛道等大境界、大智慧。书法真是不能小觑的大艺术!学习越久,研究越深,体会越多,收获越大!"在中国美术馆举办个人展期间,接受国家一级作家孙晶岩老师采访时,庄辉道出了他对于书法的感悟。

德艺双馨,热心公益献爱心

"部队的经历磨炼了我,使我终生难忘。直到现在我还时常梦见那段军旅岁月!只要有机会,我就愿意为部队、为社会做点事情!"

虽然离开部队已经30多年,但是作为一名退役军人,庄辉始终感恩那段军旅岁月,积极组织、参与文化拥军活动,为部队文化建设增辉添彩。

每年春节、八一建军节,以及纪念中国人民抗日战争暨世界反法西斯战争胜利70周年等纪念日,庄辉都会随书画家慰问团到东海舰队十五分部、防空旅、武警支队、消防支队等,现场挥毫泼墨,写春联,送福字,赠作品。

庄辉曾牵头组织市美术馆书画家到舟山慰问淮安舰官兵,并精心创作了30余幅书画作品布置舰艇会议室、舰首长室等场所,以书画艺术形式为部队官兵送上丰富的文化大餐。近年来,他更是精心创作了100多幅主题鲜明、内涵丰富、立意向上的"双拥"题材书法作品,赠送给官兵。

在淮安当兵的赵仕海,由于意外,留下了终身残疾,但却爱上了书法。庄辉在一次到八二医院慰问时得知此事,便主动到赵仕海病床前看望,亲自辅导,不断鼓励,前后长达5年时间,使这位战士重新燃起了生活的希望。

2013年,为纪念自己从事书艺研究40周年,庄辉精心挑选了近10年来所创作的40幅书法精品,在淮安市博物馆举办了"爱心助残仁者事庄辉书法精品捐赠展",将书法作品拍卖所得40万元善款,无偿用于爱心助残。

2015年,庄辉向新疆伊犁州红十字会捐赠了十幅价值15万元的书法作品。向汶川、盐城等灾区捐赠自己的书法精品。

20多年来,庄辉还一直坚持无偿献血。他常说:"赠人玫瑰,手有余香。献血只是举手之劳,却可以挽救别人的性命,我们何乐而不为。"

　　庄辉用一颗真心、一腔热情在基层"双拥"工作中倾情奉献,在弘扬社会正能量的路上发光发热,彰显了高尚的艺术操守和勇于承担社会责任的真挚情怀,其事迹多次被江苏电视台、淮安电视台及《文汇报》《淮安日报》等报道。庄辉先后荣获"江苏省文化系统先进工作者""淮安市优秀知识分子""淮安市双拥工作先进个人""淮安市重点文艺作品奖"等荣誉。

　　2000多年前,同样生活在淮河之畔的淮南王刘安在其名篇《淮南子·主术训》中曾感慨:"非宁静无以致远,非宽大无以兼覆,非慈厚无以怀众,非平正无以制断。"事艺45载,不仅书法艺术功力深厚,学术成果累累,而且热心社会公益事业,庄辉堪称是一位德艺双馨的书法名家。愿运河文化浸润下的庄辉,以永攀高峰的艺术追求、不落人后的艺术担当、弘扬国粹的艺术情怀,继续为大众创作出更多优秀的作品。

(文中照片为主人公提供)

痴迷"涂鸦"绘就"吉祥"人生

——记原武警黄金部队退役军人，
  北京著名吉祥画家李宪刚

心灵有多美，笔下的画才会有多美好！

他以国粹"吉祥画"为创作主题，数十年孜孜以求，不改其志。

他始终坚持以画写心、以画传情、以画自娱，不求以绘画闻达于诸侯，但求笔墨随心率性。

这位用艺术传递"吉祥"与"美好"的燕赵汉子，先后在《人民日报》《解放军报》等国内外百余家媒体发表作品万余件，20余次在各类展赛中获奖。出版《我要当爸爸》《我要当妈妈》《国家安全与忠诚卫士》等20余部作品。

他，就是原武警黄金部队退役军人，香港海鸥、新雅等出版公司和国内外多家画廊签约画家李宪刚，笔名老李、火狐。

一日午后，三两好友相约来到老李工作室茶叙，一同走进绘画世界，畅谈"吉祥"人生。

| 艺海泛舟　再谱华章 |

杂技之乡孕育"神童之笔"

绘事之兴，由来尚矣。

沧州之南的吴桥县，素有"人间游乐无双境，天下杂技第一乡"美誉，"耍把式"的比比皆是，潜心创作绘画的更是高手如云。县内出土的距今 1500 多年的南北朝东魏时期的墓葬杂技壁画，不仅证明了这里杂技历史之久远，亦印证了这里的古人绘画艺术之精湛。

1971 年 10 月，辛亥猪年，李宪刚出生于这里一个艺术底蕴深厚的绘画世家。父亲李秀岭从小便受到艺术熏陶，一次偶然的机会，在乘坐火车的途中入伍后，又进一步系统学习了苏联老师的绘画艺术。

聊起李宪刚什么时候开始会画画，回答是"从尿床那天开始"。画家幽默后，证实七八岁时确实写了篇《长大了像父亲一样当个画家》的作文，引起了父亲的注意。父亲开始有意识地教他一些画画的基础知识。

从小能歌善舞的李宪刚，天生聪颖，一点自通，画狗画猫、画花画草，见啥画啥。

没有纸墨，他以煤球粉为笔，把自家和邻居家的院墙当成了他的涂鸦之地。凭着刻苦和天分，11 岁的李宪刚便在《沧州日报》发表了第一幅美术作品。

与画结缘。李宪刚的童年在画画中成长，在画画中快乐，也在画画中磨炼，在画画中体味世间百态、聚散离合。

风餐露宿磨砺"涂鸦天才"

1987 年，初中毕业的李宪刚带着"男儿何不带吴钩"的梦想，入伍到驻哈尔滨的武警黄金部队。从大平原到黑土地，从新兵到志愿兵，无论是天寒地冻，还是训练施工，他都坚持绘画不辍，把"业余"当"主业"。

新兵下连分到基层一线，面对繁多工种，他干一行爱一行。昔日战友张传运这样概括李宪刚的军旅生涯："养猪喂鸡、做饭洗衣，管过仓库、发过军衣，送报放号、打水扫地，管过音响、扛过相机，文工团员、强项曲艺，相声快板、样样拿起，演个小品、笑破肚皮，歌手大赛、通俗第一，制作板报、无人能比，美术编辑、绘画设计，连团师军、逐级磨砺。"

1990 年，正当李宪刚在部队"风生水起"之际，父亲却因病英年早逝，

李宪刚化悲痛为力量，师从启蒙老师、辽宁出版社美术教授李春先生，誓将绘画进行到底。

荒漠戈壁、林海雪原，寻金找矿、踏勘采样，李宪刚和战友们不惧艰辛、不畏生死，在为国寻宝的过程中，丰富着他的创作素材。

山花、小草、帐篷、地锅、铁锤、放大镜、石灰岩、花岗石，夕阳下战友弯腰劳作、背样行进等，在他的笔下都美好起来，清灵可爱、活灵活现。

施工站痛了双脚、画画磨出了手茧，依然挡不住他的创作激情。幽暗的灯光下、太阳的晨辉中，休息时的间隙、别人娱乐的闲暇，都能看见他不知疲倦的创作身影。

1997年，为了提升绘画艺术，李宪刚自费到中央美术学院参加短期培训。痴迷加刻苦，感动了各级领导。1999年，部队"出资"推荐他到中央美院再次"进修"。

热爱是最好的老师，欣赏是最大的动力。一幅幅反映各类素材的作品，陆续在报刊上发表并获奖，也常常被战友们"洗劫一空"，被许多慕名而来的爱好者收藏。他用绘画支持部队开展政治教育和文化活动，受到官兵欢迎，做法被上级推广。

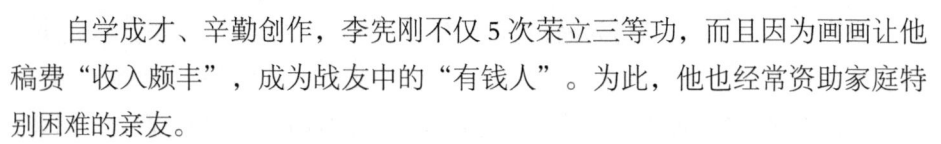

自学成才、辛勤创作，李宪刚不仅5次荣立三等功，而且因为画画让他稿费"收入颇丰"，成为战友中的"有钱人"。为此，他也经常资助家庭特别困难的亲友。

吉祥主题画走进寻常百姓家

2003年底，李宪刚转业回到地方后，从"新兵"做起，继续奔波在绘画的道路上。不同的是，随着生活阅历的增加，他创作的方向和定位愈加清晰。

民俗的就是世界的。从画物到画人，从讽刺画到绘本，从满意到否定，李宪刚在创作中总结，在总结中反思，在反思中升华。

他认为，自先秦以来，人们便将年画作为春节里不可或缺的元素之一。然而，时光荏苒，传统年画虽然依然存在，但却已失去往日光环。特别是日本等国家漫画的发展，冲击着中华传统文化。"他们像喜欢大海一样喜欢漫画，漫画不仅主宰着人的阅读生活，而且深刻影响人的思维方式，成为社会进步和快乐的重要源泉。"

"中国漫画必须搞好传承创新，强起来才能坚定文化自信。"李宪刚对

绘画艺术的认识愈益深刻。

"以古人之规矩，开自己之生面"。实践中，李宪刚大胆突破传统年画的画法与构思，推陈出新，以全新的理念构图，融合中西方技法，将国画、漫画、年画融为一体，创作独具风格的吉祥彩墨画。

鲜活可爱的《福娃》，明眸清澈，情结如水；内涵丰富的《松鹤延年》，蝙蝠、长寿仙人、孩童、葫芦等，色彩协调、活灵活现。他的吉祥画既不失传统的元素，又寓于当代人所喜爱的清丽，雅俗共赏。

"宪刚的作品喜庆，而且百看不厌其倦。这也是老百姓衡量一幅作品的基本标准。"书画发烧友李长顺颇有感慨。

来自乡土、关注民生，李宪刚始终不忘创作的血脉。

2014年，基于讲述社会最底层的小人物面对爱情、婚姻、家庭、事业的酸甜苦辣，让读者在笑声中感悟生活的美好和希望，他出版了《武大郎也有春天》，至今畅销不衰。

绘画只有紧跟时代潮流，才能发展繁荣；只有顺应人民意愿，才能充满活力。李宪刚积聚40年之功力，创作系列长卷画作《梦》。

开笔之作——30米长卷《追梦》，以56个民族人物和鲜活生动的生活画面，绘就了一幅民族团结、幸福和谐、欢乐吉祥、追逐梦想的美丽画卷，在京西宾馆展出后引起轰动。

系列之二——《祥和梦》姊妹篇《十二生肖》《十二星座》《醉吉祥》，以及《航天梦》《强军梦》《冠军梦》等长卷亦受到广泛关注。

真实的世界，有善恶美丑，有悲欢苦乐。喧嚣的社会，物欲者众，寡欲者少。尽管每一位画家都渴望通过作品展示眼中的世界和心中的美好，然而内心的混沌，往往会体现为往笔下的晦暗。

有一些画家急功近利，以画易银，有数量缺质量，艺术的空间充满了铜臭的雾霾和低俗的作品，李宪刚却保持着理性和开放的态度，执着于信念，珍惜作品犹如珍惜生命。

军旅诗人吴天鹏对李宪刚的作品倍加赞赏，称赞他是深居简出，心性如始，不仅保有稚童博爱之情怀，而且坚守指尖笔墨之清风，"神笔"可贵更可敬。

士不可以不弘毅，任重而道远！

"不是在画画，就是在思考画画"是李宪刚的原生态；"好好画画，好好做人"是李宪刚的座右铭。

2018年，李宪刚取名"祺源"，寓意"吉祥的源泉，将画笔砚池作为吉

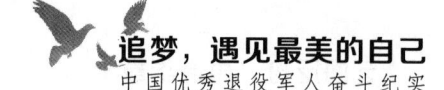

祥之源，为百姓创作吉祥画，传递快乐和幸福"。

艺无止境，美无界限。

"未来，要按照习近平总书记关于弘扬社会主义核心价值观要求，努力创作更多思想性、艺术性、观赏性俱佳的作品，真正让吉祥画活起来、动起来，蕴含更广更深的内涵品质和延伸价值；让吉祥画走进寻常百姓家，用漫画讲好中国故事，传播民族复兴正能量。"

等闲识得东风面，万紫千红总是春。

在传递吉祥和美好的征程上，李宪刚必将不辜负时代召唤、不辜负人民期待，为建设社会主义文化强国贡献自己的精彩创意！

（文中照片为主人公提供）

家国山河水墨中

——记原武警8680部队退役军人，青年书画家万威

"最困难的时候，是退役后初来北京学画的那段时间，退役费一部分留给了家里，剩下的全交了学费，一年只有3000块钱收入，这点收入在北京基本上连饭都吃不上。"当被问及近年来最困难的经历时，万威略微思索，轻描淡写地回答。

在位于双井富力城的览青书馆里，一壶清茶让我和万威摆开了龙门阵。时值暑期，窗外的蝉鸣不绝于耳，显得格外聒噪，书馆里刚给一帮学生上过课，满室的墨香在伏天湿热的空气中氤氲着，几杯茶下肚，整个人变得非常通透，世界也变得安静下来。

2006年我从基层连队被借调师机关工作期间，与万威有过半年的交集，当时我俩同在政治部宣传科工作，不忙的时候我会看看书，他则从早到晚研究国画。印象最深的是2006年国庆节，部队和地方进行军民共建活动，要组织一场国庆晚会，万威被选进晚会保障组。就在晚会开始的前两天，舞台背景墙出了点问题，制作新的已经来不及了，可事关部队形象，这个问题必须解决。就在大家一筹莫展的时候，万威主动请缨手绘背景图，得到了负责人的批准。可一测量大家傻眼了，120多平，去哪采购这么大纸张？还要保证结实耐用？万威提议买白布找裁缝拼接。布拼好了，万威在大礼

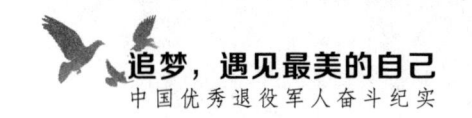

堂的舞台上现场作画，两天一夜，终于在晚会前完成手绘背景墙《江山如此多娇》，晚会顺利进行，他却差点晕倒在舞台上。

我一直觉得万威在同龄人中颜值和才华都算得上出类拔萃。2010年退役后，本可以在湖北老家体制内谋得一份不错的差事，他却义无反顾地选择了一条进京边学习边创业的苦行僧式的涅槃之路。

万威坦言，追求艺术梦想的道路从来不是一帆风顺的，自己也有过当逃兵的念头。从1999年开始学国画至今20年时间，其实各种原因都可能随时让一个人放弃自己最初的梦想，这才是生活的真相。万威至今还保留着从部队带回来的一盒大头针。那时候在部队搞宣传，日常工作非常单调，经常要为会议制作横幅，由于条件简陋，为了节约成本，需要先把横幅内容手写成宋体或者黑体，而后用小刀一点一点刻下来，再用大头针小心翼翼地别在横幅上。会议多、时间紧急，加班加点是常有的事，就这样年复一年地别了八年，究竟别了多少大头针连他自己也记不清了。退伍时特意装了一盒别过的大头针，就是以此告诫自己，这一生不应该一直这样，画画才是自己想走的路。为了尽力在艺术上提升自己，退伍后便报考了中国国家画院，来北京跟随大师继续学习。万威笑着说："在最困难的时候，为了生活，也想过放弃做职业画家的梦想，但从未有过放弃画画的念头。我曾经在北京当过保安、服务员，摆过地摊、做过安利，经历过这些后，我认真思考了我的人生，我认为我的人生还是应该回归到画画上。所以我坚持了下来。"

览青书馆开在北京最繁华的CBD商圈，这里快节奏的生活、灯红酒绿的世界无不考验着一个书画创作者的心性。万威讲，要保持不动心着实不易，这就是修行。偶有世界500强的企业请万威去给员工开设书法绘画课，学生中也不乏腰缠万贯的企业家、社会名流，万威每次都会告诉学生们要随时保持清零的能力，抛开烦恼，静下心来领悟书法和绘画的精妙，享受创作的乐趣。"我不止一次地告诉学生们，学国画没有捷径，急于求成把很多国画爱好者挡在了精进的门外。我画了20年也只朦胧中摸着了一些门道，内心偶尔会有一点点通透感。这条路很长也很苦，但急于求成、急功近利却也不是我的风格。不管以后是否能有成就，我都会慢慢地、脚踏实地地走下去。"

由于我办公的地方离览青书馆非常近，所以可以经常去"蹭课"。有时是举行篆刻公益活动，万威的课堂氛围很轻松，讲得很朴实，很好理解，让人跃跃欲试，一堂课结束后每个人都可以刻出自己满意的作品。难怪有很多公司、单位请他去讲书画、篆刻。

艺海泛舟　再谱华章

"是部队让我变得更踏实,梦可以海阔天空,路要脚踏实地。我曾经的同学很多都成了知名画家。"万威带着几分自嘲说道。在这个有些浮躁又急功近利的社会,万威是一个另类,八年从军的经历,影响至深,他不仅养成了良好的生活习惯,锻炼了强健的体魄,更重要的是锻炼了他耐得住寂寞、甘于平凡的性情。为了画好画、提高手头功夫、观察自然生活,他平时总是随身带着纸笔随时记录一些觉得有意思的小画面,大至一片景色,小到一片树叶都会被他描绘下来。为了画好小区里的一朵野花,他经常不吃不喝一坐一天,雨来了,连跳广场舞的阿姨都看不下去了,默默给他撑起一把伞他都没有觉察。夏天蚊子多,有时一张画没画完便被叮了一身包,却不忍离开,与蚊子死磕到底,画完了才觉得浑身发痒,但内心却充满喜悦。

"怎样才算好的水墨画?"我趁热打铁追问。

"这是一个我也经常思考的问题。那些可行、可望、可居、可游的山水是大理上的章法的意境,好的画应当是画家最真实的思想情感寄托。学习古人的精髓、理解自然之道是必要的,但最重要的还是对自然生活的感悟,抓住自己一瞬间的感悟,用最恰当的笔墨表现出来。我现在越来越不喜欢照搬程式化的东西,但也不会一味求新奇,和感情对接不上的信息永远不真实,不真实又如何能打动人呢,那顶多是瞬间的夺人耳目罢了。现在生活越来越忙了,画画学习的时间越来越少,再过一年半载要取舍了,在自我提升上多下些功夫。我的目标是,两年内突破笔头功夫,两年后行万里路,看山看水,做个游行画家。"万威望向窗外,连片的高楼挡住了视线。

"送你一幅字吧。"万威收回了视线,铺开了纸笔。略思考,便洋洋洒洒地飞龙走凤,不一会儿,岳飞的《满江红》便写好了。

三十功名尘与土,八千里路云和月。军旅出身的青年画家万威,儒雅中始终脱不掉军人豪爽热血的那一抹底色,家国山河均在水墨之中铺展开来!

(文中照片为主人公提供)

出版后记

征途漫漫　惟有奋斗

写作是快乐的事情，一向乐在其中，因为写作不仅可以凝练思想，还可以互动交流，让人受益匪浅，这要感谢部队的培养。

退役之后一切努力，只为不辜负曾经的军旅。尽管茫茫人海中，"军人"的身份不再需要时时彰显，但刻在骨子里的家国情怀、奋斗精神、奉献品质，永远不会离去。

此书的出版，历经三年时光。深夜的静思、假日的奔波、写作的酸痛等，我们坚持下来了。

感谢这个伟大的时代，感谢接受采访的退役战友，感谢一直关心此书出版的全国政协委员、中国战略文化促进会常务副会长罗援，解放军新闻传播中心政委孙继炼，全国政协委员、"八一勋章"获得者、广西军区副政委韦昌进，中国传媒大学媒介与公共事务研究院院长、国防部原新闻发言人杨宇军、海军南海舰队原副司令员张兆垠、空军某部原副军长周继光、国务院军转办原副主任李建新、退役军人事务部政策法规司副司长李小虎、退役军人培训中心副主任谷静学、中国诚通资产有限公司党委书记兼总经理张宝文、天然城市开发集团有限公司董事长蓝宁、《解放军报》政工部原主任张弛、原人民武警出版社兼武警音像出版社和《中国武警》杂志社社长郭海涌、中国民主法制出版社副总编辑石松、中华英才副总编辑范丽庆、北京大学教育财政科学研究所常务副所长刘明兴、清华大学继续教育学院军地两用人才培训中心主任陈肖庚……

感谢企业管理出版社孙庆生社长、编辑部赵喜勤主任和各位编辑老师认真审读、修改润色。

感谢父母、弟弟、妹妹、妻子等家人和亲友的支持。

他们就像天上的星星，看得见、数不清。他们的支持与鼓励，他们的策划与创意，他们的指导与帮助，是我们奋力追梦、永远前行的无尽动力，我

出版后记

们永远不会忘记！

同时，一并向为本书提供参考资料的作者、提供图片的作者等致谢，由于时间匆忙，有不妥之处，敬请批评指正，与我们联系。

当前，具有重大时代意义的《退役军人保障法》已经施行，将为广大退役战友创业就业提供更加广阔的舞台和坚实的法治保障。

长风破浪会有时，直挂云帆济沧海。未来，无论我们写了多少优秀退役军人，还会继续写多少优秀退役军人，只要有一天，有一个人说因读了我们的文章而让他的创业就业更加顺利、生活更加美好、为民族复兴做出了更大贡献，我们就会心生慰藉、倍感喜悦。

2021年，习近平主席在新年贺词中强调："征途漫漫，惟有奋斗。我们通过奋斗，披荆斩棘，走过了万水千山。我们还要继续奋斗，勇往直前，创造更加灿烂的辉煌！"是的，我们退役军人，永远是党和人民的战士。长征永远在路上！让我们永葆军人本色，在前进路上团结奋斗，为全面建设社会主义现代化国家做出新的更大的贡献！让伟大的祖国永远山河锦绣、国泰民安！

赵 宇 马长青

二〇二一年一月一日